Evan

Always Forever

Von Katja Fiona Graf

Katja Fiona Graf

Evan

Always Forever

Roman

Bibliografische Information der Deutschen Nationalbibliothek:
Die Deutsche Nationalbibliothek verzeichnet diese Publikation in
der Deutschen Nationalbibliografie; detaillierte bibliografische
Daten sind im Internet über http://dnb.dnb.de abrufbar.

© 2021 Katja Fiona Graf
Cover by Canva Design
Herstellung und Verlag: BoD – Books on Demand, Norderstedt

ISBN: 9783755713708

Buchbeschreibung:

Als Sarah Weston, wie jeden Morgen, durch den Park joggt, trifft sie überraschend ihre Jugendliebe Evan wieder. Schon seit ihrer Schulzeit ist Sarah verliebt in den Jungen mit den eisblauen Augen. Aber die Vorzeichen haben sich geändert. Während Sarah ihrem Elternhaus und dem Geld ihres Vaters den Rücken gekehrt hat, ist Evan, der Junge aus einfachen Verhältnissen, heute ein bekannter Stararchitekt.

Die Medien und die Presse reißen sich um den smarten Selfmade Millionär, und die Paparazzi sind ihm auf den Fersen. Es scheint, als hätten Sarah und Evan die Rollen getauscht. Während Sarah schon als Kind an der Hand ihrer Mutter über den roten Teppich stolzierte, lebt sie jetzt zurückgezogen in einem kleinen Londoner Stadthaus, während Evan in einem eleganten Penthouse an den Themse wohnt und auf jeder Gala ein gern gesehener Gast ist.

Passen sie heute noch in die Welt des anderen? Oder sind die Hürden zwischen Ihnen unüberwindbar?

Über den Autor:

Katja Fiona Graf schreibt seit über 20 Jahren Romane und Kurzgeschichten. Am liebsten schreibt sie über das Meer und Geschichten die sich um Ihre Wahlheimat England drehen, wo sie eine Zeit lang gelebt hat.

Heute wohnt sie mit ihrem Mann im malerinschen Nürnberg.

Neben dem Beruf studiert sie Psychologie und betreibt ihre Praxis für Lebensfreude.

Evan

Always Forever

Katja Fiona Graf

Inhaltsverzeichnis

Die Lüge

„Das ist nicht dein Ernst?" Ich starre Kyle mit weit aufgerissenen Augen an und versuche in seinem Gesicht zu lesen, ob er mich auf den Arm nimmt. Er verzieht keine Miene. „Leider doch!" Mit hängendem Kopf lässt er sich auf mein Sofa sinken, die Finger fest in einander verschränkt. Dann dreht er mir das Gesicht zu und blickt mich mutlos an.

„Scheiße, Mann!", entfährt es mir.

„Tu nicht so erhaben! Du hast auch schon Mist gebaut", herrscht er mich an.

„Ich hab sogar schon großen Mist gebaut! Aber gegen dich bin ich noch immer ein Waisenkind!"

„Klasse! Danke für die Hilfe! Vater bringt mich um!"

„Oh, ja! Das wird er.", ich drehe mich zum Fenster und blicke hinaus, um mich abzulenken. Ich muss nachdenken. „Und wenn wir es ihm gar nicht sagen?", frage ich, einer plötzlichen Eingebung folgend.

„Was? Wie soll ich das denn machen?" Kyle funkelt mich wütend an, als wäre ich total meschugge.

„Nächsten Monat wird Dad 70. Willst du ihm echt den Geburtstag vermiesen? Dich vor der ganzen Verwandtschaft bloßstellen lassen? Den ganzen Abend nur das Gerede darüber, was für eine Enttäuschung du doch für ihn bist?"

„Danke Sarah, das hilft mir echt weiter! Ich weiß selber, dass er mich hassen wird. Enterben! An den Prangen stellen! Wenn er Twittern könnte, wäre es schon am nächsten

Morgen online: Mein Sohn ist ein Versager!", Kyle zeichnet die Headline mit den Fingern in die Luft.

„Jetzt bleib' doch mal sachlich! Ich meine das ernst. Wir warten bis nach dem Geburtstag. Das Semester geht noch bis Ende des Jahres. Bis dahin muss er gar nicht mitbekommen, dass du nicht mehr in die Vorlesungen gehst. Dann präsentierst du eine schlechte Note, heulst ein bisschen rum, dass der Stoff zu schwer ist und du dir die falsche Studienrichtung ausgesucht hast und jetzt erst gemerkt hast, dass es nichts für dich ist."

„Ich bin kein Mädchen! Ich heul nicht rum. Vielleicht bist du mit der Nummer bei ihm durchgekommen, ich jedenfalls nicht!"

„Mann, du bist aber auch echt nicht kreativ! Scheiße, Mann! Echt! Du sollst nicht wirklich heulen! Du jammerst, führst ein ernstes Männergespräch in seinem Raucherzimmer und erklärst ihm bei einer testosteronschwangeren Zigarre und einem Scotch, deine Zukunftspläne!"

„Die da wären?"

„Soll ich das auch noch für dich klären, Kyle? Verdammt, du hast jetzt fast 8 Wochen Zeit. Du suchst dir ein Praktikum und bekommst hoffentlich eine geile Stelle im Vertrieb oder so. Du kannst Evan mal fragen oder Mitch, ob sie was für dich haben."

Mein Bruder zieht interessiert eine Augenbraue in die Höhe. „Ach daher weht der Wind? Evan oder Mitch? Du bist noch immer scharf auf ihn und ich soll dein Kontaktmann sein, was?", knallt mir Kyle an den Kopf. Sein anzügliches Lächeln drückt leider nur zu deutlich aus, was er von der Idee hält.

„Red keinen Scheiß! Ich mag Evan, ja! Er ist smart, sieht gut aus und ist erfolgreich! Und: Ja! Er könnte dir helfen! Weil er nämlich im Gegensatz zu dir schon seit drei Jahren eine eigene und obendrein erfolgreiche Firma hat", schreie ich ihm entgegen.

„Weil er eine erfolgreiche Firma hat", äfft mich mein Zwillingsbruder nach. Ich möchte ihn am liebsten eines der großen, festen Sofakissen um die Ohren hauen, so wütend bin ich.

„Du vergisst, dass Evan auch drei Jahre älter ist, als wir", sagt Kyle jetzt, um unser Gespräch auf die Spitze zu treiben.

Ich werde ihm nicht den Gefallen tun und ihn darauf hinweisen, dass Evan in seinem Alter bereits einen Masterabschluss hatte und angefangen hat sein Unternehmen aufzubauen. Es würde uns keinen Schritt weiterbringen.

„Soll ich ihn jetzt fragen oder nicht!", sage ich um Fassung bemüht.

„Du würdest sogar mit ihm schlafen, damit er mich einstellt, oder?", grinst Kyle blöd.

Zu blöd. Er fängt an, Grimassen zu schneiden, und fuchtelt mit dem Finger belustigt vor meinem Gesicht herum. Eigentlich möchte ich sauer sein, aber er hat mich ertappt. Natürlich stehe ich noch immer auf Evan. Und ja: Ich würde mit ihm schlafen. Um jeden Preis.

Gegen meinen Willen muss ich leider auch grinsen. Und dann fall ich neben ihm aufs Sofa und lache hysterisch. Kyle stimmt mit ein. Wir können nicht mehr aufhören. Tränen fließen aus meinen Augen, ich habe einen richtigen

Lachflash. Ihm geht es nicht besser, er japst, haut sich auf die Schenkel und bricht erneut in schallendes Gelächter aus. Ich brauche ganze zehn Minuten, um mich zu beruhigen. Unmöglich Kyle anzuschauen. Sobald wir uns sehen, geht es wieder von vorne los. Ich habe schon Bauchschmerzen. Die ganze Szene ist so skurril.

Unser Vater wird austicken. Aber das ist sein Problem. Kinder werden nicht geboren, um die Erwartungen der Eltern zu erfüllen. Kinder müssen ihre eigenen Wege gehen und ihre eigenen Fehler machen. Ein Prinzip, das unser archaischer Vater nie anerkennen wird. Er lebt noch immer die Vorstellung einer Familie mit einem totalitären Vater als Oberhaupt. Ich hatte es als Mädchen tatsächlich leichter. Ich war seine kleine Prinzessin und sah in unserem riesigen, alten Herrenhaus wirklich so etwas wie ein Schloss. Kyle hatte es schon immer schwerer. Als Junge wurde er früh ins Internat gesteckt. Man erwartete von ihm, dass er eines Tages studieren würde, einen tollen Abschluss nach Hause bringt und erfolgreich ist. Das Studium zu schmeißen, war nicht Teil des Plans. Das hatte unser Vater bei mir schon nicht akzeptiert. Drei Monate hat er nicht mit mir gesprochen, als ich ihm sagte, dass ich das Wirtschaftsstudium nicht fortführen würde.

Eigentlich hatte er sich gewundert, dass es mir überhaupt möglich war, eine Universität zu besuchen. Ich hatte das kommunale Schulsystem durchlaufen, kein Elite Internat, wie Kyle. Als ich schließlich das Studium bereits im ersten Semester aufgab, war das für meinen Vater die Bestätigung, dass es rausgeworfenes Geld gewesen wäre, mich auf eine bessere Schule zu schicken. Mädchen waren nicht zum Studieren geschaffen. In seinen Augen sollte ich bald heiraten und meine Rolle als Frau einnehmen.

Natürlich ließ er wie immer die Fakten außer Acht, dass ich seit zwei Jahren einen festen Job hatte, hart arbeitete, eine eigene Wohnung bezahlte und zudem von Zuhause ausgezogen war, um ihm nicht länger auf der Tasche zu liegen! Es reichte ihm nicht, um stolz auf mich zu sein.

Und jetzt würde Kyle mir folgen. Wir waren eben doch Zwillingsgeschwister. Wir waren keine Theoretiker. Wir wollten etwas mit unseren Händen tun, arbeiten. Wenn es sein musste, hart anpacken. Aber nicht jahrelang studieren. Die Theorie runterbeten, um irgendwann einen Titel auf eine Visitenkarte drucken zu können war uns nicht wichtig. Wir wollten etwas bewegen. Ich würde Kyle bei Evan unterbringen. Er betrieb als Architekt ein großes Planungsbüro, dass er mit zwei weiteren Freunden zu einem internationalen Konzern aufgebaut hatte. Irgendwo in seinem Unternehmen würde ich einen Platz für Kyle finden. Ich selbst hatte als Sekretärin bei Winterfields angefangen und wurde schnell zur persönlichen Assistentin von Mitch. Leider hatte Mitch seine Finger nicht von mir lassen können, sodass ich mich früh entschied, das Unternehmen zu wechseln. Zumindest hatte Mitch den Anstand gehabt, mir ein außerordentliches und gutes Zeugnis zu schreiben, obwohl ich ihm eine Abfuhr erteilt hatte. Evan, dem die ganze Aktion nicht entgangen war, hatte sich damals für mich stark gemacht und mich in der renommierten Kanzlei von Brothers & Brothers untergebracht. Dem persönlichen Anwalt von Evan Winterfield.

Schon immer hatte mir Evan gefallen. Er war in der Schule drei Klassen über mir, und ich hatte für ihn geschwärmt, seit ich ihn das erste Mal gesehen hatte. Es war die Schwärmerei eines Schulmädchens und viel zu schnell, verließ Evan unserer Schule und studierte in Deutschland Architektur. Ich hatte ihn eine Ewigkeit nicht mehr gesehen. Bis zu dem Tag im September. Als er plötzlich im Regen vor mir stand und mir einen Job anbot. Ich glaubte damals, mein Herz würde mir in die Hose rutschen. Hätte mir jemand prophezeit, dass ich einmal Tür an Tür mit Evan arbeiten würde, dann hätte ich ihm den Vogel gezeigt. Aber vielleicht wollte das Schicksal uns zusammenbringen? Vielleicht sollte es so sein? Aber am Ende war ich die Assistentin von Mitch, einem weiteren Schulfreund meines Bruders, den ich schon seit Kindesbeinen kannte. Nur dachte Mitch, dass unsere Zusammenarbeit auch Extraleistungen beinhaltete und ich ihm auch für andere Dienste zur Verfügung stehen müsste und das war dann das Ende unserer kurzen Zusammenarbeit.

Begegnungen

Der Morgen war kalt und grau, es sah nach Regen aus. Ich hatte schlecht geschlafen und mir den Kopf über Kyles Probleme zerbrochen. Mist, Mist und noch mal Mist. Er steckte in Schwierigkeiten, und wie immer, war ich es, die ihn rausboxen musste. Schon immer war Kyle für mich, wie ein kleiner Bruder. Vielleicht, weil ich die Erstgeborene war. Immerhin hatte ich satte 30 Minuten vor ihm das Licht der Welt erblickt. Kyles Geburt verlief plötzlich schwierig, während ich wie ein Korken aus unserer Mutter herausgeploppt bin und nahezu eine Sturzgeburt hingelegt hatte, steckte Kyle fest und mit jeder Minute wurde die Geburt dramatischer. Kyle war schwächer als ich und wurde von unserer Mutter immer besonders verhätschelt. Vermutlich weil er bei der Geburt die Nabelschnur um den Hals hatte und fast gestorben wäre. Wir waren zweieiige Zwillinge und offensichtlich hatte ich es mir moderater eingerichtet und meinem Bruder zu wenig Platz gelassen. Wie auch immer, ich fühlte mich von je her als die Stärkere und das war ich wohl auch. Kyle war noch immer ein verwöhnter kleiner Junge. Vater hatte in rechtzeitig auf die höhere Schule geschickt und ihn in Elite Internaten ausbilden lassen. Ich musste mich schon immer durchbeißen. In Situationen wie dieser zeigte sich, dass ich den längeren Atem hatte. Ganz im Gegensatz zu Kyle, der an jeder neuen Aufgabe zu scheitern drohte. Er war keine Schwierigkeiten gewöhnt. Wenn er Probleme hatte, lief er zu unserem Dad und der brachte alles für ihn in Ordnung. Jetzt war ich diejenige, die für ihn die Kohlen aus dem Feuer holen musste. Er war mein kleiner Bruder. Was sollte ich machen? Ich konnte nicht anders, als ihm zu helfen. Und so drehte sich mal wieder alles in meinem Kopf um Kyle und dem Versuch ihn vor der Wut unseres Vaters zu beschützen, als ich meine Runden durch den Park lief.

Der Wind hatte aufgefrischt und blies mir hart ins Gesicht. Ich hatte mich für meine kuschelige, graue Jogginghose und den lachsfarbenen Kapuzenpulli entschieden, um meine tägliche Joggingrunde entlang der Victoria Tower Gardens zu laufen. Trotz des flauschigen Sweaters war es mir kalt. Ich nahm die Abkürzung über den St. John's Smith Square und lief nicht wie sonst die große Runde über die Westminster Abbey. In der Victoria Street stellte ich mich, wie jeden Morgen, beim Bäcker an. Das „Little Pies" war mein absolutes Lieblingscafé. Der Laden war so winzig, dass nur der Verkaufstresen Platz darin fand. Die Kunden standen deshalb schon am frühen Morgen bis auf die Straße. Im Sommer hatte Little Pies zwei große Marktschirme aufgespannt, die ein paar Stehtische überdachten. Jetzt im Herbst, wo es ständig regnete, wollte niemand mehr im Freien stehen. Man kaufte sich einen schnellen Coffee-to-go und eines der leckeren Gitternetz-Pies und verschwand in Richtung U-Bahn. Ich joggte regelmäßig etwas früher los, ging am Little Pies vorbei und rannte dann nach Hause, um zu duschen. Im Gegensatz zu den meisten Menschen hatte ich den Luxus, erst um 9 Uhr im Büro erscheinen zu müssen, und konnte mir ein ausgiebiges Frühstück gönnen.

Ich stand als Dritte in der Reihe. Die Auslage kam immer näher in mein Blickfeld. Die Kirschtörtchen sahen lecker aus, aber auch die neuen Cranberry-Scoons. Ich drehte ungeduldig den Kopf hin und her, um besser sehen zu können, und stellte mich schließlich auf die Zehen um über die Köpfe der anderen Kunden in den Laden blicken zu können.

„So neugierig, Miss Weston?"

Ich fuhr herum und blicke in Evans blaue Augen. Verdammt! Verdammt sah der Kerl gut aus. Noch viel besser als ich ihn in Erinnerung hatte. Mit dem zerzausten Pferdeschwanz und dem sackartigen Sweatshirt, kam ich mir vor wie ein Penner. Evan trug einen Anzug, wie immer eine perfekt sitzende Krawatte, und hatte die Ausstrahlung des erfolgreichen Geschäftsmannes, der er nun einmal war.

Ich dagegen hatte die Ausstrahlung einer frustrierten Hausfrau am bad-hair-day und fühlte mich grauenvoll. Ich wollte im Erdboden versinken.

„Du hier?", fragte ich ziemlich einfallslos und versuchte mir meine Verlegenheit nicht anmerken zu lassen, während mir Evan links und rechts ein Küsschen über die Schulter hauchte.

„Klar! Das Little Pies ist ein Geheimtipp! Hast du mir nicht den Laden empfohlen?", er grinste gewinnend.

Mist, stimmt. Das hatte ich. Und jetzt? Ich war ratlos.

„Sorry, dass ich aussehe, wie ein Sack Kartoffeln, das hier ist meine Joggingstrecke, normalerweise kennt mich hier kein Mensch!" Ich blickte entschuldigend an mir herunter.

„Du siehst bezaubernd aus!"

Evan ließ seinen Blick über mein Outfit schweifen. „Ich freue mich, dich zu treffen", sagte er herzlich.

„Ich freu mich auch, dich zu sehen", erwiderte ich ehrlich und hoffte, dass ich nicht rot bis über beide Ohren wurde.

Ich war vor ihm an der Reihe und nahm ein kalorienarmes Aprikosenteilchen zum Mitnehmen. Evan bestellte sich einen der Cranberry-Scoons und ich war neidisch, weil ich mich nicht getraut hatte nach der Kalorienbombe zu greifen.

„Lass uns bald mal essen gehen", bot Evan an. „Wir haben uns ja ewig nicht gesehen, sicher gibt es viel zu erzählen."

„Das wäre großartig!" Das wäre es echt, aber ich versuchte, mir meine Nervosität nicht anmerken zu lassen. Ich war schon immer in Evan verknallt. Schon immer! Und jetzt blieben mir die Worte vor Aufregung im Hals stecken.

„Warum kommst du nicht einfach bei mir im Büro vorbei und wir machen was aus?", hakte Evan jetzt nach.

„Ich wollte dich sowieso besuchen", brachte ich kleinlaut hervor.

„Das trifft sich doch prima? Gibt es Probleme? Hast du irgendwelche Sorgen? Es gibt doch hoffentlich keine Schwierigkeiten mit Brothers?", fragte er jetzt stirnrunzelnd.

„Nein, ich wollte dich um einen Gefallen bitten, aber das möchte ich nicht hier auf dem Bordstein besprechen! Passt es dir morgen um fünf?"

Der Deal

Am nächsten Tag betrat ich, pünktlich um zehn Minuten vor fünf, den Aufzug im eleganten Bürogebäude von Winterfields.

Heute überließ ich nichts dem Zufall, ich war extra beim Friseur gewesen und hatte meine langen dunkelbraunen Haare mit einer exklusiven Glanzkur behandeln lassen. Durch den frischen Schnitt fielen sie jetzt wieder wie flüssige Seide über meine Schultern. Auch wenn ich eine Reihe eleganter Kleider im Schrank hatte, so gab es doch keines, das Evan nicht schon gesehen hatte. Seinetwegen war ich in meiner Lieblingsboutique an den Victoria Gardens gewesen und hatte mein Konto beinahe ans Limit gebracht. Aber das war es wert. Mein Auftritt in Evans Büro war filmreif.

Melina McAdams saß hinter dem Empfangstresen. Ihr nahezu schwarzes Haar war zu einem festen Knoten aufgesteckt. Aufgrund der Tonnen an Haarspray, die ihre Frisur zusammenhielten, sah das Haar stumpf aus. Sie trug eine der viel zu großen, schwarzumrandeten Nerdbrillen, die gerade angesagt waren, und blickte nicht einmal hoch, als ich das kleine Vorzimmer zu Evans Büro betrat. Melina hatte erst vor einigen Monaten bei Winterfields angefangen. Wir kannten uns daher nur flüchtig. Jetzt blickte sie mich endlich an, schob genervt ihre Brille zurück und wollte mich offensichtlich schon mit ihrem unterkühlten Blick wissen lassen, dass Mr. Winterfield beschäftigt war.

„Sarah Weston, bitte melden Sie mich bei Mr. Winterfield an, er erwartet mich!"

Die Gesichtszüge der jungen Assistentin verrutschten für einen Moment. Es war ihr anzusehen, dass sie gehofft hatte, mich mit einem müden Lächeln abwimmeln zu können. Jetzt öffnete sie ihren Kalender und suchte offenbar nach meinem Namen.

„Sie wurden mir nicht angemeldet", sagte das Mädchen triumphierend. Und setzte erneut ihren hochnäsigen Blick auf.

Ich wollte wetten, dass sie in Evan verknallt war. Alle waren in Evan verknallt. Melina bildete da sicher keine Ausnahme. Sie wollte die Konkurrenz die in einem atemberaubenden roten Kleid und in Form meiner Person vor ihr stand, möglichst schnell loswerden, und schenkte mir einen eisigen Blick.

„Ich muss Sie bitten, das nächste Mal vorher anzurufen, Sie haben keinen Termin!"

„Sie braucht auch keinen!", sagte Evan streng, der unbemerkt die Tür geöffnet hatte und jetzt vor mir stand und mir erfreut in die Augen blickte.

Dann wandte er sich mit tadelndem Blick wieder seiner Sekretärin zu.

„Melina, das ist ein privater Termin, darum taucht er nicht in ihrem Kalender auf. Rufen Sie mich das nächste Mal bitte gleich. Ms. Weston braucht keinen Termin, bitte merken Sie sich das", sagte er bestimmt.

Endlich kam Evan auf mich zu und nahm mich fest in den Arm. Ich genoss die Umarmung und Melinas stechenden Blick, den ich in meinem Rücken regelrecht spüren konnte.

Er küsste mich links und rechts zur Begrüßung. „Du siehst aus wie eine Göttin!", schmeichelte Evan, während seine Lippen mein Ohr streiften. Irgendwo dazwischen verabschiedete sich mein Hirn. Meine Beine waren Wackelpudding und ich war froh nicht weiter reden zu müssen, als mich Evan einfach an der Hand nahm und mit sich in sein Büro zog.

„Bitte sorgen Sie dafür, dass wir nicht gestört werden, und bringen Sie uns zwei Tassen Kaffee, Melina."

„Du magst doch Kaffee? Oder lieber ein Wasser?"

Ich wollte vor allem vor Aufregung nicht umkippen. Mein Mund war trocken, meine Beine zitterten. Ich folgte Evan in sein Büro und nickte. „Kaffee wäre schön!", sagte ich wohlerzogen, bevor er die schwere Mahagonietür hinter mir schloss.

Wir saßen uns einen Moment schweigend gegenüber. Ich wusste nicht, wo ich anfangen sollte und ob Evan nur etwas Small Talk halten wollte, darum blickte ich auf die Hände in meinem Schoß und auf die glänzenden, roten High Heels an meinen Füßen. Sie waren neu, genauso, wie das atemberaubende Prinzesskleid und die dazu passende Handtasche. Der Kaffee wurde gebracht. Evan blickte derweil gedankenverloren aus dem Fenster, von dem aus er die ganze Stadt, bis hinunter zum Houses of Parliament, überblicken konnte. Die Minuten kamen mir endlos vor, bis Melina endlich die Tür hinter sich schloss, und wir wieder alleine waren.

Evan griff sich mit Zeigefinger und Daumen ins Gesicht und begann seine Nasenwurzel zu massieren. Offensichtlich hatte er einen langen Tag gehabt, er wirkte plötzlich müde und abgespannt.

„Also, was sind das für Schwierigkeiten, von denen du gesprochen hast?", eröffnete er das Gespräch.

Ok, gleich in die Vollen. Ich zögerte, weil ich echt keinen Plan hatte, wie ich anfangen sollte. 1000 Worte hatte ich in meinem Kopf zurechtgelegt und 1000 Worte wieder verworfen.

„Kyle!", stieß ich schließlich hervor.

„Kyle? Aber ihr seid wie...."

„Wie Zwillinge?", half ich ihm aus.

„Ja, verdammt! Was ist los mit Euch? Kyle war doch immer dein Lieblingsbruder. Was hat der Mistkerl angestellt?"

„Er hat das Studium geschmissen!", ich biss mir auf die Unterlippe und traute mich erst nach einer Weile, Evan in die Augen zu schauen.

„Ach, verdammt!", Evan sah mich ratlos an. „Das ist ja ein schöner Mist! Weiß es euer Vater schon? Er wird Kyle umbringen!"

„Genau darum geht es. Dad wird ihn demütigen, wo er kann. Er wird ihn vielleicht aus der Familie verstoßen. Ich weiß es nicht." Ich schob mir eine Haarsträhne hinter das Ohr. Eine Verlegenheitsgeste, weil ich nicht wusste, wohin mit meinen Händen.

„Und was kann ich dabei tun?"

Da war sie, die Frage, vor der ich mich gefürchtet hatte. Ich war mir sicher, dass mir Evan von selbst eine Lösung anbietet. Aber offensichtlich wollte er abwarten, bis er alle Fakten kannte.

„Nun, ich hatte gehofft, dass du Kyle bei dir unterbringen kannst. Irgendwo! Egal was. Und wenn er Toiletten putzt. Er muss erst mal weg von der Straße. Unser Dad liebt dich. Wenn Kyle bei dir arbeitet, wird er hoffentlich nicht so stinksauer, als wenn Kyle jetzt auch noch arbeitslos auf der Straße sitzt."

„Trevor sucht einen Assistenten", bot Evan zögerlich an.

„Das wäre mega!"

„Bist du sicher? Mehr kann ich im Moment leider nicht tun. Ich meine, ohne Studium. Aber immerhin hat Kyle Jura studiert und einen Rechtsberater im Haus zu haben, könnte nicht schaden", jetzt grinste Evan und wirkte deutlich zuversichtlicher.

„Bist du sicher? Ich meine, du solltest die besten Leute für dein Team haben, und wenn du dich nicht wohlfühlst dabei, Kyle einzustellen, dann lass ihn wirklich das Klo putzen. Verdient hätte er es!" Ich grinste böse.

„Er ist mein Freund und ich weiß, dass Kyle es drauf hat. Schick ihn einfach morgen mal zu mir, dann klären wir die Details. Und jetzt lass uns über unser Abendessen sprechen. Wie wäre es morgen Abend um 8 Uhr? Ich kenne ein nettes Lokal, in der Nähe deiner Wohnung, am Ufer der Themse."

Ich konnte nur nicken. Mein Herz war in den Kniekehlen, der Verstand faktisch nicht mehr vorhanden. Sein Aftershave hing im Raum und vernebelte mir die Sinne. Die leuchtenden blauen Augen, aus welchen er mich gerade musterte, warfen mich völlig aus der Bahn.

Ja, ich will, Evan. Ich will! Schrie mein Kopf.

„Ich freue mich darauf!", sagte mein Mund.

Rendezvous

Ich hatte erneut mein Konto überstrapaziert und ein weiteres rotes Kleid gekauft. Im Gegensatz zu dem weich fließenden Prinzesskleid mit dem V-Ausschnitt, hatte ich mich jetzt für ein kurzes Abendkleid entschieden. Der Schnitt war raffiniert und schmeichelte meiner schlanken Figur. Der eng anliegende Stoff war asymmetrisch geschnitten und auf einer Seite schulterfrei. Auf der anderen Seite ging ein breiter Träger hinauf über dem eine durchsichtige, glitzernde Schleppe aus Tüll befestigt war. Der lange Tüll umschwebte mich wie ein langer Schal, der mir bis zum Knie reichte und somit länger war, als der kurze Minirock des Cocktailkleides. Ich hatte mich für rote Peeptoes entschieden, die schwindelerregend hoch waren, und hoffte, dass wir nicht zu weit laufen würden. Jeder Schritt in den Schuhen war ein Wagnis mit unbekanntem Ausgang.

Evan stand bereits an der Anlegestelle an der Themse, als ich die Straße entlangging. Es kostete mich ziemlich viel Überwindung, nicht zu rennen, was in den Schuhen in der Tat unmöglich war. Bemüht um einen perfekten Auftritt schritt ich so elegant wie möglich auf ihn zu, während Evan sich an die Straßenlaterne lehnte und das Schauspiel beobachtete. Wir mussten beide grinsen, als ich ihn endlich erreicht hatte und er mir schließlich einen langen und intensiven Kuss in die Halsbeuge hauchte und dabei den Duft meines Parfums in sich aufsog.

„Du siehst nicht nur aus, wie eine Göttin, du riechst auch so!", sagte er voller Bewunderung.

Mein Hirn setzte direkt wieder aus, mein Herzschlag auch. Du siehst auch zum Anbeten aus, hätte ich ihm gerne geantwortet, aber ich traute mich nicht. Ich hatte Angst, Evan zu vergraulen, wenn ich ihm zu deutlich zeigte, wie gut er mir gefiel. Wir waren Freunde, schon immer. Schon damals seit der Schulzeit. Als Kyle und Evan in der gleichen Cricket Mannschaft gespielt hatten und Evan praktisch jeden Tag bei uns war.

„Wie charmant", gab ich lächelnd zurück, und hoffte, dass Evan nicht hören konnte, dass mir das Herz bis zum Hals schlug. Wir kannten uns schon ewig, auch wenn wir uns in den letzten Jahren etwas aus den Augen verloren hatten. Evan war einfach nur nett zu mir, er war ein Gentleman, ein Charmeur. Und ich wusste, dass er mir einfach nur schmeichelte, damit ich mich gut fühlte. Dennoch war mir klar, dass ich nicht in seiner Liga spielte. Evan war klug, schön und wohlhabend. Er konnte jede Frau in ganz London, und dem gesamten Vereinigten Königreich haben. Ich war eine Freundin, nicht mehr. Da machte ich mir nichts vor.

Evan nahm mich galant am Arm und wir gingen ein Stück an der niedrigen Reling entlang und bestiegen schließlich das elegante Schiff, das hier ankerte. Evan hatte uns einen Platz auf dem Oberdeck reservieren lassen, einem eleganten Wintergarten mit großen Schiebefenstern, die an diesem milden Abend weit geöffnet waren. Palmen standen an Deck und dienten als Sichtschutz zwischen den einzelnen Tischen. Unter der Decke hingen cremefarbene Sonnensegel, die bei Sonne für Schatten sorgten und es am

Abend gemütlich machten. Überall glitzerten Millionen von kleinen Lämpchen wie goldene Sterne. Ich starrte fasziniert an die Decke und war unendlich glücklich, hier mit Evan sein zu dürfen. Dieser Abend war schon jetzt unvergessen.

Ein Kellner im dunklen Anzug brachte uns an unseren Tisch und rückte mir den Stuhl zurecht. Ich weiß nicht, wann ich das letzte Mal so elegant ausgegangen war. Vielleicht auf einem der Bankette mit meinem Vater. Aber von meinen privaten Dates gab es niemand, der so ein geschmackvolles und gehobenes Restaurant ausgewählt hätte. Es gefiel mir. Und es gefiel mir vor allem, weil ich es Evan wert war, mich so chic auszuführen. Ich fühlte mich geschmeichelt.

„Darf ich Ihnen einen Aperitif anbieten?"

Der elegante Kellner verbeugte sich nahezu, als er uns die Karte reichte und die Kerze auf dem Tisch für uns entfachte.

„Für mich nur ein Glas Champagner", sagte ich, ohne in die Karte zu blicken.

„Ich schließe mich an", entschied Evan. „Bringen Sie uns zwei Gläser Champagner und eine große Flasche Mineralwasser. Den Wein suchen wir später aus!"

„Ich mache mir nichts aus den Modegetränken", sagte ich entschuldigend, als der Kellner gegangen war.

„Ich auch nicht!" Evan grinste. „Ein klassischer Champagner ist sowieso durch nichts zu übertreffen", fand er und sah mir tief in die Augen. Es machte mich nervös, also stimmte ihm zu und blickte in die Karte, bevor sich ein peinliches Schweigen zwischen uns senken konnte.

Die Auswahl an Speisen war riesig. Es gab Fisch und Fleisch in allen Variationen, eine Doppelseite Vegetarisches, vegane Küche und eine Reihe Spezialitäten, die ich nicht kannte. Ich fühlte mich überfordert. Die Preise waren erwartungsgemäß gehoben und ich wollte nicht unverschämt wirken. Evan schien meinen inneren Konflikt zu spüren und blickte mich belustigt an.

„Zuviel Auswahl?", fragte er lächelnd.

„Und ob!", gab ich zurück und ließ meine Augen weiter suchend über das exklusive Menü wandern.

„Darf ich dir etwas empfehlen?"

„Das würde ich sehr begrüßen", sagte ich absichtlich affektiert und klappte die Karte zu. „Es klingt alles sehr lecker, aber ich fürchte, ich kann mich nicht entscheiden."

„Magst du Fisch?"

Ich nickte.

„Es gibt hier eine ausgezeichnete Fischplatte. Ich habe sie einmal am Nachbartisch gesehen und bin vor Neid fast gestorben. Wir könnten uns eine Fischplatte teilen und dazu jede Menge Ofengemüse und gegrillten Kürbis mit Wedges essen."

Meine Augen leuchteten.

„Das klingt perfekt!"

„Weißwein oder Rot?"

„Weißes Fleisch, weißer Wein, oder?", gab ich lächelnd zurück.

„Ich wollte nicht wissen, ob du den Knigge gelesen hast, ich möchte wissen, worauf du Lust hast", gab Evan humorvoll zurück.

„Weißwein ist herrlich. Roten mag ich nur zur Pizza oder italienischen Essen. Und Käse! Ja, zu Käse passt Rotwein auch besser, als Weißer", dozierte ich fachmännisch, während Evan lachend meinen Ausführungen lauschte.

Der Kellner kam, brachte unseren Champagner und nahm die Bestellung auf. Evan bestellte die Fischplatte für zwei Personen, das Ofengemüse, Weißbrot, Wedges und einen großen gemischten Salat. Außerdem eine Flasche edlen Weißweins. Wir würden platzen und ich nahm an, dass man uns im Anschluss von Board rollen musste, aber das war mir egal. Ich war hier mit Evan und es war schon jetzt der schönste Abend meines Lebens. Viel besser konnte es nicht mehr werden.

Nachdem der Kellner unseren Tisch verlassen hatte, realisierte ich überrascht, dass das Boot gar nicht ablegte.

„Wir fahren gar nicht", stellte ich fest. „Dieses Boot legt gar nicht ab, oder?"

„Nein, es ist zu einem Restaurant umgebaut und wurde fest mit dem Ufer vertäut. Wärst du gerne auf einem richtigen Schiff? Dann suche ich uns das nächste Mal eine Schifffahrt aus."

„Nein, ich hatte mich einfach nur gewundert, weil ich tatsächlich dachte, wir würden ablegen. Ich glaube, ich bin gar nicht so seefest und von daher gar nicht unglücklich darüber an Land zu bleiben", ich lächelte entschuldigend und fing Evans belustigten Blick auf.

Das nächste Mal? Hatte Evan tatsächlich gerade das nächste Mal gesagt? Sollte das heißen, dass sich das hier wiederholen würde? Wünschte er sich genauso wie ich, dass wir uns wieder öfter sahen. War das der Neubeginn unserer Freundschaft? Oder war das überhaupt der Beginn einer Freundschaft? Während ich bei Evan im Büro gearbeitet hatte, haben wir uns nicht besonders oft getroffen. Er steckte mitten im Aufbau seines Unternehmens und ich hatte als Mitch Assistentin jede Menge Arbeit. Die Freizeit kam irgendwie immer zu kurz.

Ich erhob mein Glas. „Auf einen wunderschönen Abend", sagte ich und versuchte die Worte bedeutend klingen zu lassen.

„Für mich ist er das jetzt schon!", erwiderte Evan und sah mir erneut tief in die Augen.

Ich war verloren.

* * *

Die Fischplatte wurde gebracht, und übertraf alle Erwartungen. Es gab alle Arten an gegrilltem Fisch, der mit feinsten mediterranen Kräutern und Zitronenscheiben garniert war. Der Duft raubte mir die Sinne und der Anblick ließ mir das Wasser im Mund zusammenlaufen. Schüsseln mit Gemüse wurden auf den Tisch gestellt, dazu Dips, Kräuterbutter, Weißbrot und eine riesige Schüssel Salat. Eiskalter Weißwein wurde ausgeschenkt, der die Gläser beschlagen ließ.

„Wir sind im Paradies", stellte ich fest und zeigte mit einer ausladenden Geste auf den Tisch.

Evan lachte.

„Das sieht tatsächlich großartig aus! Erlaubst du?", er griff nach meinem Teller und fing an den ersten Fisch fachmännisch zu filetieren. „Möchtest du von der Rotbarbe?", fragte Evan während er weiter routiniert den Fisch zerlegte und mir nach und nach davon auf den Teller gab.

„Ich möchte alles probieren!", sagte ich freudestrahlend. Es roch so köstlich, dass ich glaubte, noch nie so gut gegessen zu haben. Evan reichte mir den Teller, den er mit einer Auswahl an Gemüse dekoriert hatte. Ich griff nach dem Dip und gab einen Klecks auf meinen Teller. Wir tauschten Schüsseln und reichten uns gegenseitig Brot und Gemüse. Als wir endlich den ersten Bissen kosteten, glaubte ich, dass meine Geschmacksknospen explodierten. Der Fisch zerging auf der Zunge, die scharfe Chillibutter gab ihm die die richtige Feuer, der Abgang von echter Petersilie gab mir den Rest. Ich schloss die Augen und gab ein leises Summen von mir.

„Oh. Mein. Gott." Ich hatte noch immer die Augen geschlossen und den Kopf in den Nacken gelegt. „Oh, mein Gott ist das gut!" Ich leckte mir über die Lippen, während ich mich langsam wieder gerade hinsetzte und Evans blaue Augen sah, der mich mit seinem Blick gefangen hielt. Ich brauchte eine Weile, um zu begreifen, was ich in seinen Augen sah. Begierde. Evan blickte mich an und ließ seinen Blick jetzt betont langsam über meinen Körper wandern, dann sog er die Unterlippe ein und biss darauf.

„Sarah Weston, du bist extrem zu hübsch und ich hoffe, du weißt, dass du in der Lage bist, einen Mann völlig um den Verstand zu bringen! Mach das bitte nie wieder!", er sah mich ernst an.

„Weil?", ich guckte herausfordernd und griff nach meinem Weinglas.

„Weil, ich uns sonst ein Taxi bestelle und dich in mein Apartment entführe!" Evan lachte noch immer nicht. Ich auch nicht. Wir sahen uns eine Weile schweigend an. Die Luft zwischen uns schien zu vibrieren. Ich war überwältigt und wusste nicht, was ich sagen sollte. Evan erhob schließlich auch sein Glas und ließ es gegen meines klirren.

„Sarah Weston, du weckst Gefühle in mir, für die mich dein Bruder töten, und dein Vater einen Auftragskiller bestellen würde", er nahm einen tiefen Schluck und prostete mir erneut zu. Ich trank ebenfalls, um Zeit zu gewinnen. Meine Kehle war noch immer staubtrocken, als der Kellner kam und Wasser und Wein nach schenkte. Ein neuer Brotkorb wurde gebracht und wir wurden gefragt, ob alles zu unserer Zufriedenheit sei.

Ich konnte noch immer nicht sprechen. Ich wollte das Kribbeln zwischen uns bewahren, obwohl ich wusste, dass ich mit dem Feuer spielte.

„Kyle war heute bei mir", eröffnete Evan unser Gespräch erneut mit einem geschickten Themenwechsel. Er nahm sich ein Stück Brot und schob es sich in den Mund. Ich war noch immer in Gedanken und wusste nicht recht, was ich sagen sollte, darum sah ich ihn nur abwartend an und nippte an meinem Glas.

„Der Junge hat Potenzial. Er und Trevor werden sicher ein gutes Team. Kyle hat heute schon einige gute Ideen eingebracht. Ich glaube, er könnte wirklich für frischen Wind sorgen. Wir sind alle schon so eingefahren, so betriebsblind. Ich freu mich wirklich darauf, mit Kyle zu arbeiten.

Er hat mir all die Jahre gefehlt. Es ist schön, ihn wieder in der Nähe zu haben. Es ist schön, euch wieder in der Nähe zu haben", berichtigte er sich und griff über den Tisch nach meiner Hand. Ich ließ seine Finger auf den meinen liegen. Die Wärme durchströmte mich. Wenn Evan nur ahnte, was er mit seiner Berührung bei mir auslöste. Alles in mir war pures Feuer. Pures Verlangen und tiefe Qual. Ich war verloren.

Ich spießte ein Stück Kürbis auf und blickte gedankenverloren über die Themse.

„Es ist wirklich großartig, dass du Kyle eine Chance gibst. Ich weiß nicht, wie ich dir danken soll", sagte ich nach einer Weile ehrlich.

„Ich habe zu danken. Kyle wird das Unternehmen bereichern. Das meine ich ernst. Er hat eine solide Ausbildung. Egal ob er die beiden restlichen Semester jetzt abgeschlossen hat oder nicht. Ich meine, er hat sein Zwischenexamen gemacht, es ist ja nicht so, als würde ihm jemand das Hirn resetten, nur weil er die Uni verlässt." Evan grinste breit und ich musste über seinen lockeren Spruch grinsen.

„Und wie wollt ihr es Eurem Vater erklären?", fragte er jetzt.

„Dad feiert in knapp 8 Wochen Geburtstag. Ich hoffe, dass sich Kyle bis dahin bei Winterfields schon etwas etabliert hat und Kyle ihm erzählen kann, dass er das Studium geschmissen hat, weil du ihm einen attraktiven Job angeboten hast, den er nicht ausschlagen konnte."

Evan, der sich gerade eine große Gabel Salat in den Mund schieben wollte, hielt überrascht inne.

„Dann hab ich den Schwarzen Peter?", rief er erstaunt aus und steckte sich schließlich doch die Gabel in den Mund und kaute genüsslich, während er auf meine Antwort wartete.

„Ja, nein – ok, das ist dir gegenüber nicht fair! Um ehrlich zu sein, habe ich dafür noch keine perfekte Lösung", räumte ich verlegen ein und nahm einen Schluck Wein.

„Ok, wir machen das anders. Kyle sagt, dass er mitbekommen hat, dass ich einen Job zu vergeben habe. Er hat sich beworben und ich habe ihn sofort genommen, weil er einfach der beste Bewerber war, und seine Qualifikation wirklich perfekt gepasst hat. Und er kann sagen, dass er sich schlichtweg umgesehen hat, weil er gemerkt hat, dass das Studium nichts für ihn ist. Das ist doch sehr erwachsen. Oder? Denkst du, dein Vater ist dennoch sauer?"

„Das könnte echt klappen. Das klingt sogar verdammt gut!", ich war sichtlich erleichtert. Eine Idee zog Kreise in meinem Kopf, die ich schon den ganzen Tag mit mir herumtrug. Sollte ich Evan wirklich fragen?

„Wie alt wird dein alter Herr denn?"

„Es ist sein 70. Geburtstag. Es gibt eine riesen Feier mit der gesamten Prominenz. Du kennst Vater ja. Klein war noch nie sein Ding. Vermutlich ist das halbe Parlament da. Wenn nicht sogar der Premierminister. Und mittendrin Kyle, der verlorene Sohn. Ich weiß nicht, wie ich ihn vor der Löwengrube schützen soll."

Evan hob nachdenklich eine Augenbraue.

„Nun, Kyle ist erwachsen. Genau wie du. Euer Vater wird irgendwann einsehen müssen, dass ihr euren eigenen Weg geht. Dass er euch nicht alles vorgeben kann."

„Würdest du mich zu der Feier begleiten?", die Worte waren aus mir rausgesprudelt, bevor ich darüber nachdenken konnte.

„Ich?"

„Ja, Evan! Du! Vater liebt dich. Er war schon immer von dir begeistert. Er würde sich sicher wahnsinnig freuen dich zu sehen. Du würdest das Fest aufwerten und würdest Kyle eine Stütze sein. Sein Buddy, sein Wingman. Wenn du dabei bist und alles erklärst, dann kann Dad gar nicht böse sein. Du bist doch der Wunschsohn, den er nie hatte. Auf dich ist er wahnsinnig stolz. Zu wissen, dass Kyle jetzt mit dir arbeitet, wird ihn beruhigen."

„Ich bin doch gar nicht eingeladen. Wie soll das gehen Sarah?", Evan klang skeptisch.

Da musste ich wohl noch eine Schippe drauflegen. Ich stippte ein Stückchen Brot in meinen Teller und nahm den letzten Rest der Kräuterbutter auf.

„Ich darf jemand mitbringen!", sagte ich leichthin und hoffte, dass Evan nicht merkte, dass ich rot wurde. Inzwischen war es draußen dunkel. Das Lokal war nur durch die winzigen Lichterketten und die Kerzen auf den Tischen beleuchtet. Überall funkelte und glitzerte es. Genügend Ablenkung, um mir meine Verlegenheit nicht anzumerken.

„Ein Date? Deine Eltern erwarten, dass du einen Mann mitbringst. Den künftigen Schwiegersohn, richtig?"

Ich kniff die Augen zusammen und atmete tief ein.

„Ja, vermutlich! Wenn es nach meiner Mutter ginge, hätte ich mir bereits mit 16 den richtigen ausgeguckt, mit 18 geheiratet und wäre mit spätestens mit 20 schwanger gewesen, um dem wohlhabenden Schwiegersohn einen Erben zu schenken. Evan, ich will da nicht mitmachen. Wenn ich alleine komme, dann liegt sie mir wieder die ganze Zeit damit in den Ohren, dass ein anständiges Mädchen nicht arbeiten geht und dass andere in meinem Alter schon längst einen Ehemann haben. Bitte Evan, rette mich. Du bist der perfekte Begleiter!"

„Sie werden denken, wir gehen miteinader aus!"

„Wäre das so schlimm?", ich zog eine Schnute und schenkte ihm einen filmreifen Augenaufschlag.

„Das könnte Spaß machen!", Evan zwinkerte mir zu. „OK. Cinderella, ich bin dein Date."

Ich atmete erleichtert aus.

„Du bist mein Held!", sagte ich ergriffen.

Zur Besiegelung unseres Pakts stießen wir miteinander an.

Ja, Evan du bist mein Held und ja, ich würde dich so wahnsinnig gerne als mein Date einladen. Aber das waren leider nur die Träumereien eines kleine Mädchens.

Evan

Evan war bereits als Kind der Star der Cricket Mannschaft. Der schüchterne Junge mit den dunkelblauen Augen war beliebt bei den Schülern wie bei den Lehrern. Wir besuchte alle die Gesamtschule und hofften später aufs College zu wechseln. Evan war drei Jahre älter als Kyle und ich und war mir bereits am ersten Tag in der neuen Schule aufgefallen. Ich drängte Kyle, sich der Cricket Mannschaft anzuschließen und tatsächlich wurden er und Evan bald beste Freunde. Ich konnte mein Glück kaum fassen. Die beiden steckten von da an, fast ständig zusammen. Evan kam aus einfachen Verhältnissen. Seine Mom war Verkäuferin und saß an der Kasse bei einem Discounter. Sie schafften es gerade so, über die Runden zu kommen. Evans Eltern waren geschieden und sein Vater war meist bei seiner neuen Freundin. Sie sahen sich selten. Als Evan das erste Mal zu uns kam, fielen ihm fast die Augen aus dem Kopf. Im Gegensatz zu ihm lebten wir quasi in einem Palast. Wir verfügten über deutlich mehr Platz, als wir brauchten und Kyle und ich hatten jeder zwei Zimmer. Eines zum Lernen und Spielen und eines zum Schlafen. An jedem unserer Schlafzimmer gab es ein Bad en suite. Ein Luxus, den die meisten Menschen nur aus dem Hotel kannten. Unser Haus ist riesig, verglichen mit den einfachen Stadthäusern in London und unser Garten ist ein Park. Ich habe es nie als etwas Besonderes gesehen. Es war einfach da. Ich wurde in dieses Leben hineingeboren und habe mir nie etwas aus all den Dingen gemacht. Vielleicht ist das der Grund, warum ich mein Leben lang bodenständig geblieben bin. Ich war nie eingebildet. Warum auch. Als Kind habe ich alles mit meinen Freundinnen geteilt. Wir hatten regelmäßig Übernachtungsgäste, weil mein Bett so groß war, dass ich problemlos zwei Freundinnen gleichzeitig einladen konnte. Bei uns im „Schloss" war immer was los. Bis zu meinem 14. Lebensjahr spielte ich mit meinen Freundinnen tatsächlich, dass ich eine Prinzessin war. Wir warfen goldene Kugeln in unseren altersschwachen Brunnen, und hofften, dass ein verzauberter Frosch herauskam. Aber natürlich passierte nichts dergleichen.

Allerdings trat eines Tages Evan in mein Leben und das änderte alles.

Evans Vater heiratete wieder, in dem Jahr, als Evan aufs College wechselte. Seine neue Frau, die Evans Stiefmutter wurde, stammte aus Deutschland. Sie schickten Evan dank des Stipendiums meines Vaters, zusammen mit Kyle aufs Internat und holten ihn später nach Deutschland, wo er Architektur und Ingenieurwesen studierte.

Als deutscher Bauingenieur war Evan in London gefragt wie kein Zweiter. Er brauchte nur einen Anlauf und bekam den Zuschlag bei einer lukrativen Ausschreibung. Die von Evan entworfene Brücke diente einer Ausstellung in der Nähe von Brighton und erhielt einen Architekturpreis für den besten Newcomer. Ab da konnte er sich die Aufträge aussuchen. Schon bald musste er in ein größeres Büro umziehen und schließlich bot er seinem langjährigen Freund Mitch die Partnerschaft an.

Mitch hatte in Plymouth ebenfalls Architektur studiert und war daher nicht nur aufgrund seiner hohen Einlage in die Firma der perfekte Teilhaber.

Von seiner ersten Million kaufte Evan Winterfield seiner Mutter ein kleines Haus in Kensington, was ihm einen Platz in den Medien einbrachte.

„Jetzt kann sie zu Harrods, laufen!", hatte er strahlend in die Kamera gesagt und erzählt, wie sehr seine Mom das berühmte Kaufhaus liebte und immer davon geträumt hatte, sich einen Kaffee in den Markthallen leisten zu können und täglich bei Harrods die Auslage in den Schaufenstern zu bewundern. Jetzt konnte sie beides und dank eines für sie eingerichteten Kontos, konnte sie sich auch kaufen, was immer sie sich wünschte.

Die Medien liebten die Geschichte. Evan wurde in zahlreichen Zeitungen abgebildet. Man kürte ihm zum „Sexiest Man" und er erschien immer wieder auf den Titelblättern. Er war ein selfmade Millionär, dabei immer bescheiden und immer gerecht. Ein Teil seiner Gewinne floß in Stiftungen oder in Fördervereine, auf Charities war er ein gern gesehener Gast. Er hatte es von ganz unten geschafft und das brachte ihm sehr viel Bewunderung ein.

Kyle hingegen war quasi mit dem goldenen Löffel im Mund geboren. Elite College, Elite Internat, nur die besten Universitäten. Trotzdem hatte er seine Karriere in den Sand gesetzt. Seine Karten standen schlecht. Vater würde ihn vermutlich umbringen!

Gefühlschaos

Wir gingen entlang der Themse. Ich hatte einen kleinen Schwips. Evan hielt meine Hand und ich meine Schuhe. Ich hatte sie ausgezogen. Sie waren schon nüchtern eine Herausforderung. Mit einem Gläschen Champagner zu viel, stellten sie eine öffentliche Gefährdung dar. Ich kicherte während Evan mich neben sich herzog und lustige Geschichten von früher erzählte. An das meiste erinnerte ich mich nicht mehr. Vermutlich hatten die Jungs auch die meisten ihrer Streiche vor mir geheim gehalten. Schließlich gelangten wir an das Ende der Straße und Evan rief uns ein Taxi. Er nannte dem Fahrer eine Adresse, die ich nicht kannte. Voller Vorfreude ließ ich mich in die kühlen Lederpolster gleiten. Ich brauchte jetzt dringend einen Kaffee und eine große Flasche Wasser, um wieder einen klaren Kopf zu bekommen. Ich war sicher, Evan kannte eine gute Bar, in der wir den Abend ausklingen lassen konnten. Ich war froh, dass er offensichtlich auch noch nicht nach Hause wollte. Wenn es nach mir ginge, müsste dieser Abend nie enden. Nur ich und Evan. Es war wie in einem Traum. Wir fuhren durch die hell erleuchteten Straßen der Stadt. Der elegante Wagen rollte nahezu geräuschlos dahin, während ich versuchte, meine Schuhe wieder anzuziehen. Evan blickte gedankenverloren aus dem Fenster und fragte mich ab und zu nach den Touristenattraktionen. Bist du schon mal mit dem London Eye gefahren, wann warst du das letzte Mal in Westminster Abby und Ähnliches. Wir betrieben Small Talk und ich spürte seine

Aufregung. Schließlich hielten wir am Hintereingang eines großen eleganten Gebäudes. Die Fassade schien aus purem Glas, das schwarz in der Nacht glänzte. Einige Wolken spiegelten sich darin, die vom Mondlicht hell erleuchtet wurden. Es sah gleichermaßen gespenstisch wie majestätisch aus. Evan bezahlte den Fahrer, dann betraten wir das Foyer über den seitlichen Eingang, der mit einem Zahlencode gesichert war.

Ein Wachmann stand an den Aufzügen und rief einen Lift für uns. Im vorderen Bereich entdeckte ich einen Portier, der hinter einem hohen Tresen saß und offensichtlich über einen Monitor die Eingänge überwachte. Als der Aufzug kam, tippte sich der Mann kurz an die Mütze.

„Guten Abend Mr. Winterfield."

„Guten Abend, Joseph. Irgendetwas Besonderes?"

„Nein, Sir, alles ruhig heute Abend!"

„Gut! Gute Nacht Joseph!"

„Gute Nacht, Sir."

Die Aufzugtüren schlossen sich und wir fuhren nach oben. Noch bevor ich das Gespräch richtig zuordnen konnte, standen wir erneut vor einem Wachmann in schwarzer Uniform mit einem Funkgerät.

Evan ging auf die einzige sichtbare Tür zu und legte seine Hand auf den Fingerabdruckscanner im Türknauf. Dabei tauschte er mit dem Wachmann einen kurzen Gruß aus. Die Tür sprang auf und Evan bat mich hinein.

Was ich sah, verschlug mir fast den Atem. Links gab es eine elegante Küchenzeile aus schwarzem Granit. Rechts war ein riesiges Wohnzimmer mit einer tiefen, riesigen

Couch für mindestens zwölf Personen. Geradeaus blickte man auf die Skyline der Stadt. Wir waren tatsächlich in Evans Apartment. Ich wusste nicht was ich denken oder sagen sollte. Mein Herz schlug einen Purzelbaum und setzte kurz darauf aus. Noch nie war ich bei ihm gewesen. Noch nie hatte er mich in sein Reich eingeladen. Keinem Reporter hatte er je erlaubt seine privaten Räume zu fotografieren. Das hier war nur seinen engsten Freunden vorbehalten. Mir! Ich konnte es nicht glauben.

„Was möchtest du trinken?"

Evan schaltete gedämpftes Licht an und war in seiner Küchenzeile verschwunden. Ich schlüpfte erneut aus den Schuhen.

„Wasser bitte!", sagte ich, und versuchte nicht zu erstaunt zu wirken.

„Es ist dir doch recht, dass wir zu mir gefahren sind?", er zog abwartend eine Braue in die Höhe.

„Das ist. Ich meine. Wow!", ich drehte mich im Kreis und deutete aus dem Fenster. „Sieh dir diese Aussicht an!"

„Möchtest du auf die Terrasse gehen?"

Evan hatte bereits die großen Schiebetüren für mich geöffnet, und wir gingen hinaus auf die großzügige Dachterrasse, die von einer riesigen Markise überdacht wurde. Ich ließ mich auf einen der extrabreiten Lounge Sessel fallen. Evan reichte mir mein Mineralwasser. Er selbst hatte sich ein Bitter Lemon eingeschenkt und setzte sich neben mich.

„Gefällt es dir?"

„Ich bin überwältigt", antwortete ich ehrlich und trank einen großen Schluck von meinem Wasser. Mein Kopf wurde langsam wieder klar. Das Wasser und die kühle Nachtluft halfen, ich starrte in die Sterne. „Das ist atemberaubend."

„Du, bist atemberaubend", hauchte Evan an meinem Ohr.

Ich glaubte einen Moment, mich verhört zu haben, darum drehte ich den Kopf und sah ihn an. Evans Augen blickten direkt in meine. Wie schon einmal an diesem Abend, hielt er mich mit seinem Blick gefangen. Dann wanderten seine Augen zu meinem Mund. Ich sah, wie er die Lippe einsog und darauf biss. Dann kamen seine Augen zurück zu meinen.

„Du bist so schön!"

Evans Hand schob sich in mein Haar, sein Daumen neckte die Linie an meinem Kinn. Ich glaubte zu verglühen. Alles fühlte sich an, wie in einem Traum. Ich versank in seinen blauen Augen, spürte seine Berührung als er sanft über meine Unterlippe strich. Sein Blick ruhte auf meinen Lippen. Ich konnte nicht länger warten und streckte das Kinn nach vorne. Endlich trafen sich unsere Lippen zu einen einzigartigen Kuss. Alles drehte sich um mich. Mein Herz schien mir aus der Brust springen zu wollen und mein Magen schlug einen Purzelbaum. Wenn das hier ein Traum war, dann hoffte ich, nie mehr daraus zu erwachen.

Wir küssten uns, bis der Wind auffrischte und ich fröstelte. Evan zog mich noch fester an sich und küsste mich noch stürmischer. Seine Arme rieben mir dabei sanft über den Rücken.

„Du frierst, wir sollten reingehen!", flüsterte Evan fürsorglich zwischen zwei Küssen.

Wir lösten uns nur zögerlich voneinander. Ich blickte fest in seine Augen. Noch immer wollte ich mich zwicken, um zu testen, ob das alles nur ein Traum war.

Evan wich meinem Blick nicht aus.

„Nein, es ist zu schön hier draußen. Zu schön mit dir!", setzte ich nach und blickte ihn voller Sehnsucht an.

Evans Blick hielt meinen noch immer gefangen. „Wir sollten reingehen, aber ich muss dich warnen. Ich werde mit dir schlafen, Sarah!", flüsterte er ernst, während seine Hand mit meinem Haar spielte. „Wenn du das nicht willst, musst du mir ein deutliches Stoppsignal geben!"

Er sah mich an und schien auf meinen Einwand zu warten.

„Ich meine das ernst, Sarah! Ich habe mich nicht mehr lange im Griff. Wenn du nicht willst, dass wir einen Schritt weiter gehen, solltest du mich jetzt wirklich aufhalten."

Seine Augen blickten mich abwartend an, während ich mich zu ihm vorbeugte, bis meine Lippen sein Ohr streiften und ich ihn leise fragte: „Worauf wartest du noch?"

Der Morgen danach

Als ich erwachte, war es taghell im Zimmer. Die weißen, bodenlangen Vorhänge bewegten sich im Wind, der durch das geöffnete Fenster hereinkam. Ich lag an Evans warmem, weichen Rücken gekuschelt und konnte es nicht glauben. Ich war noch immer nackt, genauso wie er. Sein knackiger Hintern presste sich an meinen Oberschenkel und meine Hand lag ganz selbstverständlich auf seiner Brust. Ich hatte tatsächlich mit Evan Winterfield geschlafen. Nein, ich hatte drei Mal mit Evan Winterfield geschlafen. Oder er mit mir. Je nach dem, wie man es betrachten wollte. So oder so, es war unglaublich gewesen. Ich hatte mir nicht die Mühe gemacht, mich zu verstellen. Ich hatte mit allen Sinnen genossen. Auch wenn es nur diese eine Nacht für uns gab. Ich wollte sie unvergessen machen. Zum ersten Mal hatte ich erlebt, was wahre Leidenschaft ist. Noch nie hatte ein Mann so sehr Besitz von mir ergriffen, wie Evan Winterfield. Kraftvoll, gierig und gleichzeitig zärtlich. Ich hatte mich in seine Arme geworfen und ihm die Führung überlassen. Ich war bereit, ihm alles zu geben, und er hat es sich genommen. Im Beruf war ich eine Kämpferin. Immer taff, immer stark, aber bei Evan durfte ich schwach sein. Ich hatte mir erlaubt mich einfach nur fallen zu lassen. Zu vertrauen. Einfach nur zu geben. Frau zu sein. Weich, anschmiegsam und seine Lust in mir aufzunehmen. Ich hatte ihm alles geschenkt, was ich geben konnte. Jetzt war es an ihm zu entscheiden, wie wir weitermachen wollten.

Ich bewegte mich langsam, um Evan nicht zu wecken. Aber kaum wollte ich meine Hand von seiner Brust ziehen, griff er danach.

„Hiergeblieben, Prinzessin", neckte er mich.

„Ich wusste nicht, dass du wach bist!", gab ich überrascht zurück.

„Schon eine Weile, ich wollte dich nicht wecken, Schlafmütze", er grinste frech, als er sich zu mir umdrehte und mir einen Kuss auf die Nasenspitze gab. Zum Glück, war ich vor einer halben Stunde auch schon wach gewesen, und hatte mir die Zähne geputzt, was sich jetzt eindeutig auszahlte, denn Evans Lippen, lagen schon wieder auf meinen und seine Hand streichelte sanft über meinen Bauch.

„Lust auf Frühstück? Oder willst du noch mal?", jetzt war sein Grinsen unverschämt.

„Das klingt beides ziemlich verlockend!", gab ich frech zurück.

„Gut, erst Kaffee und dann bist du reif, du freches Luder", er zwickte mich sanft in die Seite, ich quietschte und flüchtete aus dem Bett. Evans Blick blieb dabei an meinen Brüsten hängen.

„Wenn ich jetzt nichts esse, verhungere ich. Aber ich schwör dir, Fräulein, sobald ich wieder bei Kräften bin, zahl ich dir das von heute Nacht heim. Du hast noch ne Rechnung offen junge Dame." Jetzt blickte er noch deutlicher und unverschämter auf meinen nackten Busen und stand auf. Ich hatte eine grobe Idee davon, vorauf er anspielte und musste grinsen.

Nur mit einem winzigen Slip und einem von Evans großen Sportshirts bekleidet, folgte ich ihm in die Küche.

Er selbst hatte sich eine tiefsitzende Jeans und ein enges, weißes T-Shirt angezogen, das ich ihm am liebsten gleich wieder von Leib reißen wollte. Er sah einfach immer unverschämt gut aus.

Evan schaltete die Kaffeemaschine an und uns ließ uns beiden eine große Tasse Cappuccino aus dem Gerät, dann griff er nach seinem Tablet, entsperrte das Display mit einem Fingerabdruck und wählte auf dem Monitor ein Croissant und zwei Brötchen aus.

„Hättest du gerne ein Rührei?", fragte Evan, ohne hochzusehen, und drückte zweimal auf den Button für frischgepressten Orangensaft.

„Du bestellst beim Lieferservice? Ist das nicht kalt, bis es ankommt?", ich war tatsächlich verwirrt. Evan war ein Mann mit Stil und Klasse. Ein Frühstück von Take-away passte so gar nicht zu ihm.

Sein Grinsen erzeugte kleine Grübchen auf seinen Wangen und Schmetterlinge in meinem Bauch.

„Das hier ist ein Apartmenthouse, Sarah. Wir haben ein erstklassiges Restaurant im Haus und eine eigene Küche. Es ist wie in einem Hotel, wenn zu Zimmerfrühstück bestellst", er lächelte gewinnend. „Probier es aus. Wenn es dir nicht schmeckt, gehen wir morgen einkaufen und holen uns eigene Brötchen. Aber diese hier sind handgemacht. Nicht die Aufbackware aus den Backshops. Die Patisserie ist unglaublich und der Küchenchef ist einer der besten Köche Londons."

„Es gibt ein Restaurant im Haus?", ich hatte die Augen ungläubig geöffnet.

„Ja, ein Restaurant, eine Bar, eine Reinigung, einen Butlerservice, einen Concierge und Reinigungspersonal", klärte Evan mich auf und blickte dabei in die Luft, um nichts zu vergessen. „Ach und natürlich, eine Boutique, ein SPA, einen Beautyshop und einen Pool auf dem Dach."

Das war wirklich ziemlich beeindruckend.

„Ok. Überzeugt."

Ich wählte ebenfalls ein Croissant, ein Rührei und gebratenen Speck. Evan stellte den Kaffee vor meine Nase, den er gerade aus einer eleganten Hightech Vollautomaten gezogen hatte, während ich meinen Blick durch das Apartment schweifen ließ. Ich wollte mir den Raum für immer einprägen. Die hellen Polster der weitläufigen Sitzlandschaft, die weißen, deckenhohen Regale, die modernen Lowbaords. Evans Geschmack war exzellent. Vielleicht würde ich nie mehr hier her kommen. Ich nahm den Geruch wahr, den der Kaffee verströmte und versuchte, den Moment für immer in meinem Gedächtnis festzuhalten. Alles. Die Stimmung, das Licht, die Düfte und die Geräusche wollte ich für immer in meinem Herzen einschließen. Nie würde ich vergessen, wie es war, in Evans Armen einzuschlafen und in seinem Bett aufzuwachen.

Draußen flog ein Hubschrauber über das Haus, sonst drangen keine Geräusche der Straße zu uns hoch. Gerade, als ich gedankenverloren von meinem Cappuccino nippte, klopfte es an der Tür. Evan, der plötzlich angespannt wirkte, ging mit großen eiligen Schritten zum Eingang, um zu öffnen. Ich wollte protestieren, da ich noch immer nichts weiter als Evans langes T-Shirt und einen winzigen Stringtanga trug, aber es war schon zu spät. Die Tür wurde hektisch aufgerissen und ein Mann trat aufgebracht herein. Ich erkannte den Wachmann, der gestern Abend vor dem Aufzug gestanden hatte.

„Was ist da draußen los, Cooper?"

„Wir wissen es nicht, Sir! Ein Hubschrauber kreist schon länger über dem Gebäude. Maxwell und Alistair sind schon auf dem Dach!"

Ohne abzuwarten, trat der bullige Wachmann ein und ging auf die Schiebetür zu. Er schob eines der großen Seitenteile nahezu mühelos auf und stürmte hinaus auf die Terrasse. Mit einem Steckschlüssel fuhr er die elektrische Segeltuchjalousie zurück und blickten in den Himmel. Nach einiger Zeit sprach er aufgeregt in sein Funkgerät und kam schließlich zurück in den Raum.

„Sie sind weg, Sir. Alistair bleibt auf dem Dach, falls die wiederkommen", er blickte kurz auf meine nackten Beine, hatte sein Gesicht aber vollkommen im Griff. „Bitte entschuldigen Sie die Störung!", sagte er kühl, tippte sich wortlos mit zwei Fingern an die Mütze, die er nicht aufhatte. Ich verstand den militärischen Gruß dennoch. Im nächsten Moment war Cooper verschwunden.

Als die Tür ins Schloss fiel, blies ich laut die Luft aus. Ich hatte nicht bemerkt, dass ich mir die ganze Zeit über auf die Lippen gebissen und die Luft angehalten hatte. Evan wirkte besorgt und ging unruhig im Raum umher. Plötzlich bewegte sich etwas in der Küche, ein kurzes „Bing" erklang und ich erschrak so sehr, dass ich um ein Haar geschrien hätte. Evan ging zu der kleinen Tür in seiner hochmodernen Küche und öffnete den winzigen

Aufzug in dem unser Frühstück stand. Im Haus meiner Eltern gab es eine ähnliche Einrichtung. Ein Frühstücksaufzug von der großen Gesindeküche, hinauf in den Salon. Dass es so etwas in modernen Hochhäusern gab, überraschte mich. Dennoch konnten mich das lecker duftende Frühstück, das Evan vor meine Nase platzierte nicht vom Einsatz der Security ablenken.

„Evan, was war das eben?", mein Mund stand noch immer offen und meine Beine waren noch immer nackt. Evan, der inzwischen Besteck für uns bereitgelegt hatte, stellte eine Köstlichkeit nach der Andren auf den Tresen und kam schließlich um den Tisch gelaufen, um sich neben mich zu setzen.

„Die Kehrseite der Medaille!"

Evan blies laut hörbar Luft aus und blickte nach oben, während er sich schwerfällig auf den Barhocker fallen ließ.

„Ich bin reich, ich bin in den Medien, die Paparazzi verfolgen mich. Egal, wo ich gehe und stehe. Mindestens einmal am Tag kreist ein Hubschrauber über dem Haus, in der Hoffnung, dass ich nackt auf der Terrasse liege oder sie ein anderes aufregendes Foto schießen können. Natürlich sind sie nicht nur hinter mir her. Das Haus ist voll mit A, B und C Promis. Egal wen sie erwischen. Für einen Fotografen kann so ein Foto der Durchbruch sein."

Da ich nicht wusste, was ich sagen sollte, nickte ich nur stumm. Ich verstand vermutlich das Problem nicht. Was schadete ein Foto? Und warum waren alle so aufgeregt deswegen? Landeten nicht täglich tausende von Fotos in den Medien? Und wer sah sich das alles an? Ich gehörte nicht zu den Lesern der Boulevardpresse, vielleicht verstand ich darum die Aufregung auch nicht.

Evan hatte gerade etwas Rührei auf die Gabel genommen, jetzt legte er das Besteck wieder hin und griff nach meinen Händen.

„Sarah, wir werden zunächst nicht offiziell zusammen auftreten. Ich kann dir das nicht zumuten. Ich werde dich schützen, so lange ich kann."

Er blickte mir ernst ins Gesicht, und ich verstand gar nichts mehr. Hieß das, dass wir offiziell zusammen waren? Sollte das heißen, Evan und ich waren jetzt wirklich ein Paar? Mir schwirrte der Kopf, nicht nur von der aufregenden Nacht und dem wenigen Schlaf. Ich sah ihn etwas benommen an.

„Sarah, wir werden uns nur heimlich treffen können. Alles andere wäre zu gefährlich."

„Heimlich? Aber was soll das heißen Evan?", ich verstand es noch immer nicht.

„Das heißt, dass du ab sofort Personenschutz bekommst. Sarah, kannst du dir vorstellen, was passiert, wenn dich irgendwer erwischt? Die Freundin von Evan Winterfield? Du bist Millionen wert. Jeder Entführer, weiß, dass er Millionen von mir erpressen könnte. Ich würde jeden Preis zahlen und sei es mein eigenes Leben, und die wissen das!"

Tränen standen in Evans Augen, ich hatte ihn noch nie so aufgewühlt gesehen. „Es tut mir leid, dass du durch mich in Gefahr gebracht wirst", er biss sich auf die Unterlippe und sah mich streng an. „Je später die Presse Wind davon bekommt, umso besser! Ich würde dir so gerne ein normales Leben bieten, aber wir müssen ab jetzt verdammt vorsichtig sein. Wenn sie dich einmal gesehen haben, dann bist du nirgendwo mehr sicher. Sie werden dir auflauern, versuchen in dein Haus einzudringen, sie stehen vor deinem Fenster und fotografieren dich im Bademantel in deiner Küche. Das ist der Preis des Erfolges. Sie sind wie die Geier und verfolgen dich auf Schritt und Tritt."

Ich blickte verwirrt in Evans blaue Augen. Die Worte nahmen nur langsam Gestalt in meinem Kopf an.

„Dann sind wir jetzt", ich suchte nach den richtigen Worten, „ein Paar?" Tränen standen in meinen Augen, die ich nicht zurückhalten konnte und die mir hemmungslos über die Wange liefen.

Die Paparazzi waren mit egal. Wichtiger war, dass Evan und ich zusammen sein konnten. Es war kein Traum und auch kein One-Night-Stand. Mein Herz überschlug sich und die Tränen flossen noch schneller und heftiger über mein Gesicht.

„Evan Winterfield, ich liebe dich, seit ich ein kleines Mädchen war. Ich kann nicht glauben, dass wir ein Paar sind!"

Ich schlang meine Arme um seinen Hals und presste mich fest an ihn.

Evan drehte sich zu mir und nahm mein Gesicht in beide Hände. Dann drückte er mir einen Kuss auf die Stirn.

„Kannst du dir vorstellen, dass ich auch in dich verknallt war, seit ich dich das erste Mal gesehen habe?"

„Aber du hast nie etwas gesagt!" Ich schluchzte noch immer und machte mich von ihm frei, um mir die Nase zu putzen.

„Du warst die Schwester meines besten Freundes. Die Zwillingsschwester! Die Schwester des Kumpels ist tabu, verstehst du? Das macht man nicht. Noch dazu hatte dein Vater dafür gesorgt, dass ich mit Kyle aufs Internat gehen kann und hat mir ein Stipendium besorgt. Du warst doch so etwas wie meine kleine Schwester, das wäre einfach nicht gegangen. Außerdem war ich damals ein ziemlicher Idiot. Ich war noch nicht reif genug für eine feste Beziehung. Und als ich es war, hatte ich dich in meine Firma geholt und erst danach gemerkt, dass es nicht schlau wäre, dich auch noch in mein Bett einzuladen. Du hättest doch schwer Nein sagen können. Schließlich war ich dein Boss. Ich wollte nicht, dass es sich komisch für dich anfühlt. Ich wollte dich aus freien Stücken. Aber dann kam die Sache mit Mitch dem Idioten dazwischen. Ich hätte ihm am liebsten die Zähne ausgeschlagen, als ich gesehen habe, dass er dich anfasst. Von da an, musste ich dich erst mal aus der Schuss-linie bringen und warten bis Gras über die Sache gewach-sen war. Ich wollte nicht, dass du es falsch verstehst, wenn ich dir näher komme. Gleich nach dem Mitch zudringlich geworden war, hätte ich mich gefühlt wie der zweite Lust-molch, der dir nachsteigt. Ich wollte dich in aller Ruhe neu kennenlernen. Die erwachsene Sarah, die Frau. Und als ich dich vor ein paar Tagen im Little Pies getroffen habe, war der Zeitpunkt einfach perfekt."

Ich nickte langsam.

„Ja, das war er!"

„Wir bekommen das hin, ja? Du und ich! Wir dürfen uns nur von der Presse und dem ganzen Rummel nicht ver-rückt machen lassen."

„Und was schlägst du vor?"

„Wir treffen uns mal bei dir und mal bei mir. Ganz einfach. Wir werden uns zum Hintereingang hineinschleichen und aufpassen, dass uns keiner beobachtet. Es gibt keine großen Partys, keine Events, keine Kinopreviews. Wir werden nicht zusammen shoppen gehen und wenn, dann nur undercover. Wir gehen nur in kleine und sehr exklusive Restaurants, zu denen die Fotografen keinen Zugang haben. Unser Leben wird ein Versteckspiel, aber das ist es wert."

„Du vergisst, dass mein Vater Politiker war. Wir Kinder wurden vor die Presse gezerrt, wenn es aus politischen Gründen zielführend war. Vor der Wahl gaben wir immer die Vorzeigefamilie. Aber ich kenne auch die nervigen Seiten. Wenn du als Kind von einem angeblich besorgten Onkel ausgefragt wirst. Wenn sie im Dreck wühlen, und versuchen etwas herauszufinden, um es gegen deinen Vater zu verwenden und um eine große Story zu bekommen.

Ich bin nie auf die Masche hereingefallen. Selbst die Lehrer haben uns manchmal seltsame Dinge gefragt. Ich weiß, wie es ist, wenn man ständig auf der Hut sein muss. Das ist der Grund, warum wir auf einem privaten College waren und Kyle im Internat. Als Dad sein Amt niedergelegt hatte, wurde es ruhiger und wir konnten wieder normaler leben."

Evan nickte nachdenklich.

„Ja, du hast das schon als Kind erlebt. Aber als Erwachsener ist es etwas völlig anderes. Winterfields verbucht Millionenumsätze. Ich bin zum begehrtesten Junggesellen aufgestiegen. Nicht, aufgrund meiner Person, es ist das Geld, das die Leute anzieht, wie die Motten. Man blickt gespannt auf mein Privatleben und jede Frau an meiner Seite, möge sie noch so schön und erfolgreich sein, wird man ausschlachten. Sie werden über dich herfallen wie die Fliegen über einen Kadaver. Es wird ekelerregend. Sie wühlen in deiner Vergangenheit, du wirst in der Zeitung Spekulationen lesen, warum du das Studium geschmissen hast, sie werden alte Fotos von dir finden und mit falschen Bildunterschriften dein Leben durch die Gosse ziehen. Jedes alte Partyfoto von dir wird plötzlich bares Geld wert, und es finden sich genügend neidische Menschen, die private Bilder an die Presse verkaufen."

Ich konnte nichts tun, als erschrocken seinen Aufzählungen zu folgen, also sprach Evan weiter.

„Vertrau mir. Wir werden das ganz geschickt aufziehen. Wir wickeln die Medien ein. Sie müssen dich lieben, aber dazu brauchen wir erst ein Konzept. Und ich habe da schon eine Idee!"

Evans Blick wurde wieder weicher und zärtlicher. Seine Idee, was immer es war, schien in seinem Kopf auf positive Resonanz zu stoßen. Langsam entspannte ich mich auch wieder. Das war ein ziemlich aufregender Morgen und mein Kaffee war langsam kalt. Ich stand fröstelnd auf. Von meinem Croissant hatte ich nur die Hälfte gegessen. Ich war zu aufgeregt. Noch immer flogen die Schmetterlinge in meinem Bauch. Evan und ich waren ein Paar! Wenn mich jetzt einer aufwecken würde und mir sagen, dass das nur ein Traum war, würde ich ihn so hart ins Gesicht schlagen bis er für immer ruhig wäre.

Heimlichkeiten

„Hast du alles bekommen? Auch die kleinen Gebäckstück-chen?" Evan zwängte sich durch den leicht geöffneten Tür-spalt herein. Draußen war es bitterkalt und er brachte den typischen feucht-kühlen Nebel mit herein, der um diese Jahreszeit durch Londons Straßen waberte.

„Alles was du bestellt hast, Prinzessin", er küsste mich zur Begrüßung auf die Nase. Evan war in dieser Woche mit Frühstückholen dran, da wir uns bei mir trafen. Ich hatte ich ihn zu Little Pies geschickt. Es war inzwischen unser Ritual, den anderen mit einem leckeren Frühstück zu über-raschen.

Evan schlüpfte aus dem sandgrauen Trenchcoat und hängte seinen großen roten Schal an die Garderobe. Dann folgte er mir in die kleine Küche, deren Fenster zur Stra-ßenseite hinaus ging. Wir blickten gemeinsam durch das Sprossenfenster, sahen aber nichts Außergewöhnliches, abgesehen von der großen schwarzen Limousine, die Evan auf Schritt und Tritt begleitete. Sein Bodyguard war immer vor Ort. Ich konnte nicht sagen, ob es mich beruhigte oder beunruhigte, dass da fremde Männer vor meinem Haus parkten, bewaffnet und auf alles gefasst.

Ich hatte den Frühstückstisch bereits gedeckt, Kaffeeduft zog durchs Haus. Wir setzten uns an meinen Küchentisch, den ich liebevoll mit meinem neuen pastellfarbenen Geschirr in einem warmen Rosa gedeckt hatte. Roséfar-bene Platzdeckchen und Besteck in mattem Roségold waren meine neueste Errungenschaft. Es sah ein bisschen aus, wie das Foto in dem Einrichtungsblog auf Instagram, das mich zum Kauf des neuen Porzellans inspiriert hatte.

Ich verteilte die Kuchenstücke auf meine neue Etagere und goss uns Kaffee ein. Evan machte sich direkt über die Köstlichkeiten her ohne den Umweg über den Teller zu nehmen. Ich grinste.

„Was läuft da mit Cooper und Emma?", fragte ich beiläufig, obwohl mich das Thema brennend interessierte.

Evan sah mich verwundert an und kaute langsamer, um Zeit zu gewinnen. Offensichtlich hatte er echt keine Ahnung, was ich meinte.

„Sie spielen ein Liebespaar, wenn es der Auftrag verlangt. Das gehört zum Bodyguard sein dazu. Manchmal muss Emma mit Alistair knutschen, wenn Sie so tun wollen, als wären sie nur ein Pärchen auf einer Brücke, über die wir gerade gehen. Das nennt sich undercover."

„Nein, das meine ich nicht. Ich habe sie beobachtet. Cooper hat ihr eiskalt die Zunge in den Hals gesteckt. Das war ein wirklicher echter Kuss. Mit Alistair hat sie nur ihre Nase an seiner gerieben. Die küssen sich nie, wenn die zusammen im Dienst sind. Und wenn sie mit Maxwell unterwegs ist, tauschen sie nur Filmküsse aus. Sie küsst ihn neben dem Mund. Aber bei Cooper! Mein Gott, sie hat seine Zunge wie ein Schwertschlucker in ihren Hals gesaugt."

Evan lachte.

„Ich sage dir, da läuft was! Vertrau mir!"

„Ich würde es Cooper gönnen. Er ist mein bester Mann. Und Em, nun sie ist einfach immer auf dem Punkt. Sie ist die geborene Schauspielerin. Kein Mensch würde auf den

Gedanken kommen, dass sie Bodyguards sind. Emma spielt so gekonnt das kleine Mächen, das Laub in die Luft wirft und sich von ihrem Freund dabei fotografieren lässt. Sie wirkt wie das Insta Girl. Dabei ist sie ein verdammter Bulle mit einer Nahkampfausbildung. Ein Handkantenschlag von ihr streckt den stärksten Mann nieder. Sie ist ne Kampfmaschine."

Ich grinste wissend.

„Ich würde es den beiden so gönnen, wenn sie sich finden würden. Ich fühle mich immer beschützt, wenn Em und Cooper in der Nähe sind."

„Das kannst du auch. Auch wenn sie immer zehn Schritte von uns entfernt sind. Ich mag keine Personenschützer die in schwarzen Anzügen um mich herumstehen und die Leute auf die Seite scheuchen. So ein undercover Team gefällt mir besser."

„Ich bin ganz deiner Meinung. Ich genieße das Minimum an Freiheit, das uns diese Lösung bringt. Apropos Lösung. Du sagtest, was von einem Plan, um die Medien einzuwickeln? Ich meine, sie werden dich trotzdem jagen, oder? Du bist beliebt und begehrt. Was könnte ich daran ändern?"

„Ich dachte an ein Charity Event. Das wird immer gerne gesehen. So kannst du dich in aller Ruhe präsentieren und sie lernen dich erst mal kennen und lieben. Wenn du das Herz der Presse eroberst, werden sie weniger Dreck über dir ausgießen."

„Was?", ich musste mich verhört haben. Was auch immer Evan vorhatte. Ich würde doch kein Charity Event aus dem Boden stampfen.

„Ich dachte an deine Mom", sprach Evan seelenruhig weiter, „sie ist eine bekannte Schirmherrin. Häng dich da dran. Dein Dad hat verschiedenen Stiftungen. Geh in Kindergärten, Schulen. Lese Kindern im Krankenhaus vor. Alles was dich vor den Medien als gute Seele erscheinen lässt, ist gut. Sie müssen dich lieben. Wenn du zuerst als Frau an meiner Seite auftrittst, werden sie nach allem suchen, was sie finden, um unser Glück in den Dreck zu ziehen, glaub mir. Sie werden kein gutes Haar an dir lassen. Wenn sie dich aber schon kennen, als die wohltätige Tochter von Lord Weston, dann können sie gar nicht anders, als wohlwollend über uns berichten. Wir schlagen sie mit ihren eigenen Waffen und das sind die Verkaufszahlen.

Suche dir eine Verbündete unter den Journalisten. Eine Freundin. Du brauchst eine Fürsprecherin."

„Sally ist Reporterin!", warf ich zögernd ein.

„Sally?"

„Meine beste Freundin aus dem College. Sie hat Journalismus studiert, ich Wirtschaft."

„Das ist ja perfekt. Lade sie ein, dich zu begleiten. Und sag ihr, was du brauchst. Ich bin sicher, sie wird dich verstehen. Biete ihr ein exklusives Interview an, sobald wir mit unserer Geschichte an die Öffentlichkeit gehen."

„Wow. Das könnte ihr Durchbruch sein!", das wäre wirklich mega.

„Umso besser!", Evan strahlte. „Ich glaube, wir sind auf einem guten Weg. Alles was du jetzt noch tun musst, ist raus in die Welt zu gehen und sie mit deinem Charme genauso umzuwerfen wie mich!"

Ich lächelte verlegen. Als ob das so einfach wäre. Ich war Sarah und nicht Herzogin Kate, die einfach jeder mochte. Vom ersten Augenblick ihres Erscheinens hatten die Menschen das Mädchen mit dem strahlenden Lächeln geliebt. Keiner wollte ihr die Augen auskratzen und das, obwohl sie sich den damals begehrtesten Junggesellen des Landes geschnappt hatte. Ob mir das auch gelingen würde? Ich hatte meine Zweifel.

Auch wenn ich mich wirklich darauf freute mal wieder die Kinder in den Kindergärten zu besuchen oder in einer Schule mit den Kids zu lesen. In meinen Semesterferien war das Pflichtprogramm gewesen. Meine Mom hatte schon immer darauf geachtet, dass wir uns alle sozial engagieren. Natürlich war es ihr hauptsächlich um die Außenwirkung gegangen, und um den Wahlkampf meines Vaters, aber wir hatten auch viel über soziale Verantwortung gelernt. Darüber, dass es nicht selbstverständlich war, in einem großen Haus zu leben, dass wir alles hatten, mehr als wir brauchten. Wir hatten schon immer geteilt, geholfen, unterstützt. Ich schämte mich ein wenig dafür, jetzt damit hausieren zu gehen, aber ich wusste auch, dass Evan recht hatte. Ein gutes Image half eine Menge. Und hatten die Medien erst einen Narren an dir gefressen, war es ihnen quasi unmöglich dich durch den Dreck zu ziehen, ohne die Wut ihrer Leser auf sich zu ziehen. Ich nahm mir vor, mit Sally zu sprechen, auch wenn wir uns eine Weile nicht mehr gesehen hatten.

Paparazzi

Ich erwachte in der leeren Wohnung. Evan hatte einen Termin am frühen Morgen und hatte mich nicht wecken wollen. Jetzt war ich zum ersten Mal alleine in seiner Wohnung. Es fühlte sich seltsam und kalt an.

Ich schwang mich aus dem Bett und griff nach einem der Baseballshirts, die er mir immer zum Schlafen hinlegte. Ich liebte die weiten T-Shirts, die an mir wie ein Minikleid aussahen, und kuschelte mich fest darin ein. Dann schlenderte ich barfuß durch das Apartment. Einhundertvierzig Quadratmeter mit Blick über die Stadt. Das war der pure Luxus. Ich gönnte es Evan, wie keinem Zweiten. Als Kind hatte er auf alles verzichten müssen. Seine Mutter, war eine einfache Verkäuferin und das Leben war für die beiden nicht immer leicht gewesen. Dinge, die für andere Kinder selbstverständlich waren, waren für Evan oft nicht zu haben. Sogar das Geld für Schulhefte und Bücher fehlte häufig und Evan musste sehen, wie er mit seinem vorhanden Material zurechtkam. Als Kyle bemerkte, dass Evan seine Stifte nicht nur einfach vergessen hatte, sonder schlichtweg keine eigenen Farbstifte und Marker besaß, schenkte er ihm seine und dann lief er zu unserem Dad und bat ihn darum, Evan aus seinem Fond zu unterstützen.

Jetzt hier in seiner Wohnung zu sein, und den Blick über die Themse zu genießen, fühlte sich großartig an. Evan hatte alles erreicht, was er sich gewünscht hatte und er hatte hart dafür gekämpft. Ich weiß nicht, ob ich den Biss gehabt hätte, mich mit Hilfe von Fördermitteln und Stipendien durch das Studium zu kämpfen. Immer in dem Wissen, dass jede verpatzte Note dein Aus sein kann.

Kyle und ich hatte immer reiche Eltern im Hintergrund gehabt, Nachhilfelehrer, Privatunterricht und ein großes Haus. Wir wären immer weich gefallen. Evan dagegen wäre hart auf dem Boden der Tatsachen aufgeschlagen.

Ich wanderte ziellos durch die Zimmer. Evans Arbeitszimmer war ein weißer Raum mit weißen Möbeln, einem kleinen Schreibtisch und einem Laptop obendrauf. Er liebte es schlicht. Hier gab es keinen Luxus und doch wirkte alles edel. Die hohen, ebenfalls weißen Regale die randvoll mit Büchern waren, schenkten dem Raum Gemütlichkeit. Ich fuhr mit den Fingern über einige der ledergebundenen Buchrücken. Alte Klassiker standen hier neben modernen Newcomern. Keines der Bücher konnte mich jedoch im Moment genug reizen, um es aus dem Regal zu nehmen.

Ich schlenderte weiter, kam schließlich an Evans Ankleidezimmer vorbei, einem großen Raum mit deckenhohen Schränken, in welchen Evans zahlreiche Anzüge verstaut waren. Ich war versucht, die Schranktüren aufzuschieben und einen Blick hineinzuwerfen, aber eigentlich hatte ich schon alles gesehen, was sich hinter den hohen Türen verbarg. Es gehörte sich nicht zu spionieren. Zudem war ich ein Mensch, der völlig frei von Neugierde war. Ich ging weiter, kam schließlich in den riesigen Wohnbereich in dem sich auch die moderne, schwarze Hochglanzküche befand. Wie jeden Morgen, schaltete ich die Kaffeemaschine an, ließ mir einen großen Milchkaffee aus dem Gerät. Ich wärmte meine Finger an dem heißen Porzellan,

als ich mit der Tasse in der Hand schließlich zur Fensterfront ging und die Türen aufzog. Die Strahlen der warmen
Herbstsonne wärmten mir die Beine. Heute war es gar
nicht kalt. Der Himmel war von einem Blau, als hätten ihn
Kinder mit einem Wachsmalstift angemalt. Keine Wolke
schien am Himmel, die Sonne stand noch zu tief, als dass
ich sie hätte sehen können. Ich drückte auf den Wippschal-
ter und ließ die Segeltuchbespannung zurückfahren um die
Sonnen in den Raum zulassen. Der Tag war zu schön, um
ausgesperrt zu werden. Schließlich ging ich gedankenverloren zurück in die Küchenzeile, holte das schwarze Tablet
hervor und gab meine Frühstücksbestellung auf. Heute, da
Evan nicht da war, konnte ich mir einen großen Obstsalat
liefern lassen, dazu wählte ich ein Müsli, einen Krug frische
Milch und einen Fruchtquark. Außerdem eine extra
Karaffe mit frisch gepressten Multivitaminsaft. Evan
bestellte für uns beide normalerweise immer Croissants
und Eier und ich brachte es nicht über das Herz ihn vor
den Kopf zu stoßen. Das Vitalfrühstück hatte mich schon
die ganze Zeit gereizt, aber ich wollte nicht, dass Evan sich
verpflichtet fühlte, ebenfalls die „Gesund-Option" zu
wählen, wenn ich damit anfing. Ich hatte meine Auswahl
getroffen und bereits auf „Senden" gedrückt, als der ohren-
betäubende Lärm losging. Hubschrauber flogen über das
Haus. Der Schall brach sich an den Hauswänden und ich
war mir sicher, dass offensichtlich eine ganze Armee von
ihnen gerade auf dem Dach landete. Verdammt! Was hatte
ich mir nur gedacht? Hatte ich alle Warnungen von Evan
einfach vergessen, oder schlichtweg nicht ernst genommen?
Ich hielt mir die Ohren zu und begann mich hinter dem

Küchentresen zu verstecken. Warum nur hatte ich die Terrassentür aufgemacht? Und warum nur hatte ich die Jalousie zurückgefahren? Anfängerfehler, schoß es mir durch den Kopf. Adrenalin rauschte durch meine Adern. Die Geräusche wurden immer lauter. Ich hörte Männer Anweisungen schreien und fast erwartete ich, dass sich gleich schwarzgekleidete Entführer vom Dach abseilen würde.

Was auch immer da oben los war, ich war in Gefahr und schlimmer noch, ich hatte die Situation selbst herbeigeführt. Mir stockte der Atem. Vor meinem geistigen Auge wurden schon lange Stricke von oben herunter geworfen. Ich sah die Männer in den dunklen Nahkampfanzügen schon förmlich vor mir. Mit vor Schreck geweiteten Augen blickte ich auf die offene Tür. Verdammt. Jetzt nur mit einem kurzen T-Shirt bekleidet zur Terrasse zu gehen war wohl die schlechteste Entscheidung. Ich hatte keine Ahnung, was ich tun sollte. Also, blieb ich einfach nur regungslos stehen, unfähig eine Entscheidung zu treffen.

Irgendetwas hämmerte gegen die Eingangstür und ich musste mich zurückhalten, um nicht zu schreien. Vor Angst hielt ich mir die Hand vor den Mund. Wieder schlug etwas gegen die Tür. Dann hörte ich ein leises, schnappenden Geräusch und die Wohnungstür schwang auf.

Cooper stand völlig entgeistert im Raum. Er trug seinen schwarzen Kevlar Anzug und eine große Waffe über der Schulter. Ich war bleich und starr vor Angst, während Cooper erst auf meine nackten Beine und dann auf die offene Fensterfront starrte. Mit schnellen Schritten durchquerte er den Raum, trat hinaus ins Freie und blickte in den Himmel. Er hob seien Waffe drohend gegen die Hubschrauber, die im Tiefflug sein mussten und vermutlich unmittelbar über dem Haus schwebten. Dann kam er schnaufend zurück ins Wohnzimmer, schloss alle Schiebefenster und ließ die Markise wieder ausfahren, während er aufgeregt in sein Funkgerät plärrte.

„Holt endlich die Idioten vom Dach!", schrie er, ohne mich noch eines Blickes zu würdigen.

„Sicherheitsleck gefunden. Ich wiederhole: Sicherheitsleck gefunden. Wir haben hier ein OW im Penthouse und ein NoBlinds", gab er weiter durch und schloss schließlich die Jalousie und die Tür zur Terrasse, nachdem er ausgiebig den Himmel erkundet hatte.

Ich wollte wetten, dass OW für Open Window stand, und fragte mich, wie wohl der Code für behämmerte Kuh war. Wir haben hier eine BK in der Küche. Oder würde er hirnverbrannte Tussi sagen? Die HT des Eigentümers hat das Fenster geöffnet. Und dann klatschen sich alle kollektiv an die Stirn. So oder so, ich würde mal wieder zum Gespräch ihre Kaffeepause werden. Im Fettnäpfchen Hindernislauf war ich ungeschlagen. Sollte das jemals olympisch werden, war mir der erste Platz so was von sicher.

Noch immer war ich starr vor Angst. Meine nackten Beine schlotterten vor Kälte, die inzwischen in kräftigen Windböen in den Raum gekommen war. Cooper kam zurück und blieb vor mir stehen. Sein Blick sprach Bände. Ich brauchte seine Worte nicht zu hören. Er sprach sie trotzdem.

„MACHEN. SIE. DAS. NIE. WIEDER!", sagte er streng und gefährlich langsam. Sein Finger deutete dabei in mein Gesicht und stach bei jedem Wort wie eine kleine Lanze in die Luft.

Der Himmel verdunkelte sich und die Geräusche erstarben. Die Hubschrauber drehten ab. Ich hörte, wie das Geräusch immer leiser wurde, und atmete erleichtert aus.

Cooper stand mir noch immer gegenüber. In seinem Gesicht las ich Wut und Verärgerung.

„Machen Sie das nie wieder!"

Ich konnte nur kleinlaut nicken und fühlte mich wie ein ertapptes Schulmädchen, das heimlich auf dem Klo geraucht und versehentlich den Feueralarm ausgelöst hatte.

Erneut streifte sein tadelnder Blick meine Beine.

„Ich komme um zwölf Uhr wieder, um mit Ihnen die Sicherheitsanweisungen zu besprechen. Mr. Winterfield hat mich darum gebeten. Sie bekommen alle Eingangscodes und wir werden Ihre Fingerabdrücke scannen."

Wieder konnte ich nur nicken. Dann war Cooper durch die Tür verschwunden.

Die Anweisung

Als es um Punkt 13 Uhr an der Tür klopfte, war ich gewappnet und fühlte mich bereit, Cooper gegenüberzutreten. Ich hatte eine lange und ausgiebige Dusche genossen, meinen Haaren eine Glanzkur verpasst und war in eine hautenge Designerjeans und einen roten Pulli mit Trompetenärmel geschlüpft. Diesmal trug ich sogar Schuhe. High Heels, um genau zu sein. In Rot. Noch einmal würde ich mich Cooper nicht mit nackten Beinen und barfuß präsentieren. Schlimm genug, dass ich ihm zwei Mal im Bitchi-Schlaflook begegnet war. Ich hatte viel Zeit für mein Make-up verwendet und meine Haare zu einem eleganten Pferdeschwanz gestylt, jetzt stand vor ihm die Dame, die ich eigentlich sein sollte. Die Dame, die nicht einfach nur die Bettgeschichte des Tages war, sondern die Frau, die an der Seite von Evan Winterfield in diesem Apartment lebte.

Cooper verzog, wie immer, keine Miene, als ich ihm die Tür öffnete. Sein Pokerface war unschlagbar und sicherlich in seinem Job als Personenschützer schon oft seine Lebensversicherung gewesen. Falls er mich musterte, bemerkte ich es nicht. Er betrat das Apartment jedoch jetzt deutlich zögerlicher und wartete auf meine Aufforderung herein, zu kommen. Nicht, wie bei unseren vorherigen Begegnungen, als er Gefahr in Verzug glaubte und sich selbst eingelassen hatte, wie eine Kanonenkugel, die in ein Haus einschlägt.

Ich umrundete den Küchentresen und bot ihm einen Platz an der Kücheninsel an, den er ohne zu zögern annahm. Er war also schon öfter hier. Schoss es mir durch den Kopf. Ich wollte alles richtig machen, und nicht wieder in ein Fettnäpfchen treten. Sofa, zu intim. Esstisch? Zu persönlich. Küchentresen erschien mir neutral und offensichtlich hatte ich zum ersten Mal etwas richtig gemacht.

„Möchten Sie Kaffee?"

Ich stellte einen großen Becher für mich unter den Auslauf und drückte auf den Knopf. Dann wandte ich mich Cooper zu, der mich mit zusammengezogenen Augenbrauen anschaute. Also wieder ein Fauxpas. Zumindest in seinen Augen. Nicht in meinen.

„Cooper, Sie sagten, und ich zitiere wörtlich: Planen Sie etwas Zeit ein, wir werden mindestens eine Stunde brauchen. Also, was kann ich Ihnen anbieten? Wasser, Kaffee, eine Cola oder lieber Tee? Wir haben alles da."

„Wasser, bitte!", sagte Cooper leise.

Ich fragte mich, ob ihm Evan nie etwas anbot, wenn sie sich trafen. Die Situation war seltsam. Mein erster Gast in Evans Wohnung. Wenn auch nicht wirklich ein Gast, so dennoch ein Besucher und ich würde dafür sorgen, dass er sich in meiner Nähe wohlfühlte und nicht, als sei er von einer Irren umgeben, die allen Warnungen zum Trotz, Fenster und Türen aufriss und den ganzen Tag in viel zu kurzen T-Shirts umherlief.

Ich stellte das Wasser neben Cooper auf den Tisch und kletterte dann neben ihm auf den Barhocker. Cooper hatte inzwischen sein Tablet einsatzbereit gemacht und eine App gestartet. Das schwarze Tablet steckte in einem Schutz-Case mit einem fast fünf Zentimeter dicken, gepolsterten Rahmen. Ich war mir sicher, dass man es unbeschadet aus dem zehnten Stock werfen konnte. Ein Absturz aus dem Hubschrauber in den Grand Canyon? Kein Problem.

Cooper schob das Display in meine Richtung.

„Zunächst benötige ich Ihre Fingerabdrücke. Sie müssen Sie fest in den vorgesehenen Felder drücken, ich helfe Ihnen dabei. Ist es ok für Sie, wenn ich Ihre Hand anfasse?"

Ich starrte Cooper überrascht an.

„Wie wollen Sie denn sonst die Fingerabdrücke nehmen?"

„Ich muss das fragen. Alles andere wäre schon sexuelle Belästigung. Sie können natürlich auch Nein sagen und es alleine versuchen!"

Ich schenkte ihm einen überraschten Blick.

„Wir werden das schon schaffen. Und ja, wenn Sie glauben, mir zeigen zu müssen, wie man den Finger auf ein Display hält, dann dürfen Sie auch gerne nachhelfen."

„Das Wichtigste ist, dass Sie wirklich fest drücken. So können die meisten Rillen der Finger erfasst werden. Je platter Sie den Daumen drücken, desto besser. Die meisten Menschen trauen sich nicht, auf eine Glasplatte Druck auszuüben. Sie tippen nur darauf. Mehr wie ein Hauch. Aber das ist hier falsch. Außerdem brauche ich mehrere Positionen des Fingers. Darf ich?"

Cooper nahm meine Hand und spreizte den ersten Finger ab, dann drückte er ihn sanft, aber flächig auf das erste Feld. Seine Hände waren warm und zart, was mich überraschte. Ich hätte erwartet, dass sie grob und rau wären. Ich entdeckte gepflegte Nägel. Sie waren perfekt maniküürt und ich fragte mich automatisch, ob die Crew auch in das hauseigene Spa ging, um sich pflegen zu lassen. Während ich sein ebenmäßiges Gesicht betrachtete, drückte Cooper meinen nächsten Finger auf das Display. Wir kamen gut voran. Er war wirklich ein gepflegter Mann. Kein Bartschatten, rosige Haut und ein Hauch Aftershave. Ich konnte verstehen, dass Emma ihn mochte. Wenn er mal nicht so verbissen dreinblickte, dann musste man sagen, dass Cooper wirklich einen zweiten Blick wert war. Ich fragte mich plötzlich, welche Geschichte hinter ihm stand. Warum war er zur Security gegangen? Und warum lebte Cooper alleine? Mutterseelenallein. Er hatte niemand, das wusste ich von Emma, und er tat mir leid. Zu gerne hätte ich ihn danach gefragt, aber ich traute mich nicht, also wartete ich geduldig, bis auch meine andere Hand gescannt war und griff dann erleichtert zu meinem Kaffee.

„Vielen Dank, Miss Weston. Das war's schon. Das Schlimmste haben Sie überstanden. Sie sind jetzt in das System eingebucht. Das heißt, Sie können im ganzen Haus mit einem Fingerabdruck bezahlen. Außerdem öffnen sich alle Türen in den öffentlichen Bereichen über den Fingerabdruckscanner. Hier an der Tür, sowie an den Seiteneingängen des Hauses brauchen Sie zusätzlich einen Zahlencode. Diese wurd ausschließlich für Sie generiert und darf auf keinen Fall weitergegeben werden", dozierte Cooper jetzt völlig in seinem Element. Ich nickte nur.

„Ihr Code ist die 7438. Verlieren Sie ihn nicht. Merken Sie sich den Code ganz genau. Wenn Sie in Gefahr sind, Sie jemand mit einer Waffe bedroht oder irgendwie nötigt, die Tür zu öffnen, dann drücken Sie die 3926. Das löst einen stillen Alarm aus. Alle Kameras werden eingeschalten, die Security wird informiert. Wir schreiten aber erst ein, wenn wir Ihre Sicherheit garantieren können. Ein Fremder, der sich so Zugang verschaffen will, wird nichts bemerken. Die Kameras laufen still und ohne optische Hinweise, das Personal wird Ihnen freundlich einen guten Tag wünschen. Alles wie immer. Im Hintergrund jedoch läuft unser Notfallplan. Sie müssen keine Angst haben, wir sind ein Top Team und auf alles vorbereitet."

„Das weiß ich", sagte ich charmant und schenkte Cooper ein Lächeln, welches dieser nicht erwiderte.

„Wenn es brennt, Sie verletzt sind oder irgendeine Gefahr droht, dann drücken Sie die 0911. Egal wo. An jeder Tür, auf den Tablets, wo immer Sie Zugriff haben. Die 0911 löst einen richtigen Alarm aus. Die Kameras werden eingeschalten, alle Lichter gehen an, der Verantwortliche in der Security Schaltzentrale wird versuchen, sofort anhand der Bilder die Lage zu erfassen. Hilfe ist in weniger als einer Minute bei Ihnen."

„Wow!", stieß ich hervor. „Ich hatte gedacht, dass ich mich sicherer fühle, wenn ich mit Ihnen gesprochen habe, aber gerade ist das Gegenteil der Fall. Ich meine, ich habe das Gefühl, dass ich mir gar nicht der Gefahren bewusst war."

„Miss Weston, in diesem Haus wohnen ausschließlich prominente Menschen. Politiker, Musiker und Sportler. Bisher konnten wir sie alle schützen. Ich arbeite seit über 15 Jahren hier im Haus und wir hatten noch nie einen ernsthaften Zwischenfall. Sie sollten sich keine Gedanken machen. Unsere gute Bilanz, entstammt jedoch einem sehr komplexen Sicherheitssystem. Es soll Sie schützen und es wird Sie schützen. Vertrauen Sie mir."

„Das tue ich Cooper. Es ist nur alles neu und ziemlich erschreckend, wenn ich ehrlich bin!"

„Das kann ich verstehen!"

Zum ersten Mal zeigte sich ein Lächeln in Coopers Gesicht und ich lächelte zurück.

„Cooper, darf ich Ihnen eine persönliche Frage stellen?"

Ich wusste nicht, warum aber ich fand, der Zeitpunkt sei günstig um ihm auf den Zahn zu fühlen. Anstatt einer Antwort, blickte mich Cooper jedoch nur abwartend an.

„Sie und Emma. Ich meine, mögen Sie Em?"

Ich hatte gesprochen, ohne nachzudenken, was ich sofort bereute. Vielleicht hätte ich mich raushalten sollen, aber Emma war mir ans Herz gewachsen und ich konnte nicht sehen, wie sie litt, weil von Cooper einfach keine Regung kam.

„Verzeihen Sie, Mrs. Weston. Es wird nicht wieder vorkommen!", sagte Cooper steif und wurde rot.

„Nicht mehr vorkommen? Was wird nicht mehr vorkommen. Bitte, Cooper. Ich mag Emma. Bitte brechen Sie ihr nicht das Herz."

„Dazu müssten wir uns ja erst mal richtig, naja kennenlernen! Oder?"

„Kennenlernen?", ich holte tief Luft. „Cooper! Emma hat Sie geküsst! Ich habe sie beobachtet. Die anderen bekommen Filmküsse und meist nicht mal das. Haben Sie denn nicht bemerkt, dass da etwas zwischen Ihnen ist?"

„Ich dachte, sie macht einfach nur ihren Job!"

Zum ersten Mal blickte er mich hilflos an. Es war irgendwie süß. Dieser große, raue Mann zeigte Gefühle. Und zum ersten Mal sah ich Unsicherheit in seinem Gesicht.

„Dann wissen Sie es ja jetzt besser!“

Ich zwinkerte ihm gut gelaunt zu und schwang mich von meinem Barhocker, um Kaffee nachzuschenken.

Cooper verstand das als Zeichen zum Aufbruch und stand ebenfalls auf.

„Danke, für Ihre Zeit!“, sagte er höflich und war dann mit einem kurzen Nicken durch die Tür verschwunden.

Cooper

Das Gespräch mit Cooper und der Morgen hatten mich ziemlich aufgewühlt. Jetzt in Evans Wohnung zu warten, erschien mir unmöglich. Ich war schon eine halbe Stunde im Wohnzimmer auf und ab getigert und hatte mir alle möglichen Szenarien überlegt. Was alles hätte passieren können, was ich in Zukunft besser machen wollte und wie ich Evan unterstützen konnte. In allem was er tat. Ich wollte mit ihm sein. Nicht neben ihm.

Schließlich fasste ich einen Entschluss, griff nach meiner neuen roten Handtasche und wollte das Apartment verlassen, als ich Emma vor der Tür stehen sah. Sie hatte offensichtlich Spätdienst und die Aufsicht auf unserem Flur. Ich öffnete die Tür ganz und forschte in ihrem Gesicht, nach irgendeinem Anzeichen, dass Cooper sie auf meine indiskrete Frage hin angesprochen hatte. Em lächelte jedoch wie immer, wenn wir uns sahen.

„Hey Em! Hast du einen Moment?"

Ich hielt ihr die Tür auf, um sie einzulassen.

„Sicher, ich geb nur Alistair Bescheid."

Sie sprach einen kurzen Befehl in ihr Funkgerät, den ich nicht verstand, und folgte mir schließlich. Dann trat sie sich umständlich die Füße an der Fußmatte ab. Es war, als wollte sie Zeit schinden. Ich bat sie in die Küche, auf den gleichen Barhocker, auf dem auch Cooper vor ein paar Stunden gesessen hatte. Genau wie er, setzte sich Em, ohne zu zögern. Sicher war sie auch schon öfter hier gewesen und hatte mit Evan über verschiedene Dinge gesprochen. Es war auffällig, dass die Security die Räumen in- und auswendig kannte. Logisch, sie hatten Sicherheitseinweisungen bekommen und konnten jeden Raum über die Monitore überwachen. Vermutlich kannten sie sich in Evans Wohnung besser aus als ich.

„Kann ich dir etwas anbieten? Ein Kaffee vielleicht?"

„Ein Kaffee wäre tatsächlich toll. Vielen Dank."

Em schien unsicher. Ich ließ den Kaffee für uns aus der Maschine und stellte die dampfende Tasse Emma vor die Nase.

„Habe ich etwas falsch gemacht?", fragte Em, kaum hatte ich mich gesetzt.

„Nein! Wie kommst du denn darauf?"

„Na ja, wenn man zum Boss zitiert wird, dann hat man meist etwas ausgefressen!"

„Ich bin nicht der Boss. Ich schlafe nur mit ihm!"

In Ems Gesicht kam nur sehr langsam Bewegung. Sie versuchte das Lachen zu unterdrücken, aber ich machte es ihr nicht leicht und fing an über meinen eigenen Witz doof zu grinsen. Emma stieg ein. Langsam wurde sie etwas lockerer. Man konnte förmlich sehen, wie sie sich entspannte.

„Aber warum haben Sie mich dann herbestellt?"

„Emma, ich bin Sarah. Können wir das alberne Sie nicht endlich lassen?"

Ich streckte ihr zum wiederholten Male die Hand entgegen. Bei jeder unserer Begegnungen hatte ich ihr das Du angeboten.

„Danke, Sarah. Das bedeutet mir wirklich eine Menge. Ich bin es einfach nicht gewohnt, mit den Auftraggebern befreundet zu sein."

„Aber zu Evan sagst du doch auch du?"

„Ja, Mr. Winterfields, Evan, wollte das so. Er fand, da wir alle in einem so engen Verhältnis zusammenarbeiten, wären Höflichkeitsfloskeln eher eine Barriere. Er hält regelmäßig Workshops mit uns ab. Über Vertrauen und solche Dinge. Du weißt schon, diese Schulungen, wo man sich einfach nach hinten fallen lässt und darauf vertraut, dass man aufgefangen wird. So was."

„Das klingt sehr schön!"

„Das ist es auch. Wir sind wie eine große Familie. Anders kann man den Job nicht machen. Einer muss sich auf den anderen verlassen. Wir sehen uns fast rund um die Uhr. 24/7."

„Und Freunde? Ich meine, wann triffst du Freunde?"

„Ich habe einen sehr kleinen Freundeskreis. Sie kennen meine Dienstzeiten und die Bereitschaft. Es ist ok."

Emma blickte etwas traurig in ihren Kaffee. Sie tat mir leid. Ich wusste, dass sie in einer kleinen Wohnung am Rande von London lebte. Viel Freizeit ließ ihr der Job nicht. Und viele Freunde hatte sie auch nicht.

„Und Cooper? Was läuft da mit Euch?"

„Du hast es bemerkt, ja?", sagte sie zögernd, ohne mich anzublicken.

„Du magst ihn?", hakte ich nach.

„Sehr!"

„Aber er sieht dich nicht!"

„Cooper ist mit seinem Job verheiratet und er lässt niemand an sich ran. In manchen Nächten sitzen wir zusammen vor den Monitoren und reden über Gott und die Welt und ich denke, ich bin zu ihm durchgedrungen. Aber schon am nächsten Morgen ist er wie ausgewechselt! Ich weiß nicht, was ich noch machen soll."

Emma warf die Hände in die Luft und zuckte unschlüssig mit den Schultern.

„Vielleicht braucht er einfach nur Zeit?"

„Vielleicht habe ich die aber nicht mehr. Ich meine, ich werde nicht jünger. Soll ich ihm ewig nachlaufen? Manchmal hasse ich mich selber dafür, dass ich ihn mag."

„Ach, Em! Vielleicht weiß er gar nicht, dass du ihn gut findest. Männer sind da manchmal echt schwer von Begriff!"

„Der Mann hat Abitur! Es wird ihm wohl möglich sein, zu erkennen, dass ich für ihn mehr als nur Freundschaft empfinde?"

Emma griff sich ratlos in die Haare.

„Was ist mit seiner Familie? Warum lebt er alleine. Ich meine, er hat doch Verwandtschaft?"

„Seine Mutter und sein älterer Bruder leben in Marlborough, aber sie haben keinen Kontakt."

„Warum ist das so?"

„Es gab einen schrecklichen Unfall. Seine Schwester ist dabei ums Leben gekommen. Cooper redet nicht darüber, aber ich habe etwas recherchiert! Ein Verrückter ist mit einem LKW in eine Menschenmenge gerast. Coopers Schwester war unter den Opfern. Sie wurde vom Auto erfasst und mehrere Meter mitgeschleift. Sie starb noch an der Unfallstelle."

Ich hielt mir die Hand vor den Mund. Tränen sickerten mir aus den Augen.

„Oh mein Gott. Das ist ja furchtbar!" Ich brauchte einen Moment, um mich zu sammeln.

„Das heißt, er gibt seiner Familie die Schuld an dem Unfall? Aber warum?"

„Irgendwie ja. Vor allem kann er nicht begreifen, dass sie einfach so weitermachen konnten. Er kann es nicht. Er hat sich von allen Menschen abgeschottet. Er will niemand mehr lieben, dann kann er auch niemanden verlieren. Jamie war erst zwölf, als sie starb."

Ich biss die Zähne zusammen.

„Mein Gott. Ich glaube nicht, dass sich irgendjemand vorstellen kann, was die Familie durchgemacht hat. Es ist so schrecklich!"

„Ja, das ist es. Das ist der Grund, warum Cooper so hart zu sich selbst ist. Ich glaube, er hat verlernt zu lieben. Er ist immer ernst. Er kann einfach nicht loslassen und ich kann langsam nicht mehr darauf hoffen, dass er eines Tages leben will. Es ist, als würde er sich selbst bestrafen. Als dürfte er nicht glücklich sein, weil Jamie es auch nicht ist."

„Aber er ist nicht schuld an ihrem Tod!", begehrte ich auf.

„Nein, natürlich nicht. Er war nicht mal in der Nähe. Ich glaube, genau das macht ihm zu schaffen, er denkt immer, er hätte sie beschützen können. Aber ich glaube, auch Cooper, hätte die Gefahr nicht sehen können. Es gab kein

Entrinnen. Die Leute waren auf einer Brücke und es gab keinen Ausweg."

Ich konnte nichts anderes tun, als fassungslos mit dem Kopf zu schütteln. In meinem Magen war ein Knoten. Mir war schlecht und ich wusste nicht, was ich sagen sollte, das nicht wie eine abgedroschene Floskel klang. Es war einer dieser Momente, wo sich jedes Wort falsch anfühlt, egal wie aufrichtig man es meint.

„Seit der Zeit hat er sich stark verändert. Cooper hat es sich zur Lebensaufgabe gemacht, Menschen zu beschützen. Nimm es ihm nicht übel, wenn er manchmal über das Ziel hinausschießt", bat Em.

„Natürlich nicht. Nicht nach alle dem was du mir erzählt hast. Ich finde keine Worte und ich glaube, ich kann mir nicht annähernd vorstellen, was er durchgemacht hat. Danke, dass du mich ins Vertrauen gezogen hast."

„Keine Ursache. Danke, dass ich mich hier ausweinen durfte!"

Em trank den Rest ihres inzwischen kalten Kaffees aus und wandte sich zum Gehen.

„Ich muss dann wieder! Du weißt, ja, wir hatten heute ein Sicherheitsleck und da ist Cooper immer besonders streng!"

Emma zwinkerte mir verschwörerisch zu.

„Hab davon gehört", sagte ich schmunzelnd.

Wir beide mussten grinsen.

„Mach dir nichts draus. Schlimmstenfalls hätten die Paparazzi ein Bild von deinen hübschen Beinen geschossen. Der beruhigt sich wieder."

„Es hat sich eher angefühlt, als wäre ein Terrorkommando ins Haus eingedrungen und ich hätte sie herbeigerufen!", gab ich kleinlaut zu.

„Hab davon gehört! Defkom 1."

Inzwischen grinste Em so breit, dass ihr Gesicht nur noch aus Mund bestand. Emma war einfach hinreißend, und Cooper ein Idiot. Ich blickte in die haselnussbraunen Augen der brünetten Schönheit. Emma trug ihre fast schwarzen Haare zu einen akkuraten Pagenschnitt. Sie war die Femme fatal, die Kindfrau und eine verdammt gute Polizistin. Alles was sich Cooper nur wünschen konnte. Nur leider war sein Herz taub und für immer verschlossen.

Als Evan am Abend nach Hause kam, hatte ich den Schrecken schon fast verwunden. Ich hatte Cooper gebeten, Stillschweigen zu bewahren, damit ich Evan selbst von dem Vorfall erzählen konnte. Offensichtlich hatte Cooper Wort gehalten und nichts verraten.

Evan schlüpfte aus seinen Schuhen, und ließ den Aktenkoffer exakt an der Stelle fallen, an der er stand. Etwas, was er sonst nie machte. Ich kannte Evan nur als absolut ordnungsliebenden Menschen. Heute war er offensichtlich zu geschafft, um noch einen Meter zu gehen. Ich hatte ihn noch nie so k.o. gesehen und es brach mir fast das Herz.

„Oh, Gott! Was für ein Tag!"

Evan stand im Flur und wartete darauf, dass ich zu ihm kam und ihm einen Kuss gab.

„Möchtest du ein heißes Bad?"

Ich hatte ihn erreicht und rieb meine Nase an der seinen, bevor ich ihm einen liebevollen Kuss auf die Nasenspitze gab.

„Ein Bad wäre wundervoll. Aber erst später. Was riecht hier so verführerisch?"

„Nun, du sagtest, Kenny, der alte Geizhals lässt immer nur Rosinenbrötchen auftischen. Ich habe mir erlaubt zu kochen. Ich hoffe, du hast Hunger?"

„Hunger? Ich könnte einen Elch samt Geweih verspeisen! Kenny hat uns doch tatsächlich nur Kaffee und seine schrumpeligen Rosinenbrötchen angeboten. Mittags hatten wir eine Stunde Pause, wo er uns sagte, wo der nächste Pub sei. Logan und ich waren schnell nen' Happen essen, aber bis unsere Sandwiches geliefert wurden, war die Stunde auch schon rum. Wir mussten sie runterschlingen und satt waren wir danach noch lange nicht."

Evan hielt verzückt die Nase in die Luft und schnupperte. Dann endlich machte er einen Schritt nach vorne und inspizierte die Küche.

„Aber, sag das noch mal. Du hast gekocht?"

„Ja, natürlich! Warum nicht?"

„Du bist die einzige Frau, die jemals für mich gekocht hat, abgesehen von meiner Mutter. Noch nie, ich betone, noch nie hat eine Frau für mich gekocht. Schon gar nicht hier, in meinem Apartment. Wo du 24/7 etwas aus der Küche bestellen kannst."

Zum Glück schien sich Evan wirklich zu freuen und blickte jetzt auf den liebvoll gedeckten Esstisch im Wintergarten, der an das Wohnzimmer anschloss.

„Ich wollte dich einfach überraschen und ich hatte einfach mal Lust auf etwas anderes, das es nicht auf der Karte gibt."

„Das klingt großartig. Ich esse seit Jahren aus der Restaurantküche und schön langsam kennt man das Repertoire des Kochs. Auch wenn er sich wirklich Mühe gibt, immer wieder neue Kreationen auf den Tisch zu bringen. So ist es doch alter Wein in neuen Schläuchen."

„Dann habe ich alles richtig gemacht?"

„Das wette ich. Aber was gibt es denn jetzt Feines?"

„Currygeschnetzeltes mit Ananas und Reis", gab ich kleinlaut zu und plötzlich fühlte sich mein Plan gar nicht mehr so großartig an. Eher fad. Ein bisschen langweilig.

„Das klingt wie der Himmel!", freute sich Evan und setzte sich. Es war das erste Mal, dass wir in seinem Apartment am großen Tisch saßen. Meist gingen wir aus, aßen am Küchentresen oder waren bei mir, wo wir uns eine Pizza aus dem Karton teilten. Ich brachte die dampfenden Teller an den Tisch, dazu hatte ich traditionell Jasmintee gekocht, der bereits auf einem Stövchen stand. Sonst gab es nichts außer Wasser am Tisch und eine Schüssel mit grünem Salat, den ich mit jeder Menge frischer Kräuter garniert hatte. Ich hatte Lust gehabt, etwas anders zu machen. Und Evan schien es zu gefallen.

„Du bist ja wirklich unglaublich!", lobte Evan meine Kreation, während er sich galant seine Serviette über den Schoß legte. Ich schenkte ihm Tee ein und setzte mich schließlich ihm gegenüber.

„Nichts Besonderes. Ich hatte einfach Lust dazu. Und du warst nicht da. Ich dachte, nach einem langen Tag, könnte dich das aufmuntern."

„Nach einem langen Tag, könnte ich mir ziemlich viel vorstellen, was mich aufmuntert", sagte Evan mit einem diabolischen Grinsen. „Aber das hier, ist wirklich großartig. Sagte ich schon, dass es fantastisch riecht?"

Evan schob sich eine große Gabel voll Curry in den Mund und schloss genüsslich die Augen.

„Ok, fassen wir zusammen: Du siehst fantastisch aus, bist eine Göttin im Bett und jetzt kannst du auch noch kochen? Ich werde dich heiraten müssen, Sarah Weston."

Ich glaubte, mich verhört zu haben, und verschluckte mich an meinem Curry. Die scharfen Gewürze brannten mir im Hals, Tränen schössen mit in die Augen. Ich griff nach meinem Tee und japste.

„Was?"

„Keine Sorge, nicht sofort. Du darfst dir vorher noch ein Kleid kaufen", scherzte Evan gut gelaunt.

Für ihn war das offensichtlich nur ein lockerer Spruch gewesen, für mich eine Erschütterung im Universum. Eine von den Guten. Eine, bei der die Welt für einen kurzen Moment stehen bleibt, um sich dann in einem völlig neuen Rhythmus weiter zu drehen. Ich versuchte mich an einem neutralen Gesichtsausdruck und nahm mir vom Salat um Zeit zu gewinnen.

„Wie war den Tag?", fragte Evan jetzt. „War Cooper hier? Er sollte mit dir die Sicherheitseinweisung machen!"

„Oh, ja, der war hier!", rutschte es mir bedeutungsvoller raus, als ich vorgehabt hatte zuzugeben.

„Das heißt?", Evan hatte verwundert die Augenbrauen zusammengezogen und musterte mich skeptisch.

„Das heißt, dass wir einen kleine Zwischenfall hatten!"

Evans Blick wurde unheilvoll.

„Ich hatte den Fehler gemacht, zu lüften. Die Terrassentür war offen. Außerdem kann es sein, dass ich das Bedürfnis hatte, das Sonnenlicht hereinzulassen!"

Evan grinste wissend und nickte mit dem Kopf.

„Oh, ein NoBlinds? Das mag der gute alte Cooper gar nicht!", sagte er belustigt.

Seine gute Laune war irgendwie ansteckend, also traute ich mich, ihm den ganzen Vorfall zu schildern.

„Na ja. Die Jalousie war nicht das Problem, eher der Hubschrauber, der in die Häuserschlucht abtauchte!"

„Hahahaha, ich sehe Cooper förmlich vor mir, wie er in sein Funkgerät plärrt und den Feldmarschall gibt."

„Er hat die Wohnung gestürmt wie eine Abrissbirne. Fast hätte ich erwartet, dass er eine Blendgranate zündet!"

Die Szene war tatsächlich abstrus gewesen.

„Ja, genau. Eine Blendgranate ist das Mindeste", Evan hielt sich den Bauch vor Lachen. „Du darfst es ihm echt nicht übel nehmen. Manchmal schießt er einfach über das Ziel hinaus. Er nimmt das hier verdammt ernst. Zu ernst. Aber er ist ein guter Mann. Er hat seine Gründe. Er hat einfach schon zu viel erlebt."

„Ich weiß. Em war heute Nachmittag hier. Wir haben uns ein wenig unterhalten. Sie hat es mir erzählt."

„Schlimme Sache. Ich kann verstehen, dass er so geworden ist!", sagte Evan mitfühlend. „Wie läuft es mit dir und Emma? Ihr seid schon richtig gute Freundinnen geworden, oder?"

„Ich mag sie sehr. Sie ist unfassbar witzig und klug. Ich hatte gar nicht gemerkt, wie sehr mir eine gute Freundin fehlt. Irgendwie hatte ich in den letzten Jahren nur meinen Job und meinen Bruder. Wir stecken viel zusammen, wie das bei Zwillingen eben so ist. Aber sich mit einer Freundin zu treffen ist eben doch etwas anderes. Ich habe eigentlich nur Sally und jetzt Em."

„Das klingt schön. Ich bin sicher, dass Emma eine loyale Freundin ist. Es freut mich, dass ihr euch so gut versteht. Aber was ist jetzt mit Cooper? War er hier wegen der Türcodes oder nicht?"

„Ja, natürlich. Gewissenhaft, wie immer. Ich habe drei Codes, für jedes denkbare Ereignis, meine Finger wurden gescannt und ich kann offensichtlich im ganzen Haus bargeldlos einkaufen nur mit einem Fingerprint, obwohl ich mich frage, wo Cooper meine Kreditkartennummer her hat. Es ist etwas freaky!"

„Ich habe dir ein Konto einrichten lassen, natürlich auf meine Kosten. Du bist mein Gast und sollst dich wohlfühlen."

„Evan!"

Ich blickte ihn schockiert an.

„Was?"

„Ich bin nicht hinter deinem Geld her, ich dachte, das weißt du?"

„Eben. Darum hast du auch ein eigenes Konto. Ich weiß, dass du verantwortungsvoll damit umgehst. Und selbst wenn nicht, das sind nur Peanuts, Sarah. Ich will hier nicht den Großkotz raushängen lassen, aber eine Maniküre hier oder da macht mich nicht ärmer."

„Aber du sollst das nicht. Ich will nicht, dass dein Geld irgendwie zwischen uns steht."

„Das tut es nicht! Beruhigt es dich zu wissen, dass das Konto ein Limit hat? Solltest du also planen, dir einen Learjet zu kaufen, müsstest du das vorher mit mir absprechen!", grinste er albern.

„Ok, ein Limit klingt gut, dann kann ich den Rest selber draufzahlen, wenn ich mir doch mal eine Tasche in der Boutique kaufen möchte. Sie haben wirklich eine tolle Auswahl und ich habe mich schon in ein Model verliebt."

„Das Limit liegt bei 30000 Pfund", sagte Evan ungerührt. „Ich denke, das reicht für eine Handtasche, ohne dass du etwas drauflegen musst."

„Dreißigtausend Pfund? Evan, das ist ja ein Vermögen?" Ich hatte die Augen vor Schreck weit aufgerissen.

„Es ist eine Sicherheitssperre. Hier im Haus arbeiten ziemlich viele Menschen und es ist immer möglich auf einer Kreditkarte etwas nachzubuchen. Nur darum ist sie limitiert. Die Karte gilt im Übrigen auch für das Onlineportal von Harrods. Du kannst dir alles liefern lassen, was du möchtest und ich hoffe, du machst davon Gebrauch."

„Aber..."

„Sarah, bitte. Komm mir jetzt nicht damit, dass ich das Geld spenden sollte. Dein soziales Engagement in allen Ehren, aber ich spende, ich engagiere mich und ich laufe sogar beim Stadtlauf mit für den guten Zweck. Aber wir haben auch ein Recht, zu leben uns etwas zu gönnen. Ich war mein Leben lang der Junge aus den ärmlichen Verhältnissen, ich habe hart gearbeitet, um mir etwas leisten zu können, und ich kann mir nichts Schöneres vorstellen, als diesen Erfolg mit dir zu teilen. Also bitte, mach mir die Freude und kauf dir die Tasche, die dir so gut gefällt."

Ich sog scharf die Luft ein, mein Herz machte einen Sprung. Ja, ich wollte die Tasche. Natürlich. Und Evan würde sie mir schenken. Mein erstes Geschenk von ihm. Es fühlte sich großartig an, auch wenn ich es mir selbst ausgesucht hatte. Ich nahm mir vor, nicht weiter darüber nachzugrübeln. Evan hatte recht. Man durfte sich auch etwas gönnen, ohne schlechtes Gewissen.

Sally

Das kleine Bistro am Covent Garden war gut besucht. Draußen regnete es, drinnen beschlugen die Scheiben. Wir liebten den alten, riesigen Wintergarten der Gewächshaus und Café in einem war. Sally und ich hatten einen der letzten freien Tische ergattert. Immer, wenn jemand die Tür öffnete, kam weiterer Dunst und feucht-kalte Luft herein, die an den eiskalten Scheiben kondensierten. Drinnen hatte es gefühlte 30°C und es herrschte eine nahezu tropische Luftfeuchtigkeit. Wir schälten uns aus unseren Mänteln und legten sie auf einem freien Stuhl. Mein Schal war nass. Ich wickelte ihm mir umständlich vom Hals, und legte ihn obenauf den Kleiderstapel. Sally trug ein curryfarbenes Stirnband, das perfekt zu ihren rehbraunen Haaren passte. Sie nahm es nicht ab, obwohl es sicher auch durchnässt war. Es hielt ihr die Haare aus dem Gesicht und war Teil ihrer Frisur. Kleine Regentropfen hatten sich in den grobgestrickten Maschen gefangen und glitzerten bei jeder ihrer Bewegungen im Licht.

„Mein Gott, es ist eine Ewigkeit her, dass wir hier waren!", bemerkte Sally und ließ sich erschöpft auf ihren Stuhl fallen, während sie sich in alle Richtungen umsah und die Einrichtung musterte.

„Fast ein Jahr!", gab ich zerknirscht zu und schämte mich, weil ich mich so langen nicht gemeldet hatte.

„Wirklich? Der neue Job ist einfach nur anstrengend, versteh mich nicht falsch, Sarah, ich liebe meinen Job, aber Freizeit ist gleich null!"

„Du musst dich nicht rechtfertigen. Ich hätte mich auch melden können!", räumte ich kleinlaut ein.

Sally wickelte sich ihren ebenfalls curryfarbenen Schal vom Hals, und legte ihn auf unsere anderen nassen Sachen. Mit der Hand machte sie eine wegwerfende Bewegung.

„Wir hatten wohl beide viel zu tun, Sarah-Lou".

Sie nannte mich bei einem meiner vielen Spitznamen, die sie seit der 3. Klasse für mich hatte.

Die Bedienung kam und wir bestellten beide einen heißen Kakao mit Sahne. Auch ein Ritual, das wir seit Urzeiten betrieben. Im Winter tranken wir Kakao im Covent Garden, im Sommer Beerenwein im Lions Pub.

„Erzähl mir, was gibt es Neues?", fragte Sally und legte das Kinn in ihre Hände. Eine untrügliche Geste, dass Sally bereits im Reporter-Modus war und bereit zum Zuhören. Sally war geduldig und hörten Menschen von je her gerne zu. Nur dass ich heute gar nicht so viel erzählen wollte. Noch nicht.

„Fang du an, ich glaube, du erlebst mehr, bei all den Promis!"

„Was ich erlebe, kennst du vermutlich schon aus der Zeitung. Ansonsten, essen, schlafen, arbeiten! Die Reihenfolge ändert sich manchmal, sonst tut sich nicht viel."

Sie grinste matt, ich tat es ihr gleich. Ich wusste, was sie meinte. Als Neueinsteiger im Job musste man sich wirklich extrem reinklemmen, sonst war man ratzfatz wieder weg vom Fenster. Ich stellte es mir schwer vor, als Journalistin den Fuß in die Tür zu bekommen. Zu viele alte Hasen, zu viele Vorurteile, zu viele schwarze Schafe in der Branche. Kein leichter Weg, aber Sally hatte es geschafft. Sie war ganz oben in der Welt der Boulevardpresse angekommen und das mit gerade mal 24 Jahren.

Unser Kakao wurde gebracht. Sally und ich griffen zeitgleich nach der Tasse und pusteten hinein, dann griff ich nach meinem Löffel und hob den ersten göttlichen Berg Sahne an den Mund. Ich schloss die Augen, als die cremige Kalorienbombe auf meiner Zunge zerging. Himmel, war das lecker. Sally war ebenfalls damit beschäftigt ihren Kakao zu inhalieren. Wir schwiegen eine Weile und grinsten uns an.

„Also Sarah, warum wolltest du mich sprechen?"

Sally hatte den Kaffeelöffel im Mund und leckte ihn genüsslich ab, während sie mich aus zusammengekniffenen Augen musterte.

„Ich brauche deine Hilfe!"

„Hätte ich nicht erraten!", Sallys messerscharfen Verstand machte man nichts vor. Sie grinste überlegen. „Was hast du ausgefressen, Sarah-Lee?"

Sarah Lee, war der Spitznamen, den sie mir nach einer verpatzten Pirouette verpasst hatte. Ich wollte ihr zeigen, was ich in der letzten Ballettstunde gelernt hatte und hatte ihr dabei mit einem gekonnten Fußtritt das Eis aus der Hand geschlagen. Ich musste kichern, als ich mich an die Aktion erinnerte. Das war echt saukomisch gewesen.

Ich grinste noch immer albern, als ich schließlich anfing, Sally die ersten Brocken hinzuwerfen.

„Ich bin mit einem Mann zusammen, der in der Öffentlichkeit steht und er denkt, es wäre hilfreich, wenn ich ein bisschen Vorschusslorbeeren ernte, bevor wir uns zusammen zeigen. Anderenfalls würde mir die halbe Nation vermutlich die Augen auskratzen!"

Sally fiel der Löffel aus dem Gesicht.

„Was???? Wer?"

„Eigentlich möchte ich das noch nicht verraten. Es ist alles noch so frisch. Ich habe Angst, es zu früh breitzutreten!", ich zuckte entschuldigend mit den Schultern, was Sally nicht beeindruckte.

„Er ist Schauspieler? Hab ich recht?"

Ich biss mir auf die Unterlippe. Sallys Kreuzverhör war legendär. Ich würde nicht lange standhalten können.

„Sag bloß, du hast George Clooney flachgelegt?", Sallys Augen weiteten sich. „Wenn es George ist, bring ich dich um, das weißt du. Den hab ich mir für alle Zeiten reserviert!"

Das stimmte. Sally hatte sich bereits in der 4. Klasse George Clooney reserviert, der war tabu!

„Würde ich niemals machen, das weißt du, Sal!"

Sie zeigte mit dem Löffel in meine Richtung. „Gute Antwort, Weston!", ihr Lächeln war trügerisch. Sal dachte nach, sie zermarterte sich das Hirn und es war nur eine Frage der Zeit, wann sie dahinter kam.

„Evan! Es ist Evan! Hab ich recht?"

Ich war so platt, dass ich nichts sagen konnte, ich hatte nur die Augen weit aufgerissen und starte Sally an. „Was?"

„Komm schon, Sarah. Ewan McGregor! Du vergötterst ihn!"

Ich blies scharf die Luft aus.

„Der ist steinalt, Sal!"

„Aber er hat Jedi Kräfte." Sal wackelte vielsagend mit den Augenbrauen.

„Ich sagte Freund und nicht Sugardaddy!"

Sallys Lachen erfüllte den Raum.

„Also, ok. Du hast einen Freund, und er denkt, dass er berühmt wäre und die Leute ihn kennen. Weißt du wie viele Nerds über den roten Teppich laufen, und denken sie seien berühmt, dabei weiß kein Schwanz, wer die sind?"

„Sally!?!", ich blickte meine Freundin überrascht an. Sie war schon immer für ihre derbe Wortwahl bekannt. Jetzt musste ich lachen.

„Du bist echt unmöglich! Ev....Er ist kein Möchtegern Promi. Das ist nicht das Thema. Er hat Geld. Und die Medien könnten sich den Mund darüber zerreißen, dass sich die Tochter von Lord Weston einen reichen Mann geschnappt hat, nachdem sie das Studium nicht gepackt hat. Noch schlimmer, wenn ans Licht kommt, das ich schon nach kurzer Zeit bei Winterfields gekündigt habe. Sie würden mir doch aus allen einen Strick drehen, dass ich gegangen bin, weil ich den Boss nicht abschleppen konnte, dass ich es nur aufs Geld abgesehen habe und so weiter."

„Da ist was dran!", gab Sally nachdenklich zu. „Was ist damals eigentlich passiert, bei Winterfields. Du hast es mir nie erzählt!"

„Es ist auch etwas peinlich!"

„Ich bin deine Freundin, Sarah! Ich hoffe, du weißt, dass du auf meine Diskretion zählen kannst!"

„Natürlich!", ich blickte auf meine Hände, deren Finger ich in meinem Schoß knetete. „Es ging um Mitch! Er hat, er hat mich....", ich stockte und konnte Sally nicht ansehen.

„Sarah, was hat Mitch dir angetan?"

Sally wartete mit versteinertem Gesicht, bis ich weitersprach.

„Es fing klein an, erst eine versehentliche Berührung am Arm, dann ein kleines Streichen über den Rücken und plötzlich war da seine Hand auf meinem Oberschenkel."

Sally riss die Augen weit auf und starrte mich erschrocken an. Ich konnte nicht mehr sprechen, meine Kehle war wie zugeschnürt. Sally rieb mir leicht über den Arm und wartete, bis ich mich wieder gefasst hatte.

Ich bestellte mir ein Wasser und nippte von meinem inzwischen kalten Kakao, bevor ich weitersprechen konnte.

„Eines Tages sollte ich etwas aus dem Bücherregal holen, aus der obersten Reihe. Ich trug einen Rock, wie immer im Büro. Hosen stehen mir einfach nicht. Und auch wenn ich wusste, dass Mitch schon einmal während einer Besprechung, seine Hand auf meinen nackten Oberschenkel gelegt hatte, so musste ich trotzdem im Kostüm in die Arbeit. Es gab einen Dresscode und der sah einfach ein Businesskostüm für Damen und den klassischen Anzug für den Herren vor."

Ich machte eine kurze Pause und wartete Sallys zustimmendes Nicken ab, während ich laut Luft einsog. Es strengte mich mehr an, als ich erwartet hatte, mir endlich alles von der Seele zu reden. Kleine Schweißtropfen bildeten sich auf meiner Oberlippe, meine Hände begannen zu zittern.

„Nun, ich hatte keine Wahl und musste mit dem Rock, auf die Bibliotheksleiter. Mitch stand direkt hinter mir und hat, ...er hat seine Hand unter meinen Rock geschoben!"

Ich presste die Lippen aufeinander und blickte an die Decke, um nicht in Tränen auszubrechen. Sally saß noch immer ganz still da und drückte meine Hand. Sie wusste, dass die Geschichte noch nicht zu Ende war und wartete geduldig ab.

„Er hielt sich diesmal nicht mit meinem Oberschenkel auf, er schob seine Hand bis hoch zu meinen Hintern und zog mir das Höschen runter. Ich schrie ihn an, holte schließlich aus, und schlug mit dem Buch in meiner Hand nach ihm. In diesem Moment entdeckte ich Evan in der Tür. Er erfasste sofort die Lage und schickte Mitch raus. Dann begleitete er mich zu den Waschräumen, wartete, bis ich mein verheultes Gesicht wieder im Griff hatte, und schließlich sprachen wir lange in seinem Büro. Evan wusste sofort, dass das nicht der erste Vorfall war. Aber Mitch war Teilhaber und er konnte ihn nicht einfach rauswerfen. Sie hatten feste Verträge und Evan brauchte ihn, um die Kredite zu bedienen. Also bot er mir eine mehr als großzügige Abfindung an und brachte mich bei Brother & Brothers unter. Damit ich aus der Schusslinie und vor Mitch in Sicherheit war."

Mein Mineralwasser wurde gebracht, ich nahm einen großen Schluck und versuchte nicht zu heulen, als die Erinnerung mich einholte.

„Wow!", Sally blickte mich lange an und biss sich auf die Unterlippe. „Das ist sexuelle Belästigung und Nötigung. Du hättest das Schwein anzeigen sollen!"

„Evan hat es mir freigestellt. Das hätte ich tun können. Aber Mitch und Evan und Kyle sind schon so lange Freunde. Ich hätte Mitch doch die Karriere zerstört, vielleicht hätte er sich von dem Skandal nie erholt. Ich dachte, dass er einfach noch ein unreifer Junge ist, der die Grenzen nicht kennt. Ich glaube, ich hätte nie mehr in den Spiegel blicken können, in dem Wissen, ihn an den Pranger gestellt zu haben. "

„Also leidest lieber du, als er?"

„Ich weiß es nicht, Sal. Es ist viel Zeit vergangen. Mitch hat sich entschuldigt. Er sagt, er war total in mich verknallt und hatte sich einfach nicht im Griff. Evan hat ihm meine Abfindung vom Gehalt abgezogen. Es war eine Art Schmerzensgeld. "

„Du meinst ein Schweigegeld!"

„Vor Gericht hätte man mir vermutlich deutlich weniger zugesprochen. Er hat sich entschuldigt und eine Strafe bezahlt. Zudem ist mein Job bei Brothers deutlich besser vergütet, obwohl ich weniger zu tun habe."

„Wenn du meinst."

Sally schien unsicher, ob ihr die Sache behagte.

„Du hast aber sicher schon mal von der #metoo Bewegung gehört?", hakte sie jetzt nach.

„Ja."

„Ich würde deine Geschichte gerne in eine Reportage dazu einbinden. Natürlich ändere ich die Namen und die Firma. Aber ich schreibe schon lange an einem #metoo Artikel. Ich finde es wichtig, anderen Frauen zu sagen, dass sie da nicht alleine durch müssen. Tagtäglich werden Hunderte von Frauen am Arbeitsplatz belästigt. Jede einzelne Geschichte, die es in die Öffentlichkeit schafft, trägt dazu bei, dass sich die Opfer trauen, die Vorfälle anzuzeigen."

„Dann wäre meine Erfahrung zumindest, für etwas gut. Wenn ich damit helfen kann, dann sehr gerne. Ich finde das genauso wichtig. Ich selbst hätte mich viel früher wehren sollen. Damals unter dem Tisch, als er dachte, dass es keiner sieht, hätte ich im schon eine Szene machen sollen. Aber ich hatte Angst, dass mich alle für hysterisch halten, und dass mir vielleicht am Ende keiner glaubt, und ich mich lächerlich mache."

„Das ist genau das Kalkül solcher Typen. Sie grapschen in der Öffentlichkeit, weil sie wissen, dass du Angst hast, dich zu blamieren."

Sally stand auf und kam um den Tisch gelaufen, um mich zu umarmen.

„Ach, es tut mir so leid, dass du das erleben musstest, Sarahly." Sie wählte die liebevolle Verschmelzung unserer Vornamen. Als wir Teenager waren, hatten wir uns immer Namen ausgedacht, die zur Stimmung passten. Ich nannte sie Sally-Lee und sie mich Sarahly, Sarah-Lee, Sallahra und viele weitere Kosenamen, die wir uns ausdachten.

„Themawechsel!", schlug ich vor.

„Unbedingt! Also, wer ist dein Mister Right?"

„Ich nenne ihn Mr. Millionaire, und ich sage es dir noch immer nicht!"

Ich grinste frech.

„Aber wie kann ich dir helfen?"

„Ich brauche ein tolles Image. Die Leute sollen mich lieben. Ich bräuchte ein paar Seiten in diversen Zeitungen, Charity-Events, Hilfsprojekte. Ich muss ein paar Wahrheiten über mich streuen, die die Journalisten finden können, damit sie keine Lügen erfinden müssen."

„Ok. Weißt du noch, wie wir früher in den Schulen Brote geschmiert und für ein gesundes Frühstück geworben haben?"

„Ganz genau, das war auch mein erster Gedanke. Ein Schulprojekt. Ich möchte eine gesunde Pause anbieten und Obst und Gemüse in die Schulen bringen. Dazu möchte ich auch Bio-Bauern ins Boot holen. Es gibt ja auch die Projekte mit Obst und Gemüse, das nicht schön genug ist für den Supermarkt. Ich möchte gerne mit Kindern darüber sprechen, und ihnen beibringen, dass eine krumme Möhre genauso lecker ist. Es gibt eine „etepetete" Biokiste die möchte ich auch fragen, ob sie ein paar Kisten an Schulen liefern würden. Dann die Lebensmittelretter, Foodsharing und vieles mehr. Es gibt auch die #freitagsfrühstück Bewegung. Sie möchten, dass man sich freitags mit Kollegen oder Freunden zum Frühstücken trifft und über die Umwelt spricht. Es gibt eine Reihe Projekte, für die ich mich engagieren möchte."

„Das klingt alles großartig!"

„Ich habe auch richtig Lust darauf. Ich habe so viele tolle Ideen. Vielleicht kannst du wirklich eines der Projekte begleiten. Je mehr Menschen wir erreichen, umso besser. Die Umwelt geht uns schließlich alle an, und ein gesundes und nachhaltiges Leben für unsere Kinder auch. Es würde mir mega Spaß machen, wenn du dabei wärst. Und ich bin mir sicher, dass wir echt was erreichen können. Die Medien sind natürlich ein super Türöffner, wenn wir Firmen suchen, die uns unterstützen. Die bekommen so auch gleich eine kostenlose Werbung und ich ein paar Sympathien."

Sally grinste.

„Wer dich nicht liebt, Sarah-Maus, der ist selber schuld."

„Aber dazu müssen sie mich erst mal kennenlernen. Nicht die unbekannte Schönheit am Arm von Mr.X. Ich möchte nicht durch die Medien gehen als die Frau von Mr..... . Ich möchte mir vorher einen Namen aufbauen. Ein Image. Und dann sagen die Leute: Guck mal, der Mr. Millionaire hat echt Glück, dass er die tolle Sarah Weston bekommen hat."

Sally lachte. Das machen wir. Ganz genau so.

„Dann bist du dabei?"

„Natürlich! Wann fangen wir an?"

„Wenn es nach mir geht sofort! Ich werde noch meine Mom fragen, ob ich mich an einem ihrer Projekte beteiligen kann. Evan meinte..."

„Evan! Natürlich! Es ist Evan! Warum bin ich da nicht von selbst draufgekommen?" Sally schlug sich mit der flachen Hand an die Stirn und grinste triumphierend.

Es hatte keinen Zweck zu leugnen. Sie sah es bereits in meinen Augen. Ich konnt nur ertappt die Augen zusammenkneifen.

„Du warst schon immer in Evan verknallt! Schon IMMER!"

Sally war in Hochform. Diese Art von News machten ihr richtig Spaß. „OK, ich nehme alles zurück. Evan ist tatsächlich kein Mr. Wichtig. Das Forbes Magazin hat ihn in die Liste der reichsten Männer des Landes aufgenommen. Und er war heißer Anwärter auf den Titel „Sexiest Man alive", allerdings wurde dann doch wieder irgendein Schauspieler gewählt, den ich mir nicht gemerkt habe. Aber ja, man kennt Evan Winterfield. Er sieht verdammt gut aus und er hat Millionen auf dem Bankkonto. Die Wahrscheinlichkeit, dass dich circa die Hälfte aller Einwohner von ganz Großbritannien hassen werden ist groß."

„Ach? Nur die Hälfte? Das beruhigt mich!", gab ich sarkastisch zurück.

„Naja, eben alle die weiblich sind. Gut, rechnen wir die Rentner und die Neugeborenen heraus bleiben noch immer rund 30 Millionen Menschen, die dir die Augen auskratzen wollen.", Sally lachte albern.

„Ernst, Sal. Ich will mich nicht von der Presse zerreißen lassen. Ich wäre doch wie waiting Katie. Sie kommen drauf, dass ich bei Winterfield gearbeitet habe und würden schlussfolgern, dass ich gegangen bin, weil ich Evan nicht bekommen habe. Oder noch schlimmer, er hat mich gefeuert, weil ich ihn angebaggert hatte. Du weißt, was sie daraus machen. Ich will mich nicht in die Löwengrube begeben. Wir werden an unserer alten Schule das Pausenprojekt machen. Jeder der irgendwann recherchiert kommt drauf, dass Evan und ich zusammen auf der gleichen Schule waren."

„Du könntest es auch einfach sagen?"

„Was? Ein Interview? Hey, ich kannte Evan schon, also spekuliert nicht? Oder was soll ich sagen."

„Naja, nicht so. Irgendwie geschickter. Gib mir ein paar Tage, ok? Mir fällt schon was ein."

Sal tippte sich gut gelaunt an die Stirn. Ich nickte nur müde.

„Und Sarah?" Sally sah mich an und wartete, bis ich hochsah.

„Ja?"

„Herzlichen Glückwunsch! Ich freue mich echt riesig für Euch."

Endlich fielen wir uns um den Hals. Es war das erste Mal, dass ich meine Freude mit jemanden teilen konnte. Ich war tatsächlich mit Evan Winterfield zusammen und ich hatte meine alte Freundin Sally wiedergefunden. Das Leben war wundervoll.

Kyle

Kyle saß in meiner Küche und wartete darauf, dass die Pfannkuchen fertig wurden. Ich hatte bereits einen Teller mit einem großen Stapel der köstlichen Teigfladen im Backofen. Die letzten beiden brieten noch in der Pfanne und würden in wenigen Minuten ebenfalls fertig sein. Kyle hatte seine langen Beine unter dem Tisch ausgestreckt. Mit seinen riesigen roten Chucks erinnerte er mich an Samson aus der Sesamstraße und ich musste grinsen. Kyle stellte Ahornsirup bereit und nippte von seinem Tee.

„Ich war bei Evan im Büro!"

Kyle ließ den Satz eher beifällig fallen. Wahrscheinlich erwartete er, dass ich überrascht war, dass er sich tatsächlich getraut hatte, bei ihm vorzusprechen.

„Und was sagt er?"

„Er hat mir einen Job in der Rechtsabteilung angeboten. Ich bin jetzt die rechte Hand von Trevor Simonds und bekomme ein beachtliches Jahreseinkommen!"

Mein Bruder strahlte wie ein Honigkuchenpferd und war kurz davor sich selber für den Erfolg auf die Schulter zu klopfen. Ich holte die Pfannkuchen aus dem Ofen und stellte den Teller unbeeindruckt vor seine Nase.

„Dann hat es sich also gelohnt, dass ich mit ihm geschlafen habe?", ich blickte ihn geradewegs an.

Mein Bruder spuckte seinen Tee, von dem er gerade getrunken hatte, quer über den Tisch.

„Du hast was?", schrie Kyle. Inzwischen waren seine Augen so groß wie die Teetasse in seiner Hand.

„Mit Evan geschlafen!"

Kyles Augen traten aus den Höhlen, sein Kiefer zuckte unheilvoll.

„Ich breche der Drecksau alle Knochen. Er hat nicht wirklich ausgenutzt, dass du in ihn verknallt bist und ich in einer Notlage."

„Es war nett. Ich hab´s gern getan! Nun, genau genommen, haben wir es drei Mal getan!"

„Sarah, sag, dass du mich anflunkerst!"

Kyle war inzwischen rot angelaufen, eine Vene pochte an seiner Stirn. Ich musste grinsen.

„Reg dich ab. Evan und ich...", noch immer fiel es mir schwer, die Worte auszusprechen. Es fühlte sich seltsam an und ich wollte unser Geheimnis wie einen kostbaren Schatz bewahren. Zu groß war die Angst, dass jemand dieses zarte Band kaputt machen würde, das wir gerade erst knüpften. Evan und ich, das war einfach noch immer ziemlich unglaublich.

„Evan wird mein Date an Dads Geburtstag. Er begleitet mich und dann machen wir es offiziell!"

„Du verscheißerst mich!"

Kyles ausgestreckter Zeigefinger zuckte in mein Gesicht.

„Sarah-Lee Weston, du verarschst mich!", er grinste grenzdebil.

Ich hatte vergessen, dass Kyle bei meiner Bruce Lee Vorführung dabei gewesen war und es ihm Spaß machte, mich noch immer damit aufzuziehen.

„Nein, ernst! Ich hatte Evan im Little Pie getroffen, das hatte ich dir doch erzählt. Dann war ich bei ihm, wir haben uns zum Essen verabredet, na ja und rausgefunden, dass wir uns beide ganz nett finden. Eins kam zum andern."

„Eins kam zum andern? Du hast mit deiner großen Jugendliebe geschlafen und erzählst mir das mal eben mit: Eins kam zum andern?"

„Ja!"

Mein Bruder sah mich ungläubig an. Jetzt waren seine Augen noch größer. Zumindest hatte er sich aber beruhig. Die Vene an seiner Stirn hatte sich zurückgebildet und wollte nicht mehr jeden Moment platzen.

Ich nahm mir einen Pfannkuchen, gab dick Ahornsirup darauf, und wartete, ob Kyle noch etwas sagen würde. Er griff sich ebenfalls einen Pfannkuchen und schien zu überlegen.

„Und? Wie war er?"

„Wir haben gevögelt bis in die Morgenstunden und das geht dich verdammt noch mal nichts an."

Ich wieherte vor Lachen. Kyle schenkte mir einen überraschten Blick, dann stimmte er in mein Lachen mit ein.

„Heilige Scheiße, Sarah-Lee. Man kann dich echt nicht auf die Menschheit loslassen! Ich wette, du hast den armen Kerl leergepumpt."

„Kyle!"

„So scharf wie du auf ihn warst? Ich bitte dich Sister! Der hatte doch gar keine Chance. Wahrscheinlich kann er heute noch nicht wieder richtig laufen!", Kyle wischte sich die Lachtränen aus den Augen.

„Heute Morgen als ich aus dem Haus bin, ging es ihm ganz gut!"

Kyle war plötzlich ernst.

„Dann stimmt es? Ihr seid wirklich zusammen?", jetzt traten seine Augen wieder aus den Höhlen.

„Jaaaaahaaaa! Ich kann es doch selber kaum glauben. Aber ja, Evan und ich waren seit unserem Date nicht einen Tag getrennt. Er schläft bei mir oder ich bei ihm. Wir wollen es aber nicht an die große Glocke hängen. Also halt bitte den Mund. Vor allem: Sag Mom nichts! Du weißt, wie sie durchdreht. Die hört doch gleich die Hochzeitsglocken läuten!"

„Da ist was dran!"

Kyle kratzte sich am Hinterkopf. Noch immer hatte er keinen der Pfannkuchen angerührt. Nur langsam griff er nach dem Teller und schnappte sich schließlich einen der Zuckerfladen.

„Ich bin gespannt, wo das hinführt. Ich meine, Dad wird vor Freude platzen. Du hast mich auf jeden Fall vor meinen großen Anschiss gerettet. Aber irgendwie macht das auch alles kompliziert."

„Was macht was kompliziert?" Evan lehnte im Türrahmen und wickelte sich seinen Schal vom Hals. Währen er das tat, schlüpfte er aus den Schuhen. Seine Verrenkungen sahen irgendwie ulkig aus. Ich hatte ihn nicht hereinkommen hören und hatte keine Ahnung, wie viel er von unserem Gespräch mitbekommen hatte. Schließlich befreite er sich von seinem Schal und hing ihn zusammen mit seinem sandbraunem Mantel an die Garderobe. Dann kam er in Socken zu uns in die Küche und drückte mir einen Kuss auf die Nase. Die Situation war vertraut und gleichzeitig komisch. Das erste Mal sah mich mein Bruder mit Evan. Mit Evan als meinen Freund. Als dem Mann, der mich ganz selbstverständlich küsste und einen Schlüssel zu meinem Haus hatte. Tatsächlich stand Kyle der Mund offen. Hatte er noch irgendeinen Zweifel an meiner Geschichte gehabt, so bekam er jetzt den eindeutigen Beweis. Evan und ich waren ein Paar.

„Hey, Mann. Was geht ab?", Evan nickte seinem Kumpel zu und zog sich einen Stuhl heran. Ich musste grinsen.

„Hey!"

Mehr brachte Kyle nicht hervor. Offensichtlich war ihm die Situation deutlich zu skurril. Unsicher blickte er deshalb von einem zum anderen.

„Worüber redet ihr? Was ist kompliziert?"

Evan griff nach dem Teller, den ich ihm reichte, und ließ sich Tee einschenken.

„Du und Sarah", brachte Kyle gequält hervor.

„Und was genau ist daran kompliziert?", Evan legte den Arm um mich und blickte meinen Bruder fragend an.

„Dass du und Sarah, jetzt du und Sarah seid. Das macht es kompliziert", Kyle fuhr sich durch die Haare, während er scharf die Luft ausblies. „Du bist jetzt mein Boss, Evan! Wenn das mit Euch nicht läuft, dann bin ich den Job gleich wieder los, oder?"

„Unsinn. Du hast den Job, weil du ein guter Mann bist und ich an dich glaube, Kyle. Vielleicht ein bisschen hitz-köpfig, ein bisschen ungeduldig. Trotzdem bin ich davon überzeugt, dass ich den richtigen für den Posten gefunden habe." Evan blickte etwas verärgert über den Tisch. „Hältst du mich echt für so ein Schwein? Denkst du, ich schlafe mit deiner Schwester als Ausgleich? Weil ich dich einge-stellt habe?"

Jetzt war es an Evan, scharf die Luft auszublasen.

„Nein! Denke ich nicht. Es ist nur.... Mom und Dad werden durchdrehen. Wahrscheinlich werden sie gleich die Verlobung bekanntgeben und eine Kirche für die Trauung aussuchen."

Kyle warf ratlos die Hände in die Luft.

Evan grinste breit in meine Richtung. „Wegen mir!"

Jetzt stand zum ersten Mal auch mir der Mund offen.

„Kyle, du siehst Gespenster. Sarah und ich gehen das ganz langsam an. Wir kennen uns lange genug, um zu wissen, was wir am andern mögen. Wir kennen die Ecken und Kannten des anderen und ich glaube, dass wir beide reif sind für eine feste Beziehung. Eine wirklich erwachsene Beziehung. Aber wir werden nichts überstürzen. Ich werde mit Eurem Dad reden und ihm meine ernsten Absichten erläutern, ihn dennoch, auch zu Sarahs Schutz, bitten, es noch nicht offiziell zu machen.

Das alles hat nichts mit unserer Geschäftsbeziehung zu tun. Wenn du bereit bist, die Flügel auszubreiten, und Winterfields eines Tages verlassen willst, kannst du das genauso tun, wie ich dich feuern kann, wenn du nicht die erwünschte Leistung bringst. Wir werden uns wie erwach-sene Geschäftsmänner benehmen. Egal ob ich vielleicht irgendwann dein Schwager bin oder nicht, Kyle. Wir werden beide arbeiten. Hart arbeiten. Bei Winterfields gibt es nichts geschenkt. Das muss dir klar sein. Kein Family-Bonus, kein Freunde-Bonus. Wenn du einen Konzern führen willst, musst du sicher sein, dass die Crew auf deinem Schiff an einem Strang zieht. Und dazu brauche ich jeden Mann. Wer in der Hängematte liegen und lieber schaukeln möchte, der kann schnell mal rausfallen." Evan spießte einen Pfannkuchen auf, und schob ihn sich in den Mund, während er Kyle eine hochgezogene Augenbraue schenkte.

Das hatte gesessen. Kein Bonus für Kyle. Keine BFF-Geschenke. Ich kannte meinem Bruder zu gut, um zu wissen, dass er genau auf das gehofft hatte. Kyle war es gewöhnt, dass ihm alles in den Mund flog. Er hatte noch nie um etwas kämpfen oder hart arbeiten müssen. Aber jetzt war es an der Zeit, erwachsen zu werden. Irgendwann musste Kyle die Verantwortung für sich selbst übernehmen. Und ich war bereit, ihn loszulassen.

Die Miller Gala

Elisabeth Weston stand am Fenster und blickte hinaus in den Garten, so wie sie es immer tat. Als ich eintrat, drehte sie sich zu mir, die leere Teetasse in den Händen haltend.

„Sarah, mein Kind."

„Mom!"

Wir gaben uns ein Küsschen links und rechts über die Schulter, eine lieblose und abgedroschene Geste, bei der wir beide versuchten uns nicht mehr als nötig zu berühren.

„Setz dich doch!"

Mom machte eine einladende Handbewegung und wies mir dabei einen Sessel in dem sonnendurchfluteten Wintergarten unseres Hauses zu. Ich kannte den Ort zu gut, und mein Platz war für gewöhnlich eine Nische im Fenster, die ich mir mit vielen Kissen eingerichtet hatte. Heute war davon nichts mehr zu sehen. Ein riesiger Oleander stand, bereit zum Überwintern, vor dem Fenster, meine Kissen waren verschwunden, ebenso wie meine Leseecke. Ich war nicht mehr als ein Gast. Seit ich vor rund zwei Jahren von zuhause ausgezogen war, hatte meine Mutter so ziemlich alles daran gelegt, meine Spuren zu beseitigen, so als hätte es mich nie gegeben. Mein früheres Zimmer war jetzt eines der vielen offiziellen Gästezimmer, das ich sporadisch an Weihnachten oder zu großen Familienfeiern nutzte, wenn ich keine Lust mehr hatte, nach Hause zu fahren. Meistens hatte ich jedoch Lust, weil mich die Kühle des Hauses deprimierte. Nicht, dass die Heizungen nicht funktionierten. Ganz im Gegenteil. In den mannshohen

Kaminen loderte immer ein funkelndes Feuer, dem meine Mutter jedoch mit nur einem einzigen Wort, jegliche Wärme entziehen konnte.

Heute trug sie ein veilchenblaues Kleid, welches ihren langen, schmalen Hals mit einem hohen Stehkragen umschloss. Ihre graublonden Haare waren zu einem festen Dutt hoch auf ihrem Kopf aufgesteckt und ließen sie noch größer wirken. Aus ihren kühlen graublauen Augen musterte sie mich jetzt wie ein Raubvogel, der auf seine Beute herabsah.

„Was also kann ich für dich tun", fragte sie und ihr Ton sagte mir, dass ich besser nicht gleich mit der Tür ins Haus fiel.

„Brauchst du Geld?", ihre Augenbrauen zuckten pikiert nach oben.

Zum Glück kam in diesem Augenblick Will, der Butler, herein stellte eine Tasse vor meine Nase und brachte frischen Tee. Er verschaffte mir die Pause, die ich brauchte, um ihr nicht gleich mit ausgefahrenen Krallen ins Gesicht zu springen. Ich ließ mir galant Tee eingießen, gab unten dem angewiderten Blick meiner Mutter ein paar Krümel Kandis dazu und wartete darauf, dass Will uns alleine ließ. Meine Mutter vermied Kohlehydrate und verachtete Menschen, die gesüßte Lebensmittel zu sich nahmen. Abgesehen vom Restzucker im Champagner, kamen Kohlenhydrate in ihrer ketogenen Welt nicht mehr vor.

„Ich wollte dich um etwas bitten", eröffnete ich vorsichtig unser Gespräch.

„Dann brauchst du also doch Geld!"

Ihr Blick war herablassend und ich musste mich extrem zusammenreißen um nicht einfach wieder aufzustehen und zu gehen.

„Nein, stell dir vor. Ich verdiene mein Eigenes!", sagte ich stattdessen gehässig. Ich spie ihr die Worte vor die Füße und wollte, dass sie sie trafen. Sie war diejenige, die ihr Leben lang auf Kosten anderer gelebt hatte. Sie war aus dem Haus ihrer Eltern aus- und direkt bei meinem Dad eingezogen und hatte in ihrem ganzen Leben noch nie arbeiten müssen. Sie war nichts weiter als ein schönes Gesicht aus gutem Haus. Ich hatte diese Überheblichkeit so satt. Meine Mom blickte ungerührt in ihren Tee, als würde sie hoffen, die Weisheit am Boden der Tasse zu finden.

„Ich möchte dich zu einen Charity Event begleiten", stieß ich schließlich trotzig hervor, bevor ich es mir anders überlegen konnte.

„Du? Aber warum? Das hast du seit Jahren nicht mehr gemacht! Wozu soll das gut sein, Sarah?"

„Dann wird es doch Zeit, wieder damit anzufangen!"

„Was ist der Grund? Ich kenne dich, du führst etwas im Schilde!"

„Ich brauche ein paar gute Auftritte. Die Leute sollen mich kennenlernen."

„Weil? Herrgott Sarah, lass dir doch nicht jedes Wort aus der Nase ziehen!"

„Weil...nun, ich möchte eigentlich noch nicht darüber sprechen, aber ich bin mit Evan zusammen! Er denkt, es ist eine gute Idee, wenn die Leute die wahre Sarah kennen, bevor sie Lügen über mich erzählen. Ich muss raus aus der Versenkung und soll etwas im Rampenlicht stehen, damit die Leute mich schon kennen, wenn wir unsere Verbindung eines Tages öffentlich machen. Also soll ich mich bei den Medien beliebt machen. Ich finde, das ist eine gute Idee und möchte es versuchen."

Jetzt war mein Trumpf aus dem Ärmel. So schnell hatte ich ihr nicht von uns erzählen wollen. Eigentlich hatte ich ihr gar nicht von uns erzählen wollen. Ich weiß auch nicht, wie sie es schaffte, mich immer so zu reizen, dass ich nicht anders konnte, als ihr alles vor die Füße zu werfen. Diesmal brauchte ich Evan als Rückhalt. Ich fühlte mich stärker mit ihm.

„Evan? Evan wer? Sollte ich ihn kennen?"

Meine Mom guckte noch immer streng und überheblich über den Tisch, als wäre ich gar nicht im Raum.

„Evan Winterfield, Mom! Der Jugendfreund von Kyle!"

„Evan Winterfield? Du meinst, du gehst mit Evan Winterfield aus?"

Die Augen meiner Mutter hatten die Größe der durchscheinenden Teeschale aus chinesischem Porzellan angenommen, die sie noch immer in den Händen hielt.

„Ja!"

„Aber Kind, das ist ja fabelhaft!"

Meine Mom kam um den Tisch gelaufen, um mich zu umarmen. Das hatte sie seit meiner Einschulung nicht mehr getan.

„Bitte Mom, das muss unser Geheimnis bleiben!"

„Aber warum? Schämt er sich für dich?"

Jetzt hatte sie wieder den strengen unnahbaren Blick aufgesetzt, den ich so gut an ihr kannte.

„Nein, aber Evan ist ziemlich bekannt, wie du weißt, und er hat Angst, dass mich der pure Neid anderer Frauen trifft. Er fürchtet sogar, dass man mich bedrohen könnte. Er möchte sich nicht erpressbar machen."

„Aber was will der Junge dann? Du sollst in die Öffentlichkeit, und dann auch wieder nicht?"

„Sarah Weston und ihre bezaubernde Mutter gehen in die Öffentlichkeit. Ich lese Kindern vor, werden an Schulen das alte Pausenprojekt wieder aufnehmen. Ich werde die Charity Lady. Mann soll mir weder Erfolg noch Glück neiden", erklärte ich strategisch.

„Ach, und da komme ausgerechnet ich ins Spiel?"

„Mom, ich brauche deine Kontakte. Wenn ich von null aufbauen muss, dauert das Jahre!"

„Das stimmt allerdings", das Schmunzeln um ihre Mundwinkel zeigte mir, wie wohl sich meine Mutter in der neuen Rolle der Grand Dame fühlte.

„Also gut. Nächsten Donnerstag ist die Miller Gala. Nur Reiche und Schöne, die sich feiern und für das schlechte Gewissen werbewirksam ein paar Scheine in eine durchsichtige Trommel werfen. Du kannst mitkommen", meine Mutter grinste diabolisch.

„So gehässig kenn ich dich gar nicht, Mutter!", ich grinste verschwörerisch zurück. Das könnte ja tatsächlich Spaß machen.

„Es ist ein Hexenkessel. Und ich freue mich darauf, mit dir die Gesellschaft etwas aufzumischen!"

„Mom, kein Wort von Evan!"

„Nein, kein Wort von Evan. Aber ich werde es den ganzen Abend im Hinterkopf haben, dass meine Tochter den begehrtesten Junggesellen von ganz Großbritannien erobert hat. Das alleine genügt mir, um ihre botoxbehandelten Gesichter und das geistlose Geschwätz zu ertragen. Es ist ein schrecklich oberflächlicher Haufen, und wären sie nicht zufällig zu Geld gekommen, dann könnte man sie vermutlich nicht mal die Straße zusammenkehren lassen."

Das Gesicht meiner Mutter hatte sich deutlich entspannt. Sie wirkte auf einmal wie ausgewechselt. Als sie uns Tee nachgoss, erwartete ich fast, dass sie sich zur Feier des Tages auch Kandis in die Tasse gab. Was aber nicht passierte.

Die Gala im Plaza Hotel hätte nicht pompöser ausfallen können. Die Damen trugen Abendkleider, die den Preis eines Kleinwagens vermutlich übertrafen. Ich selbst hatte mich in goldene Spitze und Pailletten gehüllt. Ein kurzes Etuikleid mit jeder Menge Glamour. Klappern gehörte in der Branche zum Handwerk. Mein Kleid hatte weniger als 200 Pfund gekostet und sah trotzdem aus, als würde es von einem teuren Designer stammen. Ich war nicht nur in bester Gesellschaft, nein, ich war eine der ihren und am Arm meiner Mutter das Gespräch des Abends.

Einige der Damen trugen tiefe Ausschnitte und nahezu durchsichtige Stoffe. Es drängte sich nicht nur mir der Eindruck auf, es handle sich um Hostessen, wie ich an den missbilligenden Blicken der anderen Gäste sehen konnte. Ich nahm an, ein paar der älteren Herren hatten tatsächlich einen Escort Service bemüht. Ich wusste es nicht, und es war mir auch egal, obwohl ich es etwas geschmacklos fand, eine Prostituierte mitzubringen, um für ein Kinderhospiz zu stiften.

Auch die Damen, die von Beruf Gattin waren, ließen sich nicht lumpen und trugen, wie immer, ihre Juwelen zur Schau und edle Designerkleider, die sicher extra für dieses Event angefertigt worden waren. Mildtätigkeit im Luxusfummel. Mir war jetzt schon schlecht.

Wir wurden an einen der zahlreichen, runden Tische geführt, erreichten unser Ziel jedoch nur schleppend, da meine Mutter nahezu jeden zu kannte. Küsschen links, Küsschen rechts. Ich wurde in die Gesellschaft eingeführt mit den immer gleichen langweiligen Floskeln.

„Ach das ist die kleine Sarah, ich erinnere mich an Sie, als sie noch ein Kind waren. Früher haben Sie Ihre Mutter öfter zu den Events begleitet. Schön Sie wieder an Board zu haben!"

Ich erwartete fast, eine Anstecknadel oder einen To-Go-Becher als Zeichen der Zugehörigkeit zum elitären Club der Reichen und Schönen zu bekommen, aber nichts geschah. Endlich erreichten wir unseren Tisch. Je 12 Personen saßen hier im Kreis an damastgedeckten Tafeln mit Kandelabern aus Kristallglas, die funkelnd ihr Licht in den Raum streuten. Eine Reihe Gläser war gedeckt, Platzteller aus purem Silber glänzten mit den Kerzen um die Wette. Ich saß neben einer pferdegebissigen, alten Dame, der man trotz Liftings die mindestens 70 Jahre deutlich ansah. Sie trug einen Hauch von Spitze, der ihren winzigen Busen kaum verhüllte und grinste ein faltiges Lachen in die

Runde. Ihr Gatte, war ebenso wie sie, etwas in die Jahre gekommen. Sein Gesicht war extrem braun und wettergegerbt. Er trug ein Segeljackett und fragte, kaum dass wir saßen, ob wir schon einmal zu See gefahren wären. Er und seine Frau hatten das Kreuzfahren für sich entdeckt. Ich nickte höflich und sagte, dass mir auf Schiffen immer schlecht wurde, was der Herr im dunkelblauen Zwirn zum Anlass nahm, mich über die neuesten Kreuzfahrtschiffsmodelle aufzuklären. Ich war in der Hölle.

Das Abendprogramm startete. Ein zweitklassiger Radiomoderator trat auf die Bühne und dankte dem Publikum für den höflichen Applaus, dann erklärte er den Ablauf der Spendengala und übergab das Mikro schließlich an den Schirmherren des Abends, Mr. Daniel Goswin. Mr. Goswin lobte das zahlreiche Erscheinen der Gäste und hielt eine lange Rede, über die Tradition der Miller Gala und den Spendenmarathon. Dann steckte er, unter dem Applaus der Anwesenden, selbstgefällig 20.000 Pfund in die Spendentrommel und erläuterte in einen Nebensatz, dass das diesjährige Spendengeld an ein Kinderhospiz ging. Ein Bild wurde auf die Leinwand projiziert, man sah kurz ein paar traurige Kindergesichter, dann das Logo des Hauses. Mehr Aufmerksamkeit schenkte man dem Spendenanlass nicht, das Flying Buffet war in den Augen der Anwesenden, dann doch deutlich interessanter. Champagner wurde ausgeschenkt, die Kellner begannen mit dem ersten Gang. Mir war jetzt schon der Appetit vergangen.

„Geht das immer so?"

Ich hatte mich zu meiner Mutter gebeugt, und versuchte gar nicht erst, mein Entsetzen zu verbergen.

„Was hast du erwartet? Die Leute sind reich, dekadent und selbstsüchtig. Keiner kommt hier her, um zu spenden. Sehen und gesehen werden, Kontakte knüpfen, Geschäfte machen. Sag nicht, du hast das nicht gewusst!", meine Mutter schenkte mir einen sarkastischen Blick.

„Ich hatte vergessen, dass es so schlimm ist!"

„Willkommen im Club! Und das ist erst den Anfang."

Meine Mutter hatte ihr Glas gehoben und prostete mir zu. Aus Verzweiflung griff ich ebenfalls nach meinem Glas und trank einen großen Schluck auf nüchternen Magen, der mit sofort in den Kopf stieg. Meine Wangen wurden rot, was vom Mittsiebziger der mir gegenübersaß und in den Ausschnitt starrte, vollkommen missverstanden wurden. Er erhob ebenfalls sein Glas und prostete mir zu.

„Ich muss hier raus, sonst platze ich!", ich schob meinen Stuhl nach hinten und griff energisch nach meiner Handtasche. Meine Mutter blickte kaum von ihrem Teller auf.

„Geh in die Waschräume, mach dich frisch und komm wieder. Wir werden diesen Abend durchziehen und für das nächste Mal, sprechen wir uns einfach besser ab. Wir finden schon noch das Passende für dich." Mom hatte mich fest am Handgelenk gepackt und blickte mir jetzt tief in die Augen. Ihre Stimme war nur ein Flüstern, nicht mehr als ein Hauch. Ich hatte sie trotzdem sehr gut verstanden. Ich machte mich von ihr los, gehorchte und ging zur Toilette.

Vor den riesigen Waschbecken standen Puderdosen und Parfum bereit, Pinsel, Kosmetiktücher und vorgewärmte Handtücher wurden gereicht. Ich drehte die goldenen Wasserhähne auf und hielt meine Handgelenke in den eiskalten Strahl in der Hoffnung, mich zu beruhigen. Ein Mädchen kam herein, kaum älter als ich. Sie schnupperte an allen Parfums, sprühte sich dann großzügig ein, toupierte ihre Haare und fixierte das Gebilde mit Tonnen an Haarspray. Ich sah ihr fasziniert zu, wie sie sich die Lippen nachzog und schließlich nach den Kosmetiktüchern griff und sich den BH ausstopfte.

„Was ist? Lauter alte Säcke voller Geld die auf große Dinger stehen! Ich helf meinem Glück nur auf die Sprünge! Solltest du auch tun." Sie musterte mich schnippisch, und verschwand schließlich so schnell, wie sie gekommen war.

Ich verließ die Waschräume aufgekratzter als zuvor. Das hier war alles ein riesen Farce und ich gehörte nicht hier hin. Ich hätte mich nie auf so einen Deal einlassen sollen. Das hier war nicht meine Welt und das würde sie auch nicht werden. Ich wollte nur eins: Nach Hause, diese verdammten Schuhe ausziehen, aus dem lächerlichen Kleid schlüpfen und diesen Abend so schnell wie möglich vergessen. Egal was es brauchte, um die Freundin von Evan Winterfield zu sein, ich benötigte einen anderen Plan.

Trevor Talbot begegnete mir auf dem Flur, der Radiomoderator! Erst jetzt erinnerte ich mich, an ihn. Ich war mit ihm gemeinsam auf der Schule gewesen und in dieselbe Klasse gegangen. Er erkannte mich sofort wieder.

„Sarah Weston! Wie schön dich zu sehen, du siehst großartig aus!"

Er zog mich in eine linkische Umarmung, gegen die ich mich schlecht wehren konnte.

„Trevor! Wir haben uns ja ewig nicht gesehen!"

„Ja, als Radiomensch wird man eher gehört als gesehen!"

Er lachte über seinen kleinen Scherz und ich hörte den Schnulzensender nicht, bei dem er angestellt war. Ich hatte keine Ahnung, was er tatsächlich machte und ob er noch immer „Oldies sind Goldies" ins Mikrophon plärrte, darum ließ ich es bleiben an ein Gespräch über seine Arbeit anzuknüpfen.

„Was machst du hier?", fragte Trevor jetzt.

„Ich begleite meine Mom. Aber ehrlich gesagt, habe ich mir das hier ganz anders vorgestellt!"

„Oh, Frischfleisch? Halte dich von den alten Herren fern!", er zwinkerte mir spitzbübisch zu.

„Trevor, war schön, dich zu treffen. Meine Mutter vermisst mich sicher schon!", ich wollte mich zum Gehen wenden, aber Trevor folgte mir.

„Warte Sarah! Ich möchte dich gerne auf die Bühne holen. Gleich kommt die erste Spendenrunde und ich möchte deine Meinung zu der Gala erfahren. Das ist doch sicher alles ganz aufregend für dich, hier zu sein!"

„Auf keinen Fall, Trevor! Ich muss dann echt!"

Ich stürmte an ihm vorbei. Der hatte vielleicht Nerven. Ich auf der Bühne von allen schlechten Ideen war das mit Abstand die absurdeste des Abends.

Am Tisch zurück, hatte ich offensichtlich nichts verpasst. Meine Mom hatte Champagner nachgeordert, ich griff, noch während ich mich setzte nach meinem Glas und nahm einen kräftigen Schluck. Das Flying Buffet ging in die nächste Runde. Shrimps, Jacobsmuscheln und Putenbrust auf Salatstreifen wurde serviert. Ich schluckte meinen Ärger hinunter und mit ihm die Jacobsmuscheln auf meinem Teller, die tatsächlich köstlich waren. Trevor kam auf die Bühne, die Leute klatschten verhalten, die ersten Spender wurden verlesen. Juwelierhändler Crown hatte fünfzig Pfund gespendet. Ich war kurz davor meine Jacobsmuschel wieder auszuspucken. Am Finger seiner angetrauten steckte ein Brillantring, dessen Wert vermutlich meinem Jahreseinkommen entsprach. Abgesehen von ihrem Designerkleid. Keine Stangenware. Sie alle hier trugen maßgeschneiderte Roben. Kleider die sicher im fünfstelligen Bereich lagen und nur für diesen einen Abend getragen wurden. Nur für eine einzige Nacht. Keiner trug ein Kleid zweimal. Ein Kleid, das schon jeder gesehen hatte, war in diesen Kreisen verpönt wie die Ware aus dem Kaufhaus. Das kam einem Fauxpas gleich.

Auf der Bühne ging das traurige Spektakel weiter. Richter Miller gab eintausend Pfund, Staatsanwalt Henner folgte mit fünfhundert Pfund, Autohändler Gierwitch gab fünftausend Pfund und ließ sich dabei feiern wie ein Held. Die meisten Spender gaben deutlich weniger und blieben im Eintausend-Pfund-Bereich. Ich war sicher, dass die Dame von Escortservice an ihrer Seite teurer war, als das, was sie bereit waren für Kinder in Not zu geben. Als meine Stimmung auf dem absoluten Nullpunkt war, passierte das Unvorhersehbare: Trevor Talbot rief mich auf die Bühne. Ich war verloren.

„Meine Damen und Herren", ließ Trevor sich säuselnd vernehmen, „ich wette, Sie erinnern sich noch an Sarah Weston, die bezaubernde Tochter des geschätzten Lord

Weston. Nun, ich habe sie gerade auf dem Flur getroffen und würde mich wahnsinnig freuen, von Sarah ihren Eindruck ihrer ersten Miller Gala zu hören. Applaus bitte für die bezaubernde Sarah!", er wich einen Schritt vom Mikrofon zurück, um den Applaus anzufachen, ein Spot wurde auf mich gerichtet, irgendjemand zog mich am Ellbogen nach oben um mich zur Bühne zu begleiten.

Trevor trat unterdessen erneut ans Mikrofon und ergänzte: „Ich war schon in der Schule in sie verknallt!" Dann machte er eine ausladende Geste in meine Richtung und die Leute lachten, ich hatte keine Chance.

Jetzt den Kopf einzuziehen, ging nicht. Auch das Bewusstsein, dass ich nach zwei Gläsern Champagner besser nicht vor die Leute treten sollte, hinderte mich nicht daran, nach vorne zu schreiten und schließlich unter tobenden Applaus die Bühne zu betreten. Trevor war hoch erfreut, ich dagegen hoch besorgt. Das konnte nur ein Desaster werden. Ich war nicht betrunken, aber ehrlich. Alkohol wirkte bei mir wie ein Wahrheitsserum. Es machte mir das Lügen faktisch unmöglich. Oder besser gesagt, ich sah es nicht ein, zu lügen. Ich mochte die Wahrheit und ich war kein Mensch, der um Sympathien heischte. Schon gar nicht von Menschen, die ich insgeheim verachtete. Als ich das Mikrofon ergriff, wurde noch immer eifrig im Saal getuschelt.

„Nun, Sarah, wie gefällt es dir, ist es nicht großartig Teil der Miller Familie zu sein?", fragte Trevor suggestiv. Ich räusperte mich kurz und begann dann in klaren Worten zu sprechen.

„Ich kam hier her mit der Absicht Kindern in Not zu helfen. Wir spenden für ein Hospiz, jenem letzten Platz im Leben eines Kindes. Sie alle werden sterben. Sterben, weil ihre Eltern nicht genügend Geld hatten, um rechtzeitig für die richtige Behandlung oder dringend benötigte Medikamente zu sorgen. Sterben, weil man ihnen nicht mehr helfen kann. Nicht mit der Schulmedizin, nicht mit den national Heath Service. Die wenigsten von ihnen haben die Möglichkeit, auf eine teure Privatbehandlung und Chefarztbetreuung zurückzugreifen. Sie werden sterben, weil ihre Eltern einfache Arbeiter sind. Kinder von Busfahrern, Altenpflegern, Krankenschwestern, Polizisten. Menschen ohne die unser öffentliches Leben nicht möglich wäre und die trotzdem nicht genug verdienen, um ihren Kindern die bestmögliche Gesundheitsversorgung zu bieten.

Während Sie hier sitzen, in teueren Kleidern die dem Jahreseinkommen einer durchschnittlichen Familie entsprechen und sich den Bauch vollschlagen stirbt in diesem Land jede Stunde mindestens ein Kind, weil es die dringend benötigte Medizin nicht bezahlen kann. 15.000 Kinder sterben weltweit jeden Tag. Während Sie hier sitzen, mit all ihrem Gold und ihren unnötigen Diamanten. Champagner trinken, und das eigene Gewissen beruhigen, in dem Sie 500 Pfund in eine Plexiglastrommel stecken.

Das Leben ist schon verdammt einfach, wenn man Geld hat. Und es ist erschreckend beschissen, wenn man keins hat.“

Hier machte ich eine bedeutungsvolle Pause und blickte in teils erschrockene aber auch zustimmende Gesichter, was mir Mut machte weiterzusprechen.

„Ich weiß, dass Sie auch alle Angst haben. Angst Ihr schönes Geld zu verlieren. Angst vor Krankheit und Tod. Sie können sich nicht freikaufen. Wir alle werden sterben. Irgendwann. Der eine früher, der andere später. Aber Geld wird Sie nicht retten. Es ist der Lebenswandel, der es kann, zumindest ein Stück weit. Weniger rauchen, weniger Zigarren, weniger Alkohol. Verzicht! Etwas was Sie vermutlich noch nie in Erwägung gezogen haben. Weil sie dazu ihre Komfortzone verlassen müssten.

So sitzen wir also hier, in alter Gewohnheit. Essen und trinken wie auf einem Familienfest. Wie nannte es Trevor gerade so passend? Die Miller Family. Sie spenden einen übrigen Penny an die armen Kinder, die Ihnen so egal sind, dass man nicht mal einen Film aus dem Hospiz gezeigt hat. Ich wette, die Hälften von Ihnen kennt nicht mal den Namen der Einrichtung, wenn wir das Logo nicht mehr einblenden. Schönes, gutes Gewissen.

Trevor hat mich gefragt, wie es mir gefällt, hier zu sein. Ich sage es Ihnen. Ich habe mich noch nie in meinem ganzen Leben so geschämt. Es ist mir peinlich, mit der Dekadenz an einem Tisch zu sitzen. Es ist mir peinlich, eine Jacobsmuschel zu essen, in dem Wissen, wie viel Gutes man mit dem Geld dieses Galadinners bewirken könnte. Wenn wir alle verzichten, den teuren Champagner, das Essen, die Kosten für den Raum, die Musiker und die Beleuchtung kurz, die ganzen Kosten der Veranstaltung spenden würden. Dann müsste in diesem Land kein einziges Kind mehr an den Folgen einer zu spät begonnen Behandlung sterben.“

Tränen standen mir in den Augen, ich machte mir nicht die Mühe, sie zurückzuhalten. Ein letztes Mal trat ich ans Mikrofon:

„Ich danke für Ihre Aufmerksamkeit!"

Dann eilte ich von der Bühne, lief hastig durch den Raum, Tränen flossen mir die Wangen hinunter. Ich griff im Vorbeigehen nach meiner Handtasche. Meine Mutter putzte sich hektisch den Mund ab, und konnte ihr Grinsen nicht verbergen.

Dann griff sie ebenfalls nach ihrer Tasche und folgte mir aus dem Saal. „Das nenne ich einen gelungenen Auftritt! Nicht ganz das, was ich erwartet hatte, aber deine Schlagzeile hast du", sie lächelte noch immer, als wir hinaus in die kühle Nachtluft traten und sie sich bei mir unterhakte.

Zu Fuß machten wir uns auf den Weg nach Hause, wir riefen kein Taxi. Es tat mir gut zu laufen. Wir mussten nicht sprechen. Es war alles gesagt. Und es tat verdammt gut, in ihr eine Verbündete zu haben. Diese Nacht hatte uns ein ganzes Stückchen näher gebracht.

Und alleine das, war es wert gewesen.

Im Fokus

Der nächste Morgen begann unheilvoll. Wolken standen am Himmel, die Luft war grau. In den Straßen stand der Nebel wie Watte, die man kaum durchdringen konnte. Ich hatte mir Evans Baseballshirt übergezogen und saß, wie immer, mit nackten Beinen an der Kücheninsel, bereit seine Standpauke über mich ergehen zu lassen. Als ich gestern Abend nach Hause gekommen war, hatte Evan bereits geschlafen und ich war nicht in der Stimmung gewesen ihn zu wecken und das ganze Desaster zu erzählen. Er würde es sowieso heute aus der Zeitung erfahren. Evan griff nach dem Tablet, orderte Croissants und Brötchen und frisch gepressten Saft für uns, so wie er es immer tat. Dann schaltete er den Newsticker ein und überflog die Nachrichten. Es dauerte keine zwei Minuten, bis er die Schlagzeile gefunden hatte. „Abgeordneten Tochter redet Tacheles", stand da in großen Lettern. Ich versenkte den Kopf in den Händen. Oh, herrje. Evan drehte das Tablet in meine Richtung und zog fragend eine Augenbraue in die Höhe. „Was war da gestern los?"

„Willst du nicht wissen", antworte ich knapp. „Mit einem Wort, ich habe es verbockt", gab ich schließlich kleinlaut zu und nippten an dem Kaffee, den Evan für mich gekocht hatte.

„Sarah Weston, Tochter des Parlamentariers Lord Weston, sorgte gestern auf der berühmten Miller-Spenden-Gala für Aufsehen. „Ich schäme mich für Eure Dekadenz!", schleuderte sie dem illustren Publikum entgegen und hielt dann eine flammende Rede über die Defizite im Gesundheitssystem und die dringend benötigten Hilfen für Kinder. „Wenn Sie die Kosten dieser Gala, spenden würden, statt sich den Bauch vollzuschlagen, statt im Champagner zu baden und sich selbst zu feiern, dann wäre viel erreicht", ließ sie ihr überraschtes Publikum wissen, bevor sie unter Tränen die Bühne verließ. Es bleibt zweifelhaft, ob die Teilnehmer der Gala, die sich von Weston, als „bequem" und „unfähig ihre Komfortzone zu verlassen" bezeichnen lassen mussten, verstanden, worum es der engagierten jungen Frau ging. Von uns bekommt Sarah jedenfalls einen Daumen nach oben. Gut gemacht Sarah, bitte mehr davon", las Evan beeindruckt vor.

Ich hielt mein Gesicht noch immer in den Händen versenkt.

„Das war zwar nicht ganz das, was ich mir vorgestellt hatte, aber die Herzen der Menschen hast du erobert. Sieh dir nur die vielen Bildunterschriften an. Die Leute feiern dich", freute sich Evan.

„Oh, Gott. Es ist so peinlich. Meine Mutter kann mich nie wieder mitnehmen. Ich habe alles kaputtgemacht. Ich kann das nicht. Ich bin nicht das Vorzeigepüppchen, das den Mund hält und sich an sinnlosen Gesprächen über Kreuzfahrten beteiligt. Ich bin nicht das Glamour Girl, das ich vermutlich sein sollte. Ich bin einfach nur Sarah und ich kann das nicht abstellen."

„Zum Glück bist du das!", Evan war von seinem Barhocker gesprungen. Er nahm mein Gesicht in beide Hände und drückte mir einen Kuss auf die Stirn.

„Ich bin unglaublich stolz auf dich!"

„Dann bist du mir nicht böse?"

„Warum sollte ich?"

„Weil ich die Leute vor den Kopf gestoßen habe!"

„Sie haben es verdient. Sie sind genau, wie du es gesagt hast. Bequem. Sie suhlen sich in ihrem Geld und beweihräuchern ihre nicht vorhandene Mildtätigkeit. Ich bin stolz auf dich. Du hast diesen selbstverliebten Idioten mal den Kopf gewaschen. Das musste einfach mal sein."

„Aber bin ich denn besser? Ich trage auch gerne schöne Kleider, ich liebe es, chic auszugehen, auch wenn ich es nicht mit zwei Händen rauswerfe, aber ich bin nicht gerade ein Musterbeispiel an Sparsamkeit!"

„Aber du lässt dich nicht dafür beklatschen eine 20-Pfund-Note in eine Spendenbox zu stecken."

„Nein, ich habe gar nichts gespendet. Nicht gestern. Ich werde das Hospiz selbst besuchen, möchte mir ein Bild machen und mit anpacken."

„Siehst du? Du handelst. Du packst an, du machst dir wirkliche Gedanken. Einen Schein in eine Box stecken, das kann jeder, und es ist wirklich erbärmlich wenn die Leute wie dieser Richter Miller nur ein paar läppische Pfund geben. Er ist in so viele Skandale verstrickt, unter anderem übrigens auch in Hinterziehung von Spendengeldern. Er ist ein korrupter Hund und mir schwillt der Kamm, wenn ich nur daran denke, dass er auch noch den Wohltäter gibt."

„Dann bist du mir wirklich nicht böse?"

„Ganz im Gegenteil, ich platze vor Stolz, meine kleine Rebellin!"

Der Frühstücksaufzug klingelte und riss uns aus den Gedanken. Von mir aus konnte der Kaffee an diesem Morgen auch kalt werden. Ich hätte mich am liebsten mit Evan wieder ins Bett verkrochen und den gestrigen Erfolg gefeiert.

Aber wir hatten andere Pläne. Urlaub, endlich alleine sein, endlich nur Evan und ich. Wie wir das schaffen wollten, stand noch in den Sternen. Einfach mal so wegfahren ging nicht. Eine Traube Fotografen folgte Evan, sobald er das Haus verließ. Die Welt an der Seite von Evan war eine andere. Man benötigte Planung, Zeit, Verbündete, Leibwächter und gute Nerven, die ich zur Zeit nicht hatte. Diese Welt war mir so fremd. Nie hatte ich so leben wollen, nie wollte ich im Rampenlicht stehen. Aber jetzt an Evans Seite musste ich mein Leben neu planen. Mich neu definieren. Wer wollte ich sein? Wer war Evan? Wie konnten wir „Wir" sein und gleichzeitig dem Druck durch die Medien standhalten. Ist man überhaupt irgendwann gut genug? Kann man es überhaupt allen recht machen? Nein, natürlich nicht. Bist du gesellschaftskritisch, hassen dich die Reichen. Lebst du im Überfluss, hassen dich die Armen. Bist du zu öko, unterstellt man dir Heuchelei und durchwühlt deinen Müll nach Plastikverpackungen. Egal was du machst, die Gesellschaft fordert 100% integeres Verhalten. Wann immer du dich für die Umwelt einsetzt, bedeutet es gleichzeitig das Aus für Coffee-to-go. Nach meinem Auftritt bei der Miller Gala, war öffentliches Champagnertrinken für mich ab sofort verboten. Ich sah schon die Schlagzeile zum Geburtstag meines Vaters vor Augen: „House of

Lords Tochter wirft alle guten Vorsätze über Board – Champagner fließt in Strömen, solange man sich unbeobachtet fühlt".

Egal, was ich ab jetzt machte oder tat, man würde es mir immer zum Negativen auslegen. Ging ich joggen, würde man sich fragen, wie viele hungernde Kinder in Afrika von den Anschaffungskosten meiner Sneaker satt werden könnten. Was immer du tust, wer böses im Sinn hat, kann alles so drehen, dass es dich in ein schlechtes Licht stellt. Ich hatte keine Ahnung, ob ich mich wirklich in die Herzen der Londoner oder eher um Kopf und Kragen geredet hatte.

Der Plan

„Wartest du schon lange?"

Sally wickelte sich den senfgelben Schal vom Hals und setzte sich mir gegenüber. Heute war der Wintergarten nicht so überfüllt wie an Regentagen. Ich hatte unseren Stammplatz ergattert und bereits Cappuccino geordert. Heute war mir einfach nach Kaffee und nicht nach Kakao, wie ich ihn als Teenager mit Sally immer getrunken hatte. Das hier war ein Geschäftstermin. Zumindest zur Hälfte.

„Nein, alles gut! Ich bin absichtlich früher los, um noch an meinem Konzept zu arbeiten."

Ich deutete mit dem Finger auf meinen aufgeklappten Laptop.

„Super! Wie geht es dir, nach der Miller-Affäre?"

„Die Miller-Affäre? Oh Gott, bitte sag mir nicht, dass die Zeitungen meinen Auftritt so betiteln?"

„Nein, die nicht. Aber ich! Ich fand, die Aktion hat einen spektakulären Namen verdient. Du bist quasi über Nacht berühmt geworden. Meine kleine Sarah-Lee hat den Leuten mit einem verbalen Fußtritt das Champagnerglas aus den Händen geschlagen", Sally grinste zufrieden.

„Oh Gott, Sal! Wie soll ich das nur wieder gerade-biegen?" Ich zog aus Verzweiflung an meinem Pferde-schwanz und schenkte Sal ein verzweifeltes Lächeln.

„Gar nicht! Du bist wie die junge Greta Thunberg. Du haust den Leuten die Wahrheit um die Ohren. Damit bist du gerade so was von en vogue!"

„Oh, verdammt Sal. Ich hatte das aber ganz anders geplant!"

Die Bedienung kam, Sally blickte auf meinen Cappuccino und bestellte sich auch einen. Außerdem orderte sie zwei heiße Baileys mit Sahne. So viel zum Geschäftstermin.

„Alkohol ist auch keine Lösung!", bemerkte ich trocken.

„Ja, und Vogelstrauß-Taktik auch nicht!"

Sal grinste böse. Lass mich sehen, was du ausgeheckt hast. Sie griff nach meinen Laptop und drehte ihn in ihre Richtung.

„Nun, ich habe mit fünf Grundschulen gesprochen. Sie alle erlauben uns, einen Stand in der Pause aufzustellen. Wir verteilen Müsliriegel und Obst an die Kinder, zudem gibt es Sandwiches aus Vollkornbrot mit Gurke und Frischkäse und andere gesunde Sandwiches mit Tomaten und Salatbeilage oder mit Putenbrust. Ich habe mir einige Dinge zum Ausprobieren für die Kinder überlegt. Wir werden auf Schautafeln zeigen wo das Obst herkommt, also mit Klappen, die zeigen, was im Boden wächst oder wo eigentlich eine Tomate herkommt. Ich konnte mir den Messestand der Bio-Kinder-Ausstellung ausleihen. Der hat tolle Schaubilder und allerhand bewegliche Teile, die man entdecken kann. Es gibt auch Grifflöcher, wo man hineingreift und diverse Dinge, wie Nüsse, Samen, Äpfel und Orangen ertasten kann. Das macht sicher Spaß zu raten, was hinter der Klappe ist."

„Wow! Das klingt ja großartig!"

„Es kommt noch besser! Ich habe einen Müsliriegelhersteller gefunden, der mit dem 1+1 Prinzip wirb. Für jeden gekauften Riegel spendet der Hersteller eine Mahlzeit für ein Kind in einem Entwicklungsland. Ich habe 500 Müsliriegel gekauft. Und somit bekommen jetzt gleich zwei Kinder was zu Essen und das mal fünfhundert.“

„Sarah! Das ist ja der Wahnsinn. Jetzt wo du es sagst, ich habe das auch schon gehört. Ich habe das auch schon mal gekauft, allerdings bin ich immer skeptisch, ob das Geld auch wirklich ankommt.“

„Das stimmt. Etwas Vertrauen gehört wohl immer dazu. Aber egal wie sie die Gelder einsetzen, ein Kind machen wir damit auf jeden Fall glücklich. Die Dinger sind nämlich verdammt lecker, da lass ich sogar Schokolade stehen!“

Sally fasste sich theatralisch an die Stirn.

„Nein, nicht meine kleine Schokoladen-Queen. Sarah du bist schokosüchtig. Du kannst nicht ohne!“

„Kann ich wohl! Und Nüsse sind eh gesünder!“

Sal lachte.

„Du und deine guten Vorsätze!“

„Ich habe noch mehr!“

„Ich höre?“

Sal stützte, wie immer das Kinn auf und sah mich abwartend an.

„Nun, ich war ja im Kinderhospiz, um mir das anzuschauen. Sie meinten, dass den Kindern oft langweilig sei, wenn sie keinen Besuch haben, und das eine Vorlesestunde super wäre. Also habe ich Kinderbücher besorgt, die ich unter anderem spenden werde, weil die Eltern dieser Kinder oft kein Geld für solche zusätzlichen Ausgaben haben und ich werde mit den Kindern lesen und vorlesen. Dabei kam mir der Gedanke, auch in den Schulen nachzufragen, ob sie Bedarf an Kinderbüchern haben.

Dabei habe ich mit der Hitch Primary School ein Konzept entwickelt. Ich werde eine Lesegruppe für Schüler mit Leseschwäche leiten. Die Schule hat kein Personal, um leseschwache Schüler zu fördern, also werde ich einmal die Woche mit den Kids lesen. Die Kinder bekommen jeden Monat ein neues Buch von mir, das wir gemeinsam lesen und besprechen wollen. Natürlich dürfen sie das Buch am Ende der Lesezeit behalten. Beziehungsweise werde ich ihnen die Bücher zum Anfang der jeweiligen Stunde feierlich überreichen. Mit Geschenkpapier, Karte und richtiger Widmung. Ich möchte, dass die Kinder die Bücher auch zu schätzen wissen. Dass es ein richtiges Geschenk ist. Mit ihrem Namen drin. Sonst landet ein Buch schnell mal aus Frust in der Ecke. Ich hoffe, dass ich sie mit diesem kleinen Trick dazu bewegen kann, der Sache eine echte Chance zu geben."

„Das klingt ja fabelhaft. Aber kannst du das denn? Ich meine du bist keine Lehrerin? Und dann auch noch Kinder mit Leseschwäche?"

„Ich hatte auch meine Zweifel und ziemlich viel Respekt vor der Aufgabe aber die Schulleitung hat mir ein Konzept ausgehändigt, mit dem ich mich tatsächlich an die Sache heranwage: Das Marburger Konzentrationstraining für Kinder. Ich werde darauf aufbauen. Außerdem bin ich ziemlich sicher, dass Kinder immer profitieren, wenn man ihnen Zuwendung gibt, sie fördert. Ich halte es wirklich für wichtig, sie schon früh an das Lesen heranzuführen. Darum möchte ich es auf jeden Fall versuchen."

„Und dein Job? Ich meine, du wirst zwei bis drei Mal in der Woche unterwegs sein!"

„Ja, das ist der kleine Haken an der Geschichte! Aber ich habe bereits mit Mr. Brothers gesprochen. Er gibt mir frei, und ich hole die Stunden im Homeoffice nach. Bei vielen der Aufgaben ist es zweitrangig, ob ich sie am Vormittag oder am Nachmittag erledige. Solange am nächsten Morgen alles bei Mr. Brothers auf dem Schreibtisch liegt, soll es ihm recht sein."

„Klingt, als hättest du an alles gedacht!"

„Fast!"

Ich machte eine kleine Kunstpause und blickte meiner Freundin bettelnd in die Augen.

„Stimmt, da war ja noch was!", Sal schlug sich schon wieder gegen die Stirn. „OK. Sarah, ich habe es versprochen, ich lass dich jetzt nicht hängen. Was soll ich machen? Schulbrote schmieren, Kinderbücher schleppen. Lass mich dein Sklave sein!", stimmte Sally den Text der Ärzte an und ich musste lachen.

„Fürs Erste reicht es mir, wenn du einfach nur anwesend bist, mich unterstützt. Na ja, und eine kleine Zeile in der Zeitung wäre natürlich super. Vor allem wenn sie meinen Fauxpas wieder etwas in den Hintergrund rückt und beiläufig erwähnt, dass ich natürlich auch für die Kinder im Hospiz gespendet habe und verschiedene Stiftungen unterstütze."

„Aha! Das sollte kein Problem sein. Wir machen eine Sarah Thunberg aus dir!"

„Darf ich auch mal ich selber sein? Einfach nur Sarah?"

„Einfach nur Sarah ist die lahmste Schlagzeile der Welt, damit verkaufe ich nicht ein Blatt! Aber keine Sorge, mir fällt was ein, Charity-Sarah."

Ich ahnte Böses. Nicht noch ein Spitzname. Inzwischen war unser Baileys kalt, die Sahne war zusammengefallen. Gleichzeitig blickten wir auf das traurige Ereignis in unseren Gläsern.

„Ex, oder nie mehr Sex!", bestimmte ich.

„So steht es geschrieben, so soll es geschehen!", konterte Sal. Dann legten wir den Kopf in den Nacken und stürzten den Sahnelikör hinunter.

Schrecksekunde

Evan stand unter der Dusche, als plötzlich jemand an die Tür hämmerte. Ich stellte das Frühstücksgeschirr wieder zurück auf seinen Platz und eilte an die Tür, vor der eine völlig aufgedrehte Emma stand. Sie wippten in den Knien, als müsste sie dringend zur Toilette und machte seltsame Verrenkungen. Während ich mich fragte, was mit ihr los war, schob sie mich zur Tür rein und kickte die Tür hinter uns ins Schloss.

„Er. Hat. Mich. Gefragt, ob wir ins Kino gehen!"

Emma hüpften von einem Bein aufs Nächste. Noch immer sah sie aus, wie jemand der dringend aufs Klo musst.

„Er hat mich gefraaaaaahaaaagt!", sang Emma.

Ich grinste.

„Was immer DU gemacht hast, es hat funktioniert!"

Emmas Zeigefinger bohrte sich in meine Schulter.

„Ich bin unschuldig", stieß ich hervor.

„Wer´s glaubt. Ich weiß, dass du irgendwas zu ihm gesagt haben MUSST. Aber es ist auch egal, weil es gewirkt hat!"

Ich zog unschuldig eine Augenbraue in die Höhe. Ein stilles Zugeständnis. Ein schiefgelegter Kopf, eine angezogene Schulter. Ja, ich hatte etwas gekuppelt. Ein bisschen viel. Aber im Krieg und in der Liebe war schließlich alles erlaubt.

„Ich schulde dir was."

Emma hauchte mir einen Kuss auf die Wange.

In der nächsten Sekunde war sie schon wieder durch die Tür verschwunden. Und ich stand verdutzt noch immer am selben Fleck.

Evan, der gerade aus der Dusche kam, fragte, wer da gewesen sei. Kein Wunder, Emmas Geschrei war ja auch kaum zu überhören gewesen. Trotzdem wollte ich ihn noch nicht einweihen. Noch nicht. Es sollte nicht die Runde machen. Em und Cooper würden sehen, wie sie zueinander standen. Ich wollte keine Gerüchte streuen, also hielt ich die Klappe.

„Nur Emma. Wir wollen nächste Woche zusammen die Innenstadt unsicher machen."

„Ich dachte, du wolltest schon heute zum Shoppen?"

„Heute gehe ich nur zu Harrods. Ich will bei deiner Mom ein paar Spezialitäten einkaufen und nach einem Geschenk für meinen Vater suchen. Das wird wahrscheinlich der schwerste Teil. Mit Emma möchte ich dann richtig durch die City ziehen. Ich war ewig in keiner Buchhandlung. Wir werden uns in ein Café setzen, Bücher shoppen, Klamotten anprobieren und ins Nationalmuseum gehen. Das wird herrlich!", freute ich mich.

„Dann bist du mir also nicht böse, wenn ich dich heute nicht begleite?"

„Keine Spur. Ich hole nur ein paar Lebensmittel. Ich möchte heute Abend für dich kochen."

„Das lasse ich mir gerne gefallen. Nun, dann auf mit dir, worauf wartest du noch, Weib?" Evans Grinsen war böse und ich musste lachen.

„Bin schon weg!"

Ich schlüpfte in meinen Mantel und schnappte mir meine Handtasche, die ich schon bereitgestellt hatte. Mit einem breiten Lächeln schob ich mich durch die Tür. Evan, der mit gefolgt war, packte mich am Arm und zog mich zurück in die Wohnung, um mich zu küssen.

„Ich liebe dich, Sarah!"

Es war das erste Mal, dass Evan die Worte sprach. Dass er sie so sprach. Laufend machte er mir Komplimente, aber das war etwas völlig anderes. Unser erstes „Ich liebe dich!"

Ich wollte die Welt umarmen.

„Ich liebe dich auch!", sagte ich ehrlich. Dann schlüpfte ich durch die Tür, bevor mein Herz so laut schlug, dass er es hören konnte und die Röte meine Wangen emporkroch. Ich war verliebt wie ein Schulmädchen und es fühlte sich großartig an.

Evans Worte hallten noch immer in meinem Kopf, als ich durch die Parfümerie Abteilung bei Harrods schlenderte und meine Pflegeserie zusammensuchte. Ich kaufte mir außerdem eine neue Flasche von meinem Lieblingsduft und für Evan einen neuen Herrenduft, der in einen riesigen Aufsteller präsentiert wurde. Die Marke warb mit dem ultimativen Duft eines Londoner Gentleman und das Duft-pröbchen, das mir die gut aussehenden Verkäuferin auf ein Kärtchen sprühte, überzeugte mich. Es war ein klassischer frischer Duft, der gleichzeitig sportlich wie elegant war. Ich ließ es als Geschenk verpacken und zog dann weiter in die Feinkosthalle, in der Evans Mutter arbeitet. Wir hatten am Morgen telefoniert, sodass mein Besuch für sie nicht überraschend kam. Ich hatte ihr bereits meine Bestellung mitgeteilt und wusste, dass Ava längst alles für mich zusammengesucht hatte. Als ich jetzt an ihren Verkaufstresen trat, lächelte Ava freudig und winkte mir über die Köpfe der anderen Kunden hinweg zu. Evan hatte mit den Neuigkeiten nicht hinter dem Berg halten können und seiner Mutter schon früh von unserer Beziehung erzählt. Ava Winterfield muss vor Freude fast geweint haben, wenn man Evans Erzählungen glauben konnte. Für sie war ich noch immer das Mädchen aus gutem Haus und meine Familie eine Zuflucht für Evan. Egal, wie viel Geld er inzwischen verdiente. Für seine Mutter war es noch immer ein Segen, dass mein Vater damals das Schulgeld für Evan bezahlt hatte und sie verband noch immer Sicherheit und Unterstützung mit dem Namen meiner Familie. In ihren Augen waren wir das Netz, der doppelte Bode, der Evan auffangen würde im Falle einer Finanzkrise oder in anderen schweren Zeiten.

Als ich an der Reihe war, reichte mir Ava das Päckchen mit meinen ausgesuchten Leckereien über den Tresen.

„Ihr kommt doch am Sonntag zum Essen?", wollte Ava jetzt wissen.

„Ganz bestimmt! Ich habe es Evan noch nicht erzählt, aber es klappt ganz sicher!"

Einige Leute in der Reihe wurden unruhig, Privatgespräche waren verpönt, solange man in einer Reihe stand und darauf wartete, dass es weiter ging. Auch wenn ich mir sicher war, dass viele der Kunden die Geschichte von Evan Winterfield kannten und wussten, dass keine Geringere, als seine leibliche Mutter hier hinter dem Tresen bediente. Ich nahm meine Tüte und bedankte mich.

„Grüße an Evan!"

„Sag ich ihm, wir sehen uns Sonntag!"

Ich winkte Ava noch einmal fröhlich, dann ging ich mit schnellen Schritten durch die Markthallen davon.

Die Drehtüren des riesigen, bekannten Kaufhauses spuckten mich aus wie Treibgut, das von einer Welle an den Strand geworfen wurde. Drinnen war es muckelig warm, gewesen, draußen blies ein eiskalter Wind. Die Fairytale Dekoration in den Schaufenstern verstärkte das Gefühl, gerade aus einem Traum geworfen worden zu sein. Innen gab es eine Scheinwelt aus Glitzer, Glamour und den Düften des Orients. Draußen schlug einem der Smog entgegen und die knallharte Realität des täglichen Verkehrschaos auf den Londoner Straßen. Ich beschleunigte meine Schritte und stürzte mich ins Getümmel. Für einen Moment überlegte ich, mir ein Taxi zu rufen, aber es würde in den engen, überfüllten Straßen sowieso nicht vorankommen. Nicht um diese Zeit. Kurz entschlossen steuerte ich die U-Bahn an. Ich mochte die alten viktorianischen Gänge der Londoner U-Bahn und konnte mich nicht daran sattsehen. Als Jugendliche hatte ich einmal für ein Schulprojekt die schönsten Bahnhöfe der Londoner U-Bahn fotografiert. Noch heute fand ich, dass ich die beste Aufgabe der ganzen Schule gezogen hatte. Es hatte riesigen Spaß gemacht und ich war voll in meiner Rolle aufgegangen. Ich liebte es, zu fotografieren. Manche Bilder hatte ich absichtlich in schwarz-weiß geschossen, was ihren Retro-Charakter noch verstärkt hatte. Am Schuljahresende ließen wir alle Fotokalender von unseren Bildern erstellen. Meiner hing noch heute im Büro meines Vaters, was mich unfassbar stolz machte.

Ich eilte mit hastigen Schritten hinunter zur U-Bahn. Hier war es, wie immer, viel zu warm. Die Schokolade in meiner Tasche würde schmelzen und das Kalbfleisch hoffentlich nicht zäh werden, schoß es mir durch den Kopf, als ich mein Ticket löste und schließlich durch die Absperrung schlüpfte. Ich wusste nicht, was mir lieber war. Der eisige Wind draußen oder die stickige Wärme hier unten. Der Zug fuhr ein und war noch voller, als der Bahnsteig, auf dem eine dichtgedrängte Menschenmasse stand. Mit Londoner Höflichkeit und einem erstaunlichen Maß an Ruhe, schafften wir es trotzdem irgendwie, dass am Ende jeder mitfahren konnte. Offensichtlich waren genau so viel Menschen ausgestiegen, wie zugestiegen waren, zumindest hatte ich keine andere Erklärung dafür, dass wir doch irgendwie alle in die Wagons gepasst hatten.

Ich fuhr drei Stationen mit dem Armen im Gesicht einer älteren Dame. Leider war es mir nicht möglich, mich zu bewegen oder eine andere Position einzunehmen, ohne ihr die Nase zu brechen. Ich atmete sichtlich auf, als sie endlich ausstieg und ich genügend Platz hatte um meine Einkäufe auf dem Boden zu stellen. Die Arme wurden mir langsam lang. Nach einer weiteren Station kämpfte ich mich schließlich nach vorne an die Ausgangstür, wo mich ein finster dreinblickender Mann missmutig anstarrte. Er war mir bereits beim Einsteigen aufgefallen. Einer der Zeitgenossen, die vom Kummer und Neid zerfressen waren und deren Gesicht man den jahrelangen Alkoholkonsum deutlich ansah. Ein Penner vermutlich oder ein Ganove. Vielleicht auch beides. Ich konnte mir vorstellen, dass er Menschen, wie mich hasste. In seiner Welt hatte ich alles geschenkt bekommen. Er würde nicht verstehen, dass auch ich mir alles erarbeitet hatte. Er gehörte zu den Typen, die selbst nie die Initiative ergriffen hatten, und das, obwohl London ein hervorragendes Schulsystem besaß und allen Kindern die gleichen Chancen bot. Ich fragte mich, was seine Geschichte war. Niemand war gezwungen, auf der Straße zu leben. Es gab immer eine Lösung, wenn man es wollte.

Ich griff nach meiner Tasche und klammerte mich an der einzigen Haltestange fest, die ich erreichen konnte. Der Mann mit dem schlechten Haarschnitt und dem bösen Blick stand mir jetzt genau im Rücken. Gerade als ich aussteigen wollte, begann er zu sprechen.

„Elendes verwöhntes Pack, hatte dein Chauffeur keine Zeit? Oder warum verstopfst du Nobeltussi hier die U-Bahn?", keifte er.

Ich war wie steif vor Schreck. Ich hatte keine Erfahrung mit Pöbeleien und der Wut Obdachloser und wusste nicht, wie ich mich verhalten sollte. Wie mechanisch stieg ich aus und ging ich weiter. Der völlig überfüllte Bahnsteig platzte aus allen Nähten und ich musste mich zwischen den Passanten durchquetschen. Trotzdem blieb mir der Unbekannte auf den Fersen und redete weiter auf mich ein.

„Bleib doch stehen Püppchen, hast du nicht ein paar Pfund für einen arbeitslosen Penner? Du bist doch sicher mit dem goldenen Löffel im Mund groß geworden, Zeit zu teilen, ich will nur eine kleines Stück ab vom großen

Kuchen." Sein Atem roch schlecht und seine Kleidung muffig. Ich fragte mich, ob es nicht für jeden, der uns entgegen kam, ersichtlich war, dass dieser Mann mich bedrohte. Aber sie alle hatten offensichtlich anderes zu tun, als auf uns zu achten. Die meisten Menschen waren in Eile, hetzten zu einem Termin oder versuchten die U-Bahn zu erwischen. Ich wusste nicht, was ich denken oder fühlen sollte, mein Kopf war leer und ich starr vor Angst.

Tu was Sarah, schoss es mir durch den Kopf, aber ich war nicht in der Lage, darüber hinaus etwas zu denken. Tu was!

Mein Hirn verweigerte mir den Dienst. Nichts als die pure Angst pumpte durch meine Adern.

Das war es, was Evan gemeint hatte, als er Personenschutz für mich gefordert hatte. Ich hatte nicht gemerkt, wie weit ich mich bereits geändert hatte. Die teure Handtasche, die eleganten Schuhe. Ich war nicht mehr Sarah mit den ausgelatschten Sneakers und dem Pferdeschwanz. Ich war eine Frau, die nach Geld roch, mit einem Dutzend eleganter Hochglanztaschen von Harrods an meinem Handgelenk, denen man ihren exklusiven Inhalt schon ansah und einem 120 Pfund Haarschnitt. Nichts erinnerte mehr an Sarah Weston, der einfachen Assistentin bei Brothers & Brothers. Ich hatte mich verändert. Ob es mir gefiel oder nicht. Ich war mir nur nicht sicher, ob ich bereit war, für immer in dieser Welt zu leben. Evans Welt. Einer Welt voller Glamour, Luxus und in dem Wissen, dass es genügend Menschen gab, die uns genau dafür hassten.

Lesestunde

Wir schrieben den 1. November, als ich mich auf den Weg zu meiner ersten Lesestunde machte. Ich hatte für jedes Kind ein Buch gekauft, das ich liebevoll verpackt hatte und jetzt ging ich aufgeregt und voller Vorfreude dem Nachmittag entgegen. Ich fragte mich, ob die Kinder genauso neugierig und ungeduldig waren wie ich. Ob sie es am Ende schon bereuten, sich für meinen Nachhilfe Lesekurs angemeldet zu haben? So oder so, gab es jetzt kein Zurück mehr. Die Bücher in meiner Hand wogen schwer. Ich hatte für jedes Kind eine persönliche Widmung mit Namen geschrieben und dazu Geschenkkarten besorgt, die den Büchern beilagen. Für jedes Kind eine andere. Die Karten waren von einer Kinderbuchautorin liebevoll illustriert und zeigten Tiger, Löwen, Elefanten und Krokodile. Die Karten für die Jungs auszusuchen war leicht gewesen. Für die Mächen hatte ich ein Einhorn, einen Froschkönig, eine Katze und ein Pony und hoffte, dass ich für jedes Kind das passende Motiv gefunden hatte. Bisher kannte ich nur die Namen der Schüler, heute sollte ich das jeweilige Gesicht dazu kennenlernen.

Als ich im Klassenraum ankam, saßen einige Schülerinnen bereits auf ihren Stühlen. Die Schulleiterin hatte uns einen Raum zur Verfügung gestellt in dem bereits ein Stuhlkreis und Getränke für die Kinder aufgebaut waren. Ich setzte mich auf meinen Platz und legte den Stapel mit den Büchern vor mich auf den Boden. Nach und nach trudelten auch die Jungs ein. Die Mädchen saßen derweil mit wippenden Beinen auf den niedrigen Hockern und beäugten mich neugierig. Ich blickte genauso interessiert zurück. Es war unglaublich süß, wie ihr Blick immer wieder zu den Geschenken auf dem Boden wanderte. Kaum waren alle da, ging es auch schon los. Die Schulleiterin hatte mir gesagt, ich sollte am besten gleich anfangen zu sprechen, sonst würden die Kinder gleich zu Anfang mit dem Schwätzen beginnen. Ich beherzigte den Tipp und begrüßte die Runde, in dem Moment, als der letzte Schüler zur Tür rein kam. Es funktionierte. Im Raum war es mucksmäuschenstill. Ich erklärte den Kindern das Konzept und dann begann ich ihnen feierlich die Bücher zu überreichen.

„Ich freue mich, dass ihr alle gekommen seid!", begann ich mit meiner Rede und fühlte mich augenblicklich unsicher. Natürlich sind sie gekommen, sie hatten keine Wahl. Die meisten von ihnen waren von ihren Eltern angemeldet worden. Das hier war keine Wahlveranstaltung, sondern eine Art Nachhilfe, zu der man erscheinen musste.

„Ich habe für jeden von Euch ein Geschenk mitgebracht", führte ich weiter aus und fühlte mich schon besser. Vor allem, als ich in die strahlenden Gesichter der Kinder blickte. Ich verteilte die Bücher und wies die Kinder auf ihre handgeschriebenen Karten hin. Die Mädchen blickten mich schüchtern und verträumt an, die Jungs stürzten sich auf das Geschenk und rissen das Papier herunter. Heraus kam „Die kleine Raupe Nimmersatt", eins meiner absoluten Lieblingsbücher. Die Kinder staunten und blätterten voller Ehrfurcht durch das Buch. Für unsere erste Lesewoche hatte ich absichtlich ein Buch mit wenig Text und vielen Bilder gewählt. Die Kinder sollten ein Erfolgserlebnis haben. Ihr erstes Buch, das sie von vorne bis hinten gelesen hatten. Ein kleiner Junge mit südländischen Aussehen blätterte durch das Buch, in jedem der abgebildeten Früchte war ein Loch, durch das sich die Raupe Nimmersatt gefressen hatte. Ali steckte seinen Finger durch das Loch und bohrte so lange bis es aufriss. Ich beobachtete ihn streng und wusste nicht, was ich sagen sollte. Es war ein nagelneues Buch, und er hatte es bereits in der ersten Minute kaputtgemacht. Aber es war sein Buch. Ich hatte es ihm geschenkt. Theoretisch konnte er damit machen, was er wollte. Praktisch wollte ich ihm gerne die Meinung sagen. Ich hielt die Klappe und sah ihm weiter zu, wie er gelangweilt die Seiten umklappte. Auf der letzten Seite angekommen, schlug er es lauthals zu.

„Ich bin fertig! Wir können nächstes Buch, bitte!", schrie er in den Raum.

Meine ganze Unfähigkeit als Lehrerin wurde mir bewusst. Ich hatte keine Ahnung, wie man Kinder motivierte und wie ich mit einem Kind, das offensichtlich kein Interesse hat, lernte. Ich sog scharf die Luft ein und versuchte es mit einem Lächeln.

„Wir haben doch noch gar nicht angefangen", sagte ich sanft. „Vielleicht lernen wir uns erst mal kennen?"

Ich fing mit dem Mädchen zu meiner Rechten an. Amelie ein schüchternes, blondes Kind mit einem umwerfenden Lächeln. Die kleine Amelie war so süß, dass ich sie vom Fleck weg adoptiert hätte. Sie drehte ihre Karte in den Händen und strahlte mich begeistert an.

„Du bist Amelie, richtig?"

Anstelle einer Antwort bekam ich erneut ein strahlendes Lächeln.

„Freut mich sehr. Ich bin Sarah!", sagte ich freundlich. Amelie lächelte und drehte ihre Karte.

„Hier steht: Liebe Amelie, ich wünsche dir ganz viel Spaß mit dem Buch!", sagte das Mädchen und grinste schüchtern. Sie hatte ihre Karte bereits auswendig gelernt und ich war gerührt.

„Ganz genau. Das hast du sehr schön vorgelesen!"
Eine Idee keimte in mir auf.

„Vielleicht lesen wir alle erst mal unsere Karte vor!", sagte ich begeistert und deutete auf das nächste Kind.

„Kannst du vorlesen, was auf deiner Karte steht? Oder soll ich dir helfen?", fragte ich liebevoll.

Das Mädchen neben Amelie hieß May und hatte wunderschönes rotes Haar und Sommersprossen.

Sie blickte lange stumm auf ihre Karte und nahm den Finger zu Hilfe.

„Ich hoffe, du kannst meine Handschrift lesen?", versuchte ich zu helfen.

Sehr zögerlich fing May an zu lesen: „Liebe May, ich freue mich, dass du in meinem Lesekurs bist."

„Großartig!", lobte ich. „Ist dir das scharfe S schwergefallen?", wollte ich wissen.

May schüttelte langsam den Kopf und schenkte mir ein schüchternes Lächeln.

„Das war ein sehr schweres Wort. Dafür bekommst du von mir eine Klammer."

Ich überreichte dem Mädchen eine rosa gestreifte Büroklammer und erklärte das Prinzip. Jedes Kind konnte in der Stunde Klammern verdienen. Am Ende der Stunde bekam das Kind mit den meisten Klammern eine Belohnung. May strahlte. Sie hatte die erste Klammer und war somit der unbekannten Belohnung schon einen Schritt näher gekommen. Neben May saß ein Junge in einer leuchtend blauen Cordhose. Sein Name war John. Er hielt lachend seine Karte mit dem Krokodil in die Höhe.

„Ich hab das Krokodil", schrie John und mein Herz ging auf. Es war schön, zu sehen, wie er sich darüber freute. Er hatte auch ein schweres Wort und ich war gespannt, ob er es lesen konnte.

„Möchtest du deine Karte vorlesen? Oder soll ich dir dabei helfen?", fragte ich freundlich.

„Das Wort kenne ich nicht!", sagte John.

„Lass mal sehen! Oh ja. Das Wort heißt Spaß!", sagte ich grinsend.

„Lieber John, ich wünsche dir ganz viel Spaß beim Lesen!", schrie John, als hätte er gerade die Entdeckung des Jahrhunderts gemacht. Alle Kinder lachten. Er war zu süß!

„Das hast du ganz toll gemacht, John!", lobte ich den Jungen.

Das Kind daneben war Sally, ein Mädchen mit rehbraunen Haaren, die sie zum Pferdeschwanz trug und mit einer großen Nerdbrille auf der Nase. Sie war der Inbegriff der Musterschülerin. Sie war mir von Anfang an aufgefallen. Die Grazie, mit der sie auf dem Stuhl saß, die Art und Weiße wie ihre Augen neugierig über die Seiten geflogen waren. Ich war mir sicher, dass Sally lesen konnte. Sie wollte sich nur verbessern. Defizite sah ich bei ihr keine.

„Liebe Sally, das ist dein erstes eigenes Buch aus der Lesestunde!", las sie zügig vor. Sie brauchte keinen Finger unter der Zeile, so wie es die anderen Kinder gemacht hatte. Sie las flüssig und ohne nachzudenken. Genau, wie ich es vermutet hatte.

„Lesestunde ist ein ziemlich langes Wort!", sagte ich bedeutungsvoll. Hattest du Probleme, es zu lesen?

„Nein, es ist aus zwei Wörtern zusammengesetzt. Wenn man sie einzeln liest, ist es ganz einfach!", sagte Sally altklug und schob ihre Brille zurück auf die Nase.

„Das stimmt! Das war wirklich toll. Und du hast den anderen Kindern einen tollen Tipp gegeben. Große Wörter zu zerlegen! Du bekommst auch eine Klammer!"

Ich reichte Sally eine Klammer. Das Mädchen strahlte. Ali saß neben Sally, er hob seine Karte in die Luft.

„Hier, deine Buch!", sagte er, ohne auf die Karte zu blicken. Ich war mir sicher, ihm einen anderen Text auf seine Karte geschrieben zu haben, und vor allem, schrieb ich grammatikalisch richtig.

„Ich glaube, du schaust noch mal, genau was auf deiner Karte steht", sagte ich empathisch.

„Warum? Ich gelesen, er dran!", er verpasste seinem Nebenmann einen festen Rempler.

Es war klar, das Ali log, um sich aus der Affäre zu ziehen, und ich war unsicher, ob ich ihm das durchgehen lassen sollte. Ihn blamieren vor der Klasse, war genauso falsch, wie ihn mit einer Lüge durchkommen zu lassen. Was also tun. Schon wieder fühlte ich mich unfähig als Lehrerin die Schüler pädagogisch zu führen. Der Junge neben Ali rieb sich den Arm.

„OK Ali, du musst die Karte nicht lesen, wenn du das nicht möchtest. Aber darum musst du Jacob nicht schubsen. So etwas will ich nie wieder sehen!", sagte ich streng und fühlte mich doch wieder, wie eine Lehrerin. Ali blieb stumm, die Kinder guckten betroffen zu Ali. Sie mochten ihn nicht. Er machte es ihnen auch nicht leicht, er war launisch und er log.

Jacob war an der Reihe. Ein blonder Junge mit schütterem Haar und riesigen blauen Augen.

„Hallo Jacob", las er schüchtern vor. Sein Finger stockte unter dem ersten Wort.

„Viel Freude mit deinem neuen Buch", half ich ihm langsam. Jacob sprach die Worte, nachdem ich ihm den Anfang leise vorsagte. Es fiel ihm schwer, aber er traute sich. Das war ein guter Anfang.

„Du warst sehr mutig, Jacob. Obwohl du die Worte nicht kanntest, hast du es versucht und dich sehr wacker geschlagen! Du bekommst auch eine Klammer!"

Ali blickte wütend vor sich hin. Er war der Außenseiter. Er hatte nicht mitgemacht und keine Klammer erhalten. Genervt bohrte er erneut mit dem Finger im Buch. Die Äpfel hatte er bereits ausgehöhlt. Es war ihn anzusehen, dass er etwas kaputtmachen wollte, und ich war am Ende mit meinem Latein.

„Ali, ich habe dir das Buch nicht geschenkt, damit du es kaputt machst, sondern damit wir zusammen darin lesen können", sagte ich ernst. Langsam ging mir die Geduld mit dem Jungen aus.

„Das war ich nicht!", schrie Ali, dessen Finger inzwischen in einer Birne bohrte.

„Ich glaube nicht, dass ich dir ein kaputtes Buch geschenkt habe!"

Ich schenkte ihm einen scharfen Blick und dann entschied ich, ihn zu ignorieren. Genauso, wie er es mit mir machte. Pädagogisch vermutlich falsch. Für mein Seelenwohl war es jedoch richtig und vor allem für den weiteren reibungslosen Ablauf der Stunde.

Ich startete die Leserunde, in dem wir gemeinsam die erste Seite aufschlugen. Die Kinder blickten fasziniert auf die wunderschönen Illustrationen. Manchen fuhren liebevoll mit der Hand über die Raupe.

„Die sieht voll süß aus", sagte Amelie und zwickte die Augen zusammen, als sie kichern musste. Ich kicherte mit ihr.

„Ja, sie ist voll niedlich! Wer am Ende dieser Leserunde, also wenn wir das ganze Buch gelesen haben, die meisten Klammern gesammelt hat, bekommt die hier als Hauptpreis!"

Ich hielt eine kleine Stoffraupe in die Luft und die Kinder quietschten.

„Oh, ist die süß! Ich will die haben", schrie May.

„Wenn du fleißig bist, dann bekommst du sie vielleicht", sagte ich und freute mich über die gute Resonanz der Kinder.

Dann blätterten wir die erste Seite auf und ich begann zu lesen.

„Nachts, im Mondschein lag auf einem Blatt ein kleines Ei", las ich bedeutungsvoll und die Kinder wurden sofort still. Die meisten hatten den Finger unter die Zeile gelegt und folgten den Worten, die ich sprach.

Ich blickte Amelie an.

„Magst du das nächste Wort lesen?", fragte ich.

„Und", sagte Amelie und dann ging es reihum. May verstand sofort und las „als" der Junge neben ihr stimmte ein. Sein Wort war „an" und dann kam Sally mit „ einem". Ich hatte Ali beobachtet, er hatte die Wörter und die Schüler gezählt und sich ausgerechnet, welches Wort sein Wort sein würde. Schon wieder versucht er zu betrügen. Er hatte sich verzählt und las, „die Sonne" vor. Die Kinder lachten.

„Ali, du musst mitlesen, damit du weißt, wo wir sind!", versuchte ich es erneut und suchte seinen Blick.

„Ich habe gelesen. Der Sonne ist meine Wort!", sagte Ali „und ich habe richtig, jetzt gibst du Klammer!", bestimmte Ali.

„Wir sind erst bei SCHÖNEM und du hast zwei Wörter statt einem gelesen", sagte ich vorsichtig. „Wenn du aufgepasst hättest, anstatt die Worte zu zählen, dann hättest du es sicher richtig gemacht. Ich gebe dir eine Chance: Wenn du den Satz zu Ende liest, bekommst du eine Klammer", versuchte ich es versöhnlich.

Ali warf sein Buch auf den Boden und beschloss nicht mehr mitzumachen. Ich ließ ihn in Ruhe. Es hatte keinen Sinn mit ihm. Sein Interesse war gleich null, seine Aufmerksamkeit irgendwo, nur nicht im Text. So konnte man mit den Kindern nicht arbeiten. Er war zu abgelenkt. Ich nahm mir vor, mit den Eltern zu sprechen. Er passte nicht in den Kurs. Die anderen Kinder wollten das Buch lesen und sie wollten lesen lernen. Ali ging es immer nur um Aufmerksamkeit. Er tat mir leid, und auch wieder nicht.

Er war eines dieser Kinder, die zwischen zwei Welten groß wurden. Die Schulleiterin hatte mich bereits vorgewarnt. Die Eltern sprachen zuhause nur türkisch mit ihm. Sie gingen in türkische Läden und trafen nur türkische Menschen. In der Schule war Ali total auf sich alleine gestellt. Er sprach unsere Sprache nur in Bruchstücken und konnte dem Unterricht nur schwer folgen.

„Er ist ein schwieriges Kind! Er wird schnell laut und aggressiv. Sie werden viel Geduld für ihn brauchen."

Was das anging, hatte sie nicht gelogen. Ali war schwierig und er trat nach allen Seiten, weil er sich nicht verstanden fühlte. Ich konnte das irgendwie nachvollziehen. Er hatte offensichtlich früh gelernt, seine sprachlichen Defizite zu kaschieren. Er reimte sich einfach etwas zusammen und wenn er aufflog, dann wurde er frech und laut, rempelte die anderen Kinder und versuchte sich Respekt zu verschaffen, in dem er aggressiv herum plärrte. Die Tragödie war, dass er damit vielleicht seine Mitschüler einschüchtern konnte. Die Erwachsenen hatten aber einen andern Plan. Schon jetzt stand im Raum, dass Ali versetzungsgefährdet war, und eine Wiederholung in dieser Schule war bereits ausgeschlossen. Entweder er packte die Klasse, oder er musste in eine Sonderschule. Aber Ali schien das egal. Er versuchte ja nicht einmal, etwas an seiner Situation zu ändern.

Als wir die Stunde beendeten, hatten wir das Buch bereits zur Hälfte gelesen. John hatte die meisten Klammern, weil meist die schwersten Wörter bei ihm gelandet waren. Ich hielt nichts davon, Kinder mit Süßigkeiten zu belohnen, darum bekam John von mir einen Radiergummi, der die

Form eines kleinen Autos hatte. John strahlte und ich mit ihm. Ein Kind hatte ich heute glücklich gemacht. Nein, ich hatte fünf Kinder glücklich gemacht und ihnen ein Buch geschenkt. Und ein Kind hatte erkennen müssen, dass man sich nicht durchs Leben mogeln konnte. Ich wusste, dass es nicht das erste Mal war, dass Ali der Außenseiter einer Gruppe war. Er war einfach nicht bereit, sich zu integrieren. Es machte mich traurig, dass er sich über das Buch nicht freuen konnte und dass er so wenig Interesse am Lesen zeigte. Ich nahm mir vor, ihm noch eine Chance zu geben, aber wenn es nächste Woche nicht besser lief, würde ich die Eltern informieren und Ali aus dem Kurs nehmen, auch wenn das für ihn den sicheren Weg in die Sonderpädagogik bedeutete.

Nach dem die Kinder gegangen waren, stand ich noch eine Weile alleine im Raum. Ich kickte mir die Schuhe von den Füßen und riss die Fenster weit auf. Barfuß und mit weit geöffneten Armen, ließ ich die kühle Luft in den Raum strömen. Es tat mir gut. Nach und nach fiel die Anspannung von mir ab. Ich schob die Stühle zusammen, klaubte Papierschnipsel vom Boden auf. Einfache Arbeiten, die mich langsam zur Ruhe kommen ließen. Der erste Tag von vielen lag hinter mir. Was hatte ich mir nur gedacht? Noch immer hatte ich Zweifel, ob ich der Aufgabe gewachsen war. Aber jetzt hatte ich zu jedem der Namen ein Gesicht und aufgeben kam nicht infrage.

Happy Birthday

Die Tage wurden kürzer und der Geburtstag meines Vaters rückte näher. Seit ich Evan gefragt hatte, ob er mich begleiten würde, hatten wir nicht mehr darüber gesprochen, welchen Beziehungsstatus, wir angeben wollten. Inkognito oder als Paar? Die „Nur Freunde" Variante nahm uns sowieso keiner ab, trotzdem wollte ich die Feier meines Vaters nicht durch die Bekanntgabe unserer Beziehung sprengen. Er sollte seinen großen Tag und seinen großen Auftritt haben, nicht Evan und ich. Aber genau das würde passieren, sobald die Katze aus dem Sack war. Die Zeitung war eingeladen und hätte ihre Schlagzeile und Evan und ich keine Ruhe mehr.

Selbst am Tag des eigentlichen Ereignisses war ich noch genauso unentschlossen, wie zuvor und Evan war mir keine Hilfe. Er fand: „Alles kommt, wie es muss" und war damit glücklich. Er ließ es einfach auf sich zukommen und grinste den ganzen Tag voller Vorfreude endlich wieder meinen Vater zu treffen. Er verehrte meinen alten Herrn und war stolz, ihm zeigen zu können, wie gut er sein Stipendium genutzt hatte und dass mein Vater ihn zu recht gefördert hatte. Ich hingegen schaute dem Abend bang entgegen. Nicht nur, weil ich mir sicher war, dass meine Mutter ihren Mund nicht halten konnte, sondern auch, weil sicher niemand auf unsere Scharade hereinfallen würde.

Als wir pünktlich um neunzehn Uhr am Haus meiner Eltern eintrafen, war die Party bereits im vollen Gange. Autos standen in langen Schlangen in der bogenförmigen Auffahrt, die zum Haus meiner Eltern führte, und die Jungs von Parkdienst kamen nicht hinterher, die Wagen auf dem Rasen zu parken. Natürlich war an alles gedacht worden. Butler empfingen die Gäste, hielten den Damen die Autotüren auf und Pagen parkten die Autos auf dem Rasen, damit die Damen nicht mit ihren eleganten Abendschuhen in der Wiese einsanken.

Ein roter Teppich war ausgelegt worden, um den Zugang zum Haus noch eleganter zu gestalten und die Schritte zu dämpfen. Fackeln im Rasen spendeten Licht und sorgten für noch mehr Flair. Meine Mutter hatte sich mal wieder selbst übertroffen. Keine konnte eine Party so planen wie sie. Seit Monaten war der Garten bis in das kleinste Detail auf den heutigen Abend vorbereitet worden. Selbst die Bepflanzung war geändert worden, um das Spiel von Licht und Schatten zu perfektionieren.

Nachdem wir in Evans elegantem Wagen vorgefahren waren, schritten wir nun auf dem roten Teppich, den Weg entlang, der von Fotografen gesäumt war. Evan hatte sich für einen anthrazitfarbenen Anzug mit einer dunkelvioletten Krawatte in der Farbe meines Kleides entschieden. Ich trug eine bodenlange Robe mit Schleppe, die komplett aus Spitze war. Die Farbe nannte sich „Orchidee" und war ein leuchtendes Purpur. Der Gang durch das Blitzlichtgewitter fühlte sich an wie ein Spießrutenlauf. Die Fotografen riefen unsere Namen und da meine Hand auf Evans

Ellenbogen ruhte, kamen schneller als erwünscht Fragen auf, die wir unbeantwortet ließen.

Ich sah meine Mutter schon von Weitem, wie sie in der großen Empfangshalle stand und die Gäste begrüßte. Ganz in ihrer Rolle aufgehend. Meine Mutter liebte es, im Gegensatz zu mir, im Mittelpunkt zu stehen. Feste zu geben, Partys zu arrangieren und als Grand Dame in ihrem Haus nahezu das gesamte britische Parlament zu begrüßen schien für sie das reinste Vergnügen zu sein. Alle waren eingeladen. Hochkarätige Politiker, Freunde der Familie und natürlich unsere gesamte Verwandtschaft. Jeder hatten eine handgeschriebene Einladung auf cremefarbenem Büttenpapier mit goldener Prägung erhalten. Selbst die Presse war eingeladen, obwohl sie auch von ganz alleine gekommen wären.

Ich schwebte am Arm von Evan durch das Blitzlichtgewitter und war mir sicher, die Schlagzeile des nächsten Morgens bereits zu kennen.

Als wir endlich die Halle erreicht hatten, bekam ich von Mom, wie alle andren, einen flüchtigen Kuss über die Schulter gehaucht. Evan wurde dafür begrüßt, wie der endlich heimgekommene, verlorene Sohn. Sie hielt Evans Hand in ihren beiden und ließ ihn nicht mehr los, dazu redete sie unentwegt auf ihn ein, wie schön es doch sei, dass er sich die Zeit genommen hatte und ihrer Einladung gefolgt sei. Ich verkniff mir einen Kommentar. ICH hatte Evan als meine Begleitung mitgebracht und nicht SIE hatte ihn eingeladen. Es war so typisch Mom, alles an sich zu reißen und sich mit falschen Federn zu schmücken, aber in diesem Fall spielte mir ihre kleine Lüge sogar in die Karten. So konnten Evan und ich sagen, dass wir zufällig erfahren hätten, dass wir beide auf der Party sein würden, und uns entschlossen hätten zusammen zu kommen, da wir uns lange nicht gesehen hatten, schließlich waren wir Freunde. Etwas dünn, aber eine Zeit lang konnte uns das über Wasser halten.

Kaum betraten wir den festliche geschmückten Saal, entdeckte uns mein Vater. Er bekam große Augen und eilte auf Evan zu.

„Evan, mein Junge. Was für eine Freude!"

Die beiden Männer umarmen sich herzlich. Ich bekam nur ein Kopfnicken.

„Hast du das ausgeheckt, Sarah? Wenn ja, dann ist das mein schönstes Geschenk am heutigen Abend", sagte mein Dad gerührt.

„Ich war mir sicher, dass du dich freust, Evan zu sehen und er wollte dich unbedingt zum Geburtstag überraschen", flunkerte ich.

„Die Überraschung ist euch gelungen. Ich freue mich wirklich, dich zu sehen, Evan."

Mein Vater drückte Evan erneut an seine Brust.

„Du bekommst aber trotzdem noch etwas", sagte ich grinsend und reichte ihm das pompös verpackte Päckchen mit einem belustigten Grinsen.

„Danke mein Kind, leg es doch bitte dort auf den Tisch zu den andern Sachen, ja?"

Mein Vater hatte sich bereits abgewandt, jedoch nicht, ohne Evan mit sich zu ziehen. Er hatte keine Chance und wurde der illustren Runde vorgestellt, als ob nicht schon nahezu jeder bedeutende Mann in der Stadt Evan Winterfield kannte. Ich hingegen trug mein Mitbringsel zu den völlig überladenen Tischen. Whisky und Zigarren waren in diversen Folienverpackungen wie in der Präsentabteilung von Harrods aufgereiht. Keine besonders originellen Geschenke, wie ich fand. Einem Mann, der sich alles kaufen konnte, eine Flasche irgendeines Whiskys zu schenken, war so sinnvoll, als würde man einem Bäcker einen Leib Brot überreichen.

Langsam arbeitete ich mich weiter vor, in den großen Saal. Hier waren runde Tische mit weißen Damasttischdecken, glänzenden Gläsern und golden Platztellern für je zwölf Personen gedeckt. Ich fand unsere handgeschriebenen Platzkarten nach langem Suchen und war überrascht, dass wir nicht mit meinem Vater am Tisch saßen. Kyle, Evan und ich waren an einen Tisch verfrachtet worden, mit Menschen, die mir völlig unbekannt waren. Ich brauchte einen Moment, um zu verstehen, dass wieder einmal nicht die Familie im Vordergrund stand, sondern die Geschäftsbeziehungen meines Vaters.

Die Mitglieder des Senats waren an den blumengeschmückten Ehrentisch gebeten um sie für sich zu vereinnahmen. Kyle und ich saßen in einiger Entfernung, mit wildfremden Menschen, wie böse Stiefkinder.

Gerade als ich mich enttäuscht abwenden wollte, traf ich auf Kyle. Er schenkte mir einen wissenden Blick. Einen Moment standen wir uns schweigend gegenüber und blickten auf die mit weißen und goldenen Luftballons geschmückte Decke und die pompöse Dekoration aus goldenen Girlanden an den Säulen.

„Sie spielen unser Lied!", sagte Kyle nach einer Weile, und griff vorsichtig nach meiner Hand. Erst jetzt nahm ich die Musik im angrenzenden Tanzsaal wahr. Der Song war mir völlig unbekannt, aber ich verstand, dass Kyle mich aufmuntern wollte. Sein Blick hielt den meinen fest.

Jetzt nur nicht melancholisch werden. Wir würden uns die Enttäuschung nicht anmerken lassen.

„Du hast recht. Lass uns tanzen!", sagte ich und zog Kyle hinter mir her zur Tanzfläche.

Schon als Kinder hatte man uns in die Tanzstunde geschickt. Wir hatten alle Kurse absolviert und sogar Preise bei Kindertanzturnieren gewonnen. Wir waren ein eingeschworenes Team und schwebten in einem perfekten Wiener Walzer über das Parkett. Es war wie fliegen. In Kyles Armen fühlte ich mich warm und geborgen. Die Nähe meines Zwillingsbruders war schon immer beruhigend für mich. Vielleicht, weil wir uns so lange den beengten Raum der Gebärmutter geteilt hatten. Vielleicht auch einfach nur, weil wir schon unser Leben lang unzertrennlich waren. Es fing an, mir Spaß zu machen. Die Band spielte einen Swing und wir drehten so richtig auf. Ein paar der Fotografen waren inzwischen nach drinnen gekommen und schossen eifrig Fotos. Angestachelt von ihrer Begeisterung, zeigten Kyle und ich eine Figur nach der anderen. Es befreite mich ungemein. Man musste sich konzentrieren, um keinen Fehler zu machen, und gleichzeitig machte es enorm Spaß. Die anderen Tanzpaare blickten neidisch zu uns herüber, als wir leichtfüßig im Slowfox über das glänzende Parkett tippelten. Alle trugen festliche Roben, die Damen trugen Kleider mit so langen Schleppen, dass ihnen das Tanzen erschwert wurde und die blankgeputzten Schuhe der Herren glänzten mit dem Parkett um die Wette. Ich hätte noch ewig weitertanzen können. Nach und nach verblasste die Enttäuschung darüber, dass wir mal wieder nur Marionetten im Schachspiel meiner Mutter waren.

Das Stimmengewirr aus dem im Nebenraum und das Geräusch von Stühlen, die über den Boden gezogen wurden, wurde immer lauter und kündigte an, das bald das Essen serviert wurde. Tatsächlich hörte auch die Band auf zu spielen und bat zu Tisch.

Erst als wir aufhörten uns zu bewegen, merkte ich, wie durstig ich war und nahm mir ein Glas Champagner vom Tablett eines vorbeilaufenden Pagen, die pausenlos mit Getränken durch die Reihen gingen. Kyle ergatterte einen Martini Cocktail mit Olive und sah damit aus wie James Bond. Ich konnte mir das Grinsen nicht verkneifen. Die meisten Männer trugen weiße Hemden und einen schwarzen Smoking mit Fliege, was sie wie Pinguine aussehen ließ und mein Kichern nur noch verstärkte. Irgendwie wirkten sie heute alle wie James Bond oder als seien sie auf einem Opernball. Zum Glück hatten Evan und ein paar der jüngeren Herren auf elegante Abendanzüge gesetzt und nahmen der Veranstaltung damit den Eindruck, auf einem Kostümfest zu sein.

Ein Glöckchen rief uns endgültig zu Tisch. Wir fügten uns, und nahmen unsere Plätze ein. Meine Mom stand bereits wie eine Schirmherrin auf einer schmalen Bühne, die ebenfalls über und über mit goldenen und weißen Luftballons und überdimensionalen goldenen Schleifen geschmückt war, und lächelte in die Runde. Heute war ihr Tag! Genau wie sie es mir prophezeit hatte. Ich wusste, welches Bild sie im Kopf hatte. Die Vermählung von Evan und mir. Heute konnte ihr keiner was. Sie hatte aus ihrer Sicht, alle ihre Freundinnen hinter sich gelassen. Ihre Tochter hatte es geschafft. Sie würde den wohlhabendsten Schwiegersohn aller Zeiten haben. Ihr Foto würde durch die Gazetten dieser Welt gehen. Und mit diesem Lächeln - wissend, böse und überlegen - blickte sie jetzt auf ihre Gäste hinunter und begann mit engelsgleicher Stimme eine Lobrede auf meinen Vater vorzutragen, die vor Falschheit und Lügen nur so triefte. Sie schaffte das Fantasiebild einer heilen Welt und ließ meinen Vater wie den Ursprung alles Guten erscheinen. Der perfekte Ehemann, der perfekte Vater, ein ausgezeichnetes Mitglied des Parlaments und ein Mann voller guter Taten. Loyal, tatkräftig und in der Blüte seines Schaffens. Sie wurde nicht müde zu betonen, welches unglaubliche Glück sie hatte, die Frau an seiner Seite zu sein und dankte ihm für die wunderbaren Jahre ihres gemeinsamen Lebens - eine Farce, die selbst ich ihr nicht zugetraut hätte.

In Wahrheit war ihre Ehe schon lange im Aus und bestand nur noch auf dem Papier.

Wir hatten die ersten 4 von insgesamt 7 Gängen hinter uns gebracht. Die Band spielte erneut auf. Ab jetzt durfte getanzt oder gegessen werden. Das Buffet bot Hungrigen allerlei Köstlichkeiten von Nachspeisen über Kaffee und Kuchen, bis hin zu einer Auswahl von über fünfzig erlesenen Käsesorten. Frisch gebackenes Brot wurde gereicht. Es gab Häppchen, Fingerfood, Meeres- und Krustentiere. Der Champagner floß in Strömen. Ich fing Kyles Blick auf, der in Richtung Tanzfläche nickte und stimmte sofort zu. Wir waren die Ersten, die sich auf dem spiegelglatten Parkett im Kreis drehten. Schnell füllte sich die Tanzfläche. Ich erblickte Mom, die sich offensichtlich Evan als Tanzpartner geschnappt hatte. Evans Blick sprach Bände. Wir verabredeten uns mit den Augen für den nächsten Tanz und ich erklärte Kyle, dass er an Evan abtreten musste und dafür Mom übernehmen sollte. Es war ihm egal. Kyle und Mom hatten schon immer ein gutes Verhältnis. Sie hatte nie versucht, etwas aus ihm zu machen, was er nicht war. Sein Leben war sowieso vorgezeichnet. Elite Internat, Elite Uni, eigentlich konnte nichts schief gehen. Eigentlich! Ich feixte in mich hinein, während wir der Band applaudierten und auf den nächsten Song warteten. Evan war bereits an meiner Seite aufgetaucht und hatte gefragt, ob er abklatschen dürfte. Kyle gab sich geschlagen, und musste feststellen, dass unsere Mutter schon wieder im hochwichtigen Small Talk mit der Gattin irgendeines unbekannten Ministers war. Darum steuerte er eine hübsche Blondine in einem tief ausgeschnittenen Kleid aus apricotfarbener Spitze an, und bat sie um den nächsten Tanz. Kyle war noch nie schüchtern gewesen und sah mit seinen einsfünfundneunzig dem markanten Kinn und dem kurzgeschnittenen, dunklen Haare verdammt gut aus. Er war der Traum jeder Schwiegermutter, aber leider hatte er bisher noch nicht die Richtige gefunden.

Vielleicht war das auch ein bisschen meine Schuld. Wir waren immer zusammen. Kyle hatte eigentlich kaum Zeit, um sich mit andern Mädchen zu treffen. In seinem Studiengang gab es fast nur Jungs und die wenigen Studentinnen, die sich für Jura eingeschrieben hatten, waren ihm zu burschikos. Vielleicht würde er jetzt, da ich weniger Zeit für ihn hatte und er bei Winterfields arbeitete, auch endlich ein Mädchen kennenlernen und sich verlieben. Ich wünschte es ihm sehr.

Evan und ich schwebten drei Runden über das Parkett, bis ich glaubte, meine Riemchensandalen trennten mir den Zeh ab. Ich kapitulierte und bat um eine Pause. Wir hatten den Fotografen sowieso bereits genug Material für Spekulationen gegeben. Ich war gespannt auf die Schlagzeilen des nächsten Tages. Mir war es inzwischen einerlei. Sollten sie es auf jedem Titelblatt drucken. ‚Sarah Weston und Evan Winterfield sind ein Paar!‘

Gerade, als ich die Letter gedanklich in die Luft schrieb, liefen wir meiner Mutter in die Arme.

„Das schönste Paar des Abends", hauchte sie Evan so laut ins Ohr, dass ich es über die Musik hinweg hören konnte.

„Vielen Dank!", sagte Evan geschmeichelt.

„Keine Sorge, euer kleines Geheimnis ist bei mir in besten Händen!", flötete sie weiter.

„Nun, ich versuche nur, Sarah noch etwas zu schützen. Die Meute wird sich noch schnell genug auf sie stürzen!", witzelte Evan.

„Ich freue mich sehr für Euch. Es ist sehr großzügig von dir, Sarah noch eine Chance zu geben, nach dem sie dir solche Probleme gemacht hat", sagte meine Mutter beschämt und schlug die Augen nieder.

Ich wollte meinen Ohren nicht trauen.

„Probleme gemacht?", fragte Evan und blickte verwirrt zwischen uns hin und her, während meine Mutter vertraulich die Hand auf Evans Arm legte und sich zu ihm herüberbeugte.

„Nun, irgendetwas muss ja passiert sein, dass du Sarah nicht weiter bei dir beschäftigen konntest. Es tut mir wirklich sehr leid. Sie war schon als Kind so rebellisch", schloss meine Mutter vertraulich und verdrehte die Augen.

Evan fuhr herum und sah mich verblüfft an.

„Du hast es ihnen nicht erzählt?", fragte er jetzt und wirkte ungehalten.

Ich sog die Lippen ein und blickte zu Boden. Nein, natürlich habe ich meinen Eltern nicht erzählt, dass ich mit heruntergezogenem Slip auf einer Leiter gestanden hatte, weil mich Mitch belästigt hatte. Was dachte er denn? Dass ich jedem diese Peinlichkeit auf die Nase band?

„Es tut mir so leid, Evan!", sagte meine Mom jetzt mit ihrer Engelsstimme. „Wir hatten schon immer Schwierigkeiten mit Sarah. Sie will immer mit dem Kopf durch die Wand. Erst wollte sie dieses Studium und dann wieder doch nicht. Du hättest das..."

„Nein!", fiel Evan meiner Mutter ins Wort und hob drohend den Zeigefinger.

„Nein, nein und noch mal nein. Sarah hat verdammt noch mal nichts falsch gemacht. Es ist mir sehr peinlich, Ihnen sagen zu müssen, dass es in meiner Firma einen Zwischenfall gab, mit einem Kollegen, der weder seine Finger noch seine Hormone im Griff hatte."

Evan holte tief Luft und griff sich mit Daumen und Zeigefinger an die Nasenwurzel. Ich kannte die Geste, wenn ihm etwas gegen den Strich ging. Meine Mutter blickte derweil nur verunsichert vor sich hin und wartete, dass Evan weitererzählte.

„Ich habe Sarah den Job bei Brothers angeboten, damit sie nicht länger mit diesem Kerl zusammenarbeiten musste! Es ist mir wirklich sehr schwergefallen Sarah gehen zu lassen, aber ich hatte keine andere Wahl. Leider konnte ich meinen Teilhaber nicht einfach rauswerfen. Zum damaligen Zeitpunkt wäre es mir nicht möglich gewesen, die Kredite alleine zu bedienen, und auch die Aufträge hätte ich alleine nicht bewältigt. Eine schwierige Sache, ich war in der Zwickmühle. Also entschied ich Sarah aus der Schußlinie zu nehmen. Ihr einen adäquaten Job zu besorgen und ein ordentliches Schmerzensgeld zu zahlen, war das Mindeste, was ich für Ihre Tochter tun konnte. Es ist mir noch immer unendlich peinlich, dass ich Sarah in so eine Situation gebracht habe", schloss Evan.

Meine Mom blickte, als hätte ihr jemand eine Ohrfeige verpasst.

Ich konnte mich nicht zusammenreißen. Noch nie in meinem Leben hatte mich meine Mutter derart blamiert. Ich hatte keine Ahnung gehabt, wie wenig sie von mir hielt. Absolut fassungslos starrte ich ihr eine Weile in die Augen.

„Vielen dank, für dein Vertrauen!"

Ich spie ihr die Worte ins Gesicht und nahm Evan an die Hand, um ihn mit mir fortzuziehen. Dann stürmte ich aus dem Saal, mit einem Evan im Schlepptau der mit pausenlos zurief, dass ich warten sollte. Wir schafften es bis in die leere Eingangshalle. Dort schob er mich in eine dunkle Nische, wo ich den Kopf auf seien Brust sinken ließ.

„Verdammt!"

Ich drückte mich noch fester an Evan und versuchte nicht zu weinen.

„Verdammt, warum tut sie mir das an? Werde ich jemals gut genug für sie sein?", fragte ich Evan, der mindestens so betroffen war, wie ich.

„Ihr solltet das klären. Nicht hier und nicht heute. Aber bald. Erzähl ihr die ganze Geschichte. Und wenn du magst, komme ich mit und unterstütze dich dabei!"

„Danke", hauchte ich kraftlos aus. „Ich glaube nicht, dass ich etwas an ihrem Bild von mir verändern kann! Wahrscheinlich wird sie enttäuscht sein, dass ich nicht versucht habe mir Mitch zu angeln. Immerhin ist er eine gute Partie! Sie wird mir vorwerfen, dass prüde bin und nicht verstehe einen Mann zu halten. Schließlich hat sie mich doch genau so erziehen wollen, dass ich mich einem reichen Mann an die Brust werfe."

„Aber doch nicht einem Kerl der dich sexuell belästigt. Gib ihr eine Chance. Redet!"

Evan zog mich in eine feste Umarmung und hauchte mir einen Kuss auf den Scheitel. Ich konnte nichts weiter tun, als still an ihn gelehnt zu stehen und die aufsteigenden Tränen zu unterdrücken.

Keine Ahnung, wie lange wir so standen. Irgendwann löste sich Evan aus der Umarmung.

„Lass uns wieder reingehen, Liebes. Wir feiern den Geburtstag deines Vaters und nicht den deiner Mutter. Tun wir ihm die Freude und lassen uns jetzt nicht die Stimmung kaputtmachen! Wir sollten uns zu ihm setzen und mit ihm anstoßen."

„Du hast ja recht!"

„Weiß ich!"

Sein Grinsen war schelmisch. Ich konnte nicht anders, und musste ebenfalls grinsen. Er war mein Fels in der Brandung, der Mann, der immer die richtigen Worte fand und der wusste, wie er mich aufmuntern konnte, wenn mal wieder alles gründlich schief lief. Jetzt hielt er mich eine Armlänge von sich entfernt und schnitt Grimassen, bis ich meinen Widerstand aufgab.

Wir gingen zurück in den Saal. Kaum saßen wir, brachte ein Kellner eisgekühlten Champagner. Genau das Richtige. Ich ließ dem Glas kaum Zeit, Kondenswasser an der Außenseite zu bilden und kippte es zur Hälfte auf Ex. Es tat gut und erfrischte ungemein, als mir das kalte Getränk die

Kehle herunter rannte. Evan tat es mir gleich und trank mit einem großen Schluck das Glas halbleer. Auf ein stummes Zeichen hin, kippten wir den Rest. Sofort kam ein Kellner herangeeilt, der uns nachschenkte.

Ich musste hier raus, brauchte einen Moment für mich. Also stand ich auf, um mich frisch zumachen. Mein Glas, das ich bereits wieder geleert hatte, stellte ich mit einer deutlichen Geste vor Evans Nase.

„Pass mal darauf auf und sorge dafür, dass es nie leer ist!", sagte ich grinsend.

„Wird gemacht!"

Evan salutierte und ich kicherte albern. Dann ging ich hinaus in die große Halle.

Ich wollte gerade den Weg zu den Toiletten einschlagen, als ich meinem Dad in die Arme lief.

„Du kannst das obere Bad nehmen!", sagte er über-rascht. „Du bist hier zuhause, Sarah."

„Schön, dass du das so siehst. In Moms Augen bin ich eher nur ein x-beliebiger Gast.", antwortete ich verbissen.

Mein Vater sog scharf die Luft ein. Dann legte er seinen Arm auf meine Schulter und begleitete mich nach oben, über die breite Mahagonitreppe, in den privaten Flügel. Wir gingen eine Weile schweigend nebeneinander her und ich war ihm dankbar, dass er mich nicht danach fragte, was vorgefallen war.

Die Wände im großen Badezimmer waren aus weißem und roten Marmor. Es gab einen Vorraum mit zwei recht-eckigen Waschtischen mit Blütenrelief und goldenen Wasserhähnen. Dicke roséfarbene Handtücher langen auf der Ablage bereit. Ich ließ die Tür offen und wusch mir die

Hände, dann begann ich mein Make-up in dem riesigen, goldgerahmten Spiegel zu überprüfen. Dad lehnte im Türrahmen und sah mir eine Weile zu, wie ich mir die Lippen nachzog und den Sitz meiner Frisur kontrollierte.

„Also du und Evan?", fragte er sanft.

Ich biss mir auf die Unterlippe.

„Ja, ich und Evan!"

„Das freut mich für dich! Er ist ein toller Junge. Du weißt, dass ich ihn vergöttere!"

„Ist mir nicht entgangen. Woher weißt du es?"

„Sarah, ich bin dein Vater und ich habe Augen im Kopf. Man muss schon ziemlich blind sein, um nicht zu bemerken, wie verliebt ihr Euch anschaut!"

Mein Vater hatte vor Begeisterung glänzende Augen.

„Dann ist es so offensichtlich?"

„Für mich schon. Ich kenne dich dein ganzes Leben!"

Mein Vater kam auf mich zu und nahm mein Gesicht in seine Hände, so wie er es früher immer gemacht hatte.

„Ich wünsche dir alles Glück dieser Welt mein Kind!"

Er drückte mir sanft einen Kuss aufs Haar.

„Danke Paps!", sagte ich liebevoll und presste meine Stirn gegen seine. Es war Jahre her, dass wir so vertraut mit einander umgegangen waren. Vielleicht war es dem Alkohol geschuldet, dass ich gerade jetzt meinem Vater gegenüber Gefühle zeigen konnte. Etwas, was mir seit meinem verpatzten Studium, und dem Auszug aus meinem Elternhaus nicht mehr gelungen war.

Wir standen uns eine Weile gegenüber und lächelten uns an. Es war schön, in die warmen und liebevollen Augen meines Dads zu blicken. All die Jahre hatte ich gedacht, ich hätte es verloren. Aber es war noch da. Wir waren noch da. Ich wusste nicht warum, aber mir war nach einer Beichte.

„Kyle hat das Studium geschmissen!", platzte ich heraus.

„Hab' davon gehört!", sagte mein Vater unbeeindruckt.

„Dann weißt du es bereits?"

„Natürlich! Direktor Simmons hat mich direkt angerufen."

Ich versuchte, im theatralischen Blick meines Vaters zu lesen, was er davon hielt. Aber er zeigte keine weitere Regung.

„Sei nicht böse auf Kyle. Er hat es einfach nicht geschafft, das Studium war zu schwer. Er ist nicht das Superhirn, das ihr gerne aus ihm gemacht hättet. Er hat echt hart gekämpft, trotzdem hat es nicht gereicht!"

„Ich bin nur froh, dass er dich hat, Sarah! Du hast mal wieder die Kastanien für ihn aus dem Feuer geholt, oder wie darf ich verstehen, dass er jetzt bei Evan untergekommen ist und das, wo ihr erst seit Kurzem ein Paar seid?"

„Du hast deine Ohren überall, was?", ich grinste beeindruckt.

„Nein, Kyle hat bereits seine kleine Charade abgezogen. Es ist es nett, wie Evan versucht, ihn zu decken. Die beiden haben sich da eine wasserdichte Geschichte zusammengestrickt. Trotzdem weiß ich, dass dein Bruder die Stelle nur bekommen hat, weil du mal wieder die Fäden für ihn gezogen hast. Ich würde mir wünschen, der Junge würde endlich auf eigenen Beinen stehen und selbst die Konsequenzen seiner Handlungen tragen", sagte mein Vater eifrig.

„Gib ihm etwas Zeit. Ich bin sicher, er wird sich hervorragend etablieren. Evan hält große Stücke auf ihn."

„Du warst nie so. Meine Güte, Sarah. Du hattest schon als Kind diesen Ehrgeiz. Alles wolltest du alleine machen. Du warst so engagiert mit allem. Ich wünschte, Kyle hätte nur halb so viel Biss wie du."

Er zwickte mir sanft in die Wange und ich fragte mich, ob es sein konnte, dass mein Vater auch einen kleinen Schwips hatte, und musste grinsen.

Wir standen uns lange gegenüber und blickten uns in die Augen. Dann legte ich meinen Kopf in seine Halsbeuge und eine kleine Träne stahl sich aus meinen Augen, die auf dem gestärktem Hemdkragen meines Vaters liegen blieb, wie eine gläserne Perle.

„Du warst immer die Stärkere von Euch beiden, Sarah. Es wird Zeit, deinen Bruder seine eigenen Fehler ausbaden zu lassen. Du hast ihn lange genug beschützt und du weißt hoffentlich, wie stolz ich auf dich bin. Du hast so hart gekämpft, hattest die schlechtesten Voraussetzungen und doch am meisten daraus gemacht. Es tut mir leid, dass ich nicht da war, als du mich gebraucht hast. Es war dumm von mir, dich im Studium so wenig zu unterstützen. Ich hoffe, du kannst deinem alten, törichten Vater verzeihen."

„Ist ok, Dad", sagte ich matt. Ich hätte mich am liebsten weiter an seinen Hals gekuschelt und hemmungslos geweint. So wie damals als Kind. Ich roch das Rasierwasser, das mir so vertraut war, wie mein eigener Duft und begann zu verstehen, dass wir uns irgendwann verloren hatten. Irgendwann als meine Mutter beschlossen hatte, dass Mädchen nichts weiter brauchten als eine schmale Taille und ein hübsches Gesicht und mein Vater das alte Rollenbild der Frau als Gastgeberin und Accessoire des Mannes nicht hinterfragt hatte.

Nicht er war es, der mir die Rolle der Ballerina und des Vorzeigepüppchens aufdiktiert hatte. Mutter wollte mich zur Gespielin eines alten reichen Mannes machen. Geld und Macht waren ihr schon immer wichtig. Dad hatte Geld - mehr als er brauchte - und wenn ich nicht so verbissen gewesen wäre und ihn um Hilfe gebeten hätte, als mir das Studium zu schwer wurde, dann könnte ich heute einen Job in einer Führungsposition haben und selbst erfolgreich sein, anstatt als Empfangsdame eines erfolgreichen Mannes zu arbeiten. So gesehen, hatte ich mich nicht wirklich verbessert, sondern nur einen Umweg gemacht.

Ich atmete schwer ein, als ich den Kopf von der Schulter meines alten Herrn nahm. Eine Idee keimte in mir auf.

„Dad?"

„Hm?", mein Vater hatte die Hand an meine Wange gelegt und sah mich neugierig an.

„Ich möchte wieder studieren. Und diesmal darfst du mir dabei helfen!"

Ich sah, wie sich die Augen meines Vaters weiteten.

„In der Liste der Top 10 Geburtstagsüberraschungen, bist du erneut ganz nach oben gerutscht!", grinste mein Dad,

„Und ja, diesmal machen wir es richtig, Sarah! Egal was du brauchst. Ich kümmere mich darum", fügte er hinzu und streichelte noch einmal über meine Wange.

Ich konnte nicht glauben, wie mühelos, wir alle unsere Probleme vom Tisch gewischt hatten. In einem Klogespräch, das es sonst nur unter Freundinnen gab. Zwischen Tür und Angel, während mein Vater von seinen Gästen erwartet wurde und mir die Blase drückte. Vielleicht war es dem Alkohol geschuldet, dass wir uns so ungezwungen unterhalten konnten. Vielleicht aber, war dieses Gespräch einfach so was von überfällig, dass wir beide keine Lust mehr auf ein Versteckspiel hatten. Wir hatten mit offenen Karten gespielt und beide gewonnen.

Engagement

Sally hatte Wort gehalten und jetzt standen wir zusammen in der Aula der Grundschule und bauten den Messestand auf. Die Veranstalter der Bio Messe hatten mir den Stand zwar kostenlos überlassen, den Transport jedoch musste ich alleine organisieren. So weit ging dann das soziale Engagement der Veranstalter doch nicht. Für die wenigen Kilometer in die Innenstadt hatten sie einen Preis aufgerufen, der utopisch gewesen wäre, weshalb ich mit Sally nach einer anderen Lösung gesucht hatte. Sie kam in Form vom Malcom. Einem Freund von Kyle, der einen Lieferwagen besaß und den ich bisher genau deshalb nicht leiden konnte. Menschen mit Lieferwagen waren mir suspekt, zumal Malcom nie wirklich rausließ, was sein Job war und welche Waren er von A nach B fuhr. Heute hatte er es jedoch geschafft, mein Bild von ihm in ein völlig neues Licht zu rücken. Er hatte alles für die Kinder getan und mir ohne Umschweife den Messestand gefahren. Die fünfzig Pfund, die ich ihm dafür geben wollte, hatte Malcom einfach mit einer wischenden Handbewegung ausgeschlagen.

„Ich bitte dich Sarah, es ist für ne' gute Sache und Kyle ist mein Freund. Ich müsste ja ein riesen Arschloch sein, von dir auch noch Geld anzunehmen!", hatte er gesagt und ich musste meine Vorbehalte gegenüber Malcom begraben. Ich war ihm gegenüber nicht fair gewesen, weshalb ich ihm versprach ihn als Wiedergutmachung auf ein Bier ins Lions Pub einzuladen. Malcom für seinen ritterlichen Dienst ein Pint oder auch zwei auszugeben, war das Mindeste, das ich tun konnte. Außerdem hatte ich wirklich Lust, ihn näher kennenzulernen. Die Aktion heute hatte mir die Augen geöffnet. Eigentlich war Malcom ein super Typ und ich eine dumme Kuh.

Sal und ich kamen gut voran, der Messestand war zum Glück schnell aufgebaut und wir hatten eine knappe Schulstunde Zeit um unsere mitgebrachten Brote, das Obst und das Gemüse appetitlich anzurichten sowie mit dem Vorbereiten der Sandwiches anzufangen. Sal schnitt Paprika in Streifen, achtelte Tomaten und fertigte Karotten-Sticks. Ich schlichtete das Obst, dass ich vor den Augen der Kinder in mundgerechte Stücke schneiden wollten und ihnen dabei zeigen, wie sie selbst zuhause eine Orange schälen oder einen Apfel in Spalten schneiden konnten. Meine mitgebrachten Müsliriegel lagen als Belohnung bereit, für die Kinder, die das Früchte-Quiz richtig beantworteten. Es gab Fragen dazu, welche Frucht am Baum wächst, welche am Strauch und zu welcher Jahreszeit man sie ernten konnte. Wer unsicher war, fand die Antworten hinter den jeweiligen Klappen. Ich freute mich schon jetzt darauf. Nach meiner Erfahrung aus der Lesegruppe, war ich inzwischen deutlich entspannter und wusste besser auf die Kinder zuzugehen, als noch vor wenigen Wochen.

Noch bevor die Pausenglocke läutete, stürmten einzelnen Klassen in die Aula. Es hatte sich bereits herumgesprochen, dass es heute ein kostenloses Schulbrot gab und Lehrer und Schüler waren gleichermaßen neugierig und gespannt. Sal verteilte Sandwiches mit Frischkäse und Gurke, ich reichte Apfelschnitze und Orangenspalten in kleinen Bechern in die Menge. Auf kleinen Tabletts auf dem Tisch konnten die Kinder allerhand Obst und Gemüse testen, das sie sicher nicht kannten. Papaya, Maracuja, Feigen, Kiwi, Granatapfel und Drachenfrucht luden zum Bestaunen und Kosten ein. Entgegen meiner Annahme waren die Kinder neugieriger und experimentierfreudiger als gedacht und unser Stand war ruckzuck nahezu leer gegessen. Ich startete mit den Kindern das Quiz und ließ sie die Schautafeln drehen, verteilte Müsliriegel und beantwortete Fragen bis weit über das Ende der Pausenzeit hinaus. Die meisten Lehrer waren mit Ihrer Klasse geschlossen angekommen und befanden, dass die Ökologie, die Frage nach Nachhaltigkeit und gesunde Ernährung im Allgemeinen im Unterricht deutlich zu kurz kam und man ein derartiges Projekt unbedingt unterstützen musste. Sal und ich waren uns natürlich bewusst, dass sich die Lehrer auf die Art und Weise auch eine Freistunde ergatterten, die wir ihnen gerne gönnten.

Als Sally und ich rund drei Stunden später im Wintergartencafé im Covent Garden saßen, konnte unsere Bilanz nicht positiver sein. Wir hatten alle Lebensmittel verteilt und den Kindern hatte es geschmeckt. Entgegen unserer Erwartung wurden die Karotten und Paprika Sticks mit dem Kräuterdip der Renner. Das zweite Highlight war die Drachenfrucht die mit ihrer rosanen Schale und dem weißen gepunkteten Inneren vor allem die Mädchen ansprach. Der Name Drachenfrucht, ließ aber auch die Jungs interessiert vorbeischlendern und von der eher nach

Wasser schmeckenden Frucht probieren. Interessanterweise mochten die Kinder die zitronige Frische, die das Fruchtfleisch verbreitete, wobei ich mir sicher war, dass es vor allem die Optik der südamerikanischen Schönheit war, die die Kinder faszinierte.

Sal sichtete die Bilder auf ihrer Kamera. Sie hatten den Chip in ihren Laptop gesteckt und scrollte nun durch die Aufnahmen. Ich hielt mich gespant an meinem Cappuccino fest und wartete auf Sals fachmännisches Urteil.

„Die Leute werden es lieben!", sagte Sal und drehte ihren Laptop in meine Richtung. Ich sah mich selbst im Quiz Stand und wie ich den Kindern erklärte, wie sie erkannten, ob ein Baum einmal Äpfel, Birnen oder Kirschen tragen würde. Ich sah die strahlenden Kinderaugen, die mit Eifer bei der Beantwortung der Fragen waren und sich aufgeregt meldeten.

„Es hat mir wirklich Spaß gemacht!", sagte ich aufrichtig.

„Es war mega!", bestätigte Sal. „Ich bin auf jeden Fall wieder mit dabei!", fügte sie zu.

„Ich denke, ich werde das nächste Mal einen Bienenstand dazunehmen. Hast du gemerkt, dass die Kinder nicht wussten, wie eine Blüte bestäubt wird? Was lernen die denn heute im Unterricht?", fragte ich nachdenklich. „Jedenfalls nix über Bienen und Blümchen!", prustete Sally raus.

„Das war dann wohl eher unsere Generation", kicherte ich. „Wir wussten noch, wie das mit den Bienchen und Blümchen geht", grinste ich frivol.

„Apropos, Blümchensex. Wie läuft es mit Evan!", fragte Sal beiläufig und hatte schon wieder die Nase in ihrem Laptop.

Ich griff mir das Zuckertütchen, auf meiner Untertasse und schleuderte es in Sals Richtung. Es kam mit einem lauten Klatschen auf der Tastatur auf und Sal zuckte zusammen. Ich wieherte vor Lachen.

„Blümchensex? Hör ma! Gleich kommt hier die Sarah-Lee und gibt dir Blümchensex!"

Ich hielt mir den Bauch vor Lachen. Die ganze Anspannung des Tages fiel von mir ab. Ich hatte so viel Angst vor dem Termin in der Schule gehabt und jetzt entlud sich plötzlich der ganze Stress. Es war ein bisschen wie ein Schleusentor, das man öffnete und nicht mehr schließen konnte, bevor das ganze Wasser herausgeflossen war. Ich bekam einen Lachflash und Sally schloss sich mir an. Wir lachten, bis uns die Tränen kamen.

„Ich habe dich echt vermisst", sagte Sally, als wir uns endlich wieder im Griff hatten.

„Schön, dass wir uns wiedergefunden haben", gab ich zurück und meinte es ehrlich. Sally war meine beste Freundin und das würde immer so bleiben, da war ich mir plötzlich ganz sicher.

Dancefloor

Ich weiß nicht, wie lange ich nicht mehr in einem Club gewesen war. Sally hatte das „Moves" vorgeschlagen und ich war sofort begeistert. Endlich raus, endlich wieder unter Leute. Das „Moves" war der angesagteste Club der Stadt. Wer keinen VIP Status hatte, kam meist nicht am Türsteher vorbei. Fotografen und Paparazzi hatten keinen Zugang. Sallys Popularität war unsere Eintrittskarte. Ich hatte sie gebeten, Emma mitbringen zu dürfen, weil ich der festen Überzeugung war, das Em und Sally ein Dreamteam sein würden. In den letzten Wochen war mir Emma so sehr ans Herz gewachsen und wir hatten eine wirklich gute Freundschaft aufgebaut. Wenn sich meine beide besten Freundinnen jetzt auch noch gut verstanden, wäre das für mich wie der Himmel auf Erden. Ich mochte beide und wollte keine für die andere versetzen müssen. Zudem war ich der festen Überzeugung, dass man zu dritt immer mehr Spaß hat, als zu zweit.

Irgendwie war unser Ausflug jedoch aus dem Ruder gelaufen, als ich Kyle davon erzählt hatte und er unbedingt mit wollte, und sich dann auch noch Evan eingemischt hatte, der dachte, es sei eine gute Idee, die ganze Security Mannschaft einzuladen, vor allem, wie er betonte, unter dem Aspekt, dass Em und Cooper sich nahe standen und wir beide noch immer am Kuppeln zwischen den beiden waren. Die neue Konstellation mit Evan brachte uns zielsicher durch die Tür. Der Doorman bekam große Augen und winkte Evan mit der gesamten Entourage durch, ohne

Fragen zu stellen. Selbst Sallys Presseausweis hätte uns das nicht ermöglicht.

Das Moves war ein Laden in einer alten Fabrikhalle. Von den meterhohen Wänden hingen Stoffbahnen, die durch Windmaschinen in Bewegung gehalten wurden und von Strahlern blau und rot beleuchtet wurden. Es gab eine große Galerie und eine Metallbrücke aus schwarzem Eisen, die die Tanzfläche überspannte. An einer Wandseite befand sich die Bar, die sich über die gesamte Länge der Halle erstreckte und locker 15 Meter lang war. Die Jungs hielten direkt auf ein paar freie Barhocker zu, kaum hatten wir die völlig überfüllte Halle betreten. Ich hatte nicht aufgehört, mich zu bewegen, seit wir den Doorman passiert hatten. Die Musik riss mich mit und ich konnte nicht warten endlich zu tanzen. Satte Technobeats waberten durch den Raum, und es war unmöglich, die Füße still zu halten. Sally und ich stürmten die Tanzfläche und zogen Em mit, bevor diese mit den Männern beim Guinness versumpfen konnte. Heute war Tanzabend und wir wollten uns amüsieren.

Ich hatte mein kurzes, schwarzes Glitzerkleid angezogen. Ein Fähnchen aus silberdurchwirktem Stoff mit einem extra kurzen Rock. Dazu trug ich, mal wieder viel zu hohe High Heels.

Trotzdem konnte ich nicht mit Sally konkurrieren. Sally war mit ihren rotblonden Haaren, dem kurz geschnittenen Pony und der kinnlangen Frisur sowieso eine Erscheinung. In ihrem kurzen, orangefarbenen Kleid mit den zwölf Zentimeter hohen Stilettos, war sie eine Waffe. Die Jungs drehten sich nach ihr um, kaum hatten wir den Club betreten. Em dagegen setzte auf eine hautenge, schwarze Lederhose und hohe Stiefel. Ihr Oberteil war eine Ohrfeige für jede Frau im Raum. Em konnte es sich leisten, eines der in der Mitte bis zum Bauch offenen Tops zu tragen. Sie hatte eine makellose Figur und kleine hübsche Brüste, die in dem tiefen Ausschnitt extrem anmutig in Szene gesetzt wurden. Wir drängten auf die Tanzfläche und zogen die Aufmerksamkeit mehrer fremder Jungs auf uns. Es gefiel mir, mich einmal weniger wie das hässliche Entlein zu fühlen. Einmal weniger war ich nicht die Tochter von... sondern wurde als eigenständige Person wahrgenommen. Auch wenn es nur der Oberflächlichkeit eines schmalen Hinterns und eines kurzen Rockes entsprang, so badete ich doch für einen Moment in den bewundernden Blicken der Tanzpartner die sich versuchten an uns heranzupirschen. Wir erhörten keinen. Ich tanzte Sal an und sie mich, dann drehten wir eine Runde um Em, die sich geschmeidig wie eine Katze bewegte. Sie erinnerte mich stark an Lucy Liu aus dem Film „Drei Engel für Charly".

Wir hatten richtig Spaß. Wie erwartet, verstanden sich Sal und Em auf Anhieb. Es fühlte sich an, als wären wir alle schon seit Jahren befreundet und als hätte es die Sendepause zwischen Sally und mir nie gegeben. Wir tanzten, bis ich glaubte, einen Hitzschlag zu erleiden, ich gab Em ein Zeichen, dass ich mir etwas zum Trinken holen wollte. Sofort folgten mir die Mädels mit erhobenen Daumen. Wir tanzten durch die Menge und zwängten uns an die Bar. Sally zahlt die erste Runde Desperatos. Wir stießen an, von Evan und Cooper gab es keine Spur. Sie schienen sich in eine ruhigere Ecke zurückgezogen zu haben. Als ich mich umdrehte, entdeckte ich Em, die von einem Typen ziemlich bedrängt wurde. Sal und ich reagierten sofort und stellten uns neben Em.

„Sieh an, sieh an! Du und deine heißen Schwestern!"

Der Typ hatte eine Hand fest gegen die Wand gedrückt und stand so nah vor Em, dass sie nicht ausweichen konnte. Mit einer schnellen Drehung gelang es ihr, sich von dem Typen loszureißen.

„Nicht so schnell. Ich würde ein paar Scheinchen locker machen. Deine Freundinnen dürfen gerne zusehen, während du mir einen bläst!"

„Bitte?", Em die gerade im Begriff war zu gehen, drehte sich zu ihm um. In ihren Augen funkelte es angriffslustig.

Ich hatte mich ebenfalls vor dem Typen aufgebaut und schrie ihn zornig an.

„Hast du sie noch alle?"

„Tut doch nicht so. Ihr kleinen Schlampen seid doch alle hinter dem Geld von uns reichen Jungs her. Also was ist dein Preis? Gucci, Prada? Ich kann dir alles kaufen, was du dir wünscht. Mit dem Sümmchen, das ich für euch kleinen Bitches vorgesehen habe, ist für jede von euch ne´ echte Designertasche drin!"

Der Typ lallte und stolperte etwas nach hinten. Ich ergriff meine Chance und schlug mit dem Boden meiner Bierflasche auf den Hals seiner Flasche, die er lässig in der Hand hielt. Er hielt sie mir auch noch entgegen, weil der Vollidiot dachte, ich wolle mit ihm anstoßen.

„Sorry, Blödmann!", schrie ich ihm entgegen, dann suchten Sally, Em und ich lachend das Weite. Der Vulkanausbruch, der aus seiner Flasche sprudelte, ließ nicht lange auf sich warten. Binnen Sekunden war das Großmaul von oben bis unten voller weißem Bierschaum. Er schrie und versuchte das Desaster zu stoppen, aber der in den Flaschenhals gesteckte Finger verschaffte ihm nur eine zusätzliche Dusche. Wir hatten uns in der Menschenmenge versteckt und beobachteten das Spektakel von Weitem. Er schien ziemlich betrunken und torkelte jetzt Richtung Toiletten. Das noch immer schäumende Bier warf er achtlos auf den Boden. Ich schämte mich für solche Menschen.

„Was war denn das für ein Penner?", fragte ich Sally, als ich mich beruhigt hatte.

„Maxwell Montgomery, Millionärssöhnchen und Ekelpaket. Er ist in jede Menge Skandale verwickelt und bekannt dafür Frauen in Diskotheken blöd anzumachen. Zuweilen kommt er durch mit seiner Nummer. Es gibt leider genügend dumme Hühner, die sich tatsächlich von ein paar Pfundnoten blenden lassen. Er ist großzügig, und steckt den Mädels Scheinchen in den BH wie im Stripklub und bekommt dafür meist die gewünschte Gegenleistung. Er ist spendabel mit dem Champagner und hat alle Sorten an Drogen in der Jackentasche. Er wurde schon zig Mal wegen Drogenhandels verknackt, aber der Anwalt seines Vaters haut ihn immer wieder raus", klärte Sally mich auf.

„Das war ne' klasse Aktion", freute sich Em. „Hast du sein Gesicht gesehen? Als ihm das ganze Bier auf die Jacke getropft ist?" Em schüttelte sich inzwischen vor Lachen und Sally und ich stimmten ein.

„Mir ist auf die Schnelle nichts Besseres eingefallen. Kürzlich im Radio war das der Tipp des Moderators, was man machen kann, wenn dir auf einer Party ein langweiliger Typ ne' Kassette ins Ohr drückt. Einfach mal vom oben anstoßen!", ich musste grinsen. Es gefiel mir, dass ich den Blödmann mit so einem simplen Trick überlistet hatte. Ich platzte fast vor Stolz.

Plötzlich standen Evan, Cooper und Alistair neben uns.

„Ich hab gehört, ihr habt den armen Maxwell so zugerichtet?", fragte Evan erstaunt.

„Nein, das war Sarah-Lee!", sagte Sal lachend und deutete auf mich. Ich wollte im Erdboden versinken, während Sal sich vor Lachen ausschüttete und Kyle herbeiwinkte, der gerade auf der Tanzfläche eine brünette Schönheit umgarnte. Trotzdem kam er ohne Umschweife zu uns.

„Deine Schwester hat grad Maxwell Montgomery außer Gefecht gesetzt", schrie Sally, so laut sie konnte in Kyles Richtung.

„Man nennt sie nicht umsonst Sarah-Lee!", konterte Kyle und schenkte Sally ein fettes Grinsen. Er hatte genau gewusst, worauf Sally anspielte und den Ball zurückgespielt.

„Respekt, Schwesterherz. Ich hab den armen Hund draußen gesehen. Der war klatschnass und hat gestunken wie ein ganzer Pub."

Wieder schien sein Grinsen bis zu den Ohren zu reichen.

„Der hat ne Abreibung verdient!", mischte sich Sally ein.

„Er hat Em belästigt und mir ist nichts Besseres eingefallen", gab ich kleinlaut zu.

Cooper, der gerade noch unbeteiligt neben uns gestanden hatte, wurde hellhörig.

„Was? Warum sagt ihr das nicht gleich. Was hat der Drecksskerl gemacht. Ich brech dem Großmaul alle Knochen!", sagte er angriffslustig und schob seine Ärmel nach oben.

„Er sagte, wir seien alle kleine Nutten und dass er uns ne' teure Handtaschen schenkt, wenn wir ihm einen blasen!", erzählte Sally jetzt provokant.

Ich konnte deutlich sehen, wie Cooper die Sicherung durchbrannte. Er war im Begriff, nach draußen zu rennen, aber Evan fing ihn im letzten Moment ab und hielt ihn am Arm fest.

„Nicht, Cooper. Mit so einem machen wir uns die Hände nicht schmutzig", mahnte er sanft.

„Ich hab alles auf Video", sagte Sally. „Diesmal kann ihn der feine Herr Papa auch nicht mehr rausboxen. Jetzt krieg ich ihn dran!", stellte sie triumphierend fest. „Das ist Aufforderung zur Prostitution und zudem ist das Anbieten von Geld gegen sexuelle Dienste eine Beleidigung. Zwar nicht viel, aber zumindest kann er diesmal nicht sagen, man hätte ihm die Worte in den Mund gelegt, und dass ihn die Frauen versuchen aus Eifersucht etwas in die Schuhe zu schieben. Jeder weiß, dass er ein arrogantes Arschloch ist und sich Frauen gegenüber respektlos verhält. Es wird Zeit, der Öffentlichkeit den wahren Maxwell zu präsentieren".

Cooper stand jetzt ganz nah neben Em. Ich erwartete fast, dass er den Arm um sie legte, aber er tat es nicht. Vielleicht, weil Evan und ich dabei waren, vielleicht aber auch, war er noch nicht so weit.

November

Als der Morgen erwachte, war ich darauf gefasst, mit rasenden Kopfschmerzen aufzuwachen, was mir zum Glück erspart blieb. Die ganze Nacht hatte ich noch die Bässe im Ohr und mein Trommelfell hatte sich mit pfeifenden Geräuschen für die Überbeanspruchung bedankt. Ich war eindeutig dem Discoalter entwachsen. Früher hatten mein Bruder Kyle und ich die Nächte durchgetanzt, gestern waren wir nach Hause geschlichen, lange bevor der Morgen graute. Sally hatte sich mit uns ein Taxi geteilt und Cooper hatte angeblich den gleichen Weg wie Emma und sich angeboten, sie nach Hause zu bringen. Es bahnte sich etwas an. Etwas, so hoffte ich zumindest, das viel mehr war, als nur eine enge Freundschaft.

Ob Cooper schon bereit war zu lieben, vermochte ich nicht zu sagen. Aber gestern, war da etwas in seinem Blick, das Grund zur Hoffnung gab und das Emmas Augen zum Strahlen gebracht hatte.

Evan schälte sich neben mir stöhnend aus dem Bett. Die Jungs hatten gestern eine Tequila Party gefeiert und er war eindeutig noch nicht bereit, sich den hellen Sonnenstrahlen des Tageslichts zu stellen. Ich musste grinsen. Wir Mädels waren doch die deutlich Klügeren. Ich trank selten mehr als ein alkoholisches Getränk. Ich machte mir nichts aus Alkohol, er schmeckte mir einfach nicht. Die einzige Ausnahme bildete Champagner, für den ich eine Schwäche hatte, aber auch da kannte ich mein Limit.

„Wie kannst du um die Zeit nur so fit sein und so gut aussehen?", fragte Evan und wuschelte sich durchs Haar, das in alle Himmelsrichtungen abstand. Sein Gesicht sprach Bände. Er war blass und sah müde aus.

Ich schenkte ihm ein breites Grinsen.

„Danke, für das Kompliment", sagte ich ehrlich erfreut. „Wie wäre es, wenn wir heute mal zuhause bleiben? Wir machen einen Filmabend und ich koche für uns. Wie wäre das?", rief ich ihm hinterher, während er ins Bad schlich.

„Du kannst Gedanken lesen! Ich will heute echt nicht aus dem Haus. Ein Tag auf der Couch, ist genau das Richtige!", erwiderte Evan, durch die geschlossene Tür.

Ich schlich mich aus den Raum und ließ Evan seinen Schlaf nachholen. Nach dem kurzen Ausflug ins Bad hatte er nach einer Kopfschmerztablette verlangt und war wieder ins Bett gekrochen. Ich hingegen hatte mir ein opulentes Frühstück bestellt und las meine WhatsApp Nachrichten, während ich darauf wartete, dass der Frühstücksaufzug klingelte.

Sechzehn alleine von Sally. Darunter jede Menge Videos. Ich war nicht in der Stimmung für eine Wiederholung des gestrigen Abends und klickte mich weiter durch die Nachrichten.

„Wir haben es getan!"

Ich musste zweimal hinsehen und zu verstehen, dass die Nachricht von Emma kam. Sie schickte Herzchen und breit grinsende Smileys. „Wir haben es getan!", las ich wieder und wieder und fragte mich, ob wir von der gleichen Sache sprachen.

„Waaaaas?", schrieb ich zurück und schickte ein erschrockenes Emoji zurück.

„ES!", kam es postwendend von Em zurück.

„SCHREIB IN GANZEN SÄTZEN!", verlangte ich lautstark.

„Cooper hat mich nach Hause gebracht, und es war schon spät...ich konnte ihn doch nicht mitten in der nach vor die Tür setzen!"

Ein Grinseemoji folgte.

„Lass dir nicht jedes Wort aus der Nase ziehen!", schrieb ich zurück. „Wie war es?"

„Eine Lady schweigt und genießt!"

„Und jetzt?"

„Wir werden sehen. Langsam angehen lassen. Du weißt, wenn ich zu sehr klammer verliere ich ihn!"

„Wie geht es dir damit?"

„Fabelhaft. Jetzt weiß ich, dass da was ist zwischen uns. Und ich weiß, dass er das Gleiche will, wie ich. Den Rest wird die Zeit bringen!"

„Das klingt sehr gut. Ich freu mich so für dich, Em!"

„Und ich freu mich, dass du mich ermuntert hast nicht aufzugeben."

Ich legte das Smartphone zur Seite, weil ich nicht wusste, was ich darauf antworten sollte. Ich wollte mir nicht auf die Fahne schreiben, dass ich für Emmas Glück verantwortlich war. Denn das war ich nicht. Sie selbst hatte mit all ihrem Charme Cooper begeistert. Ich hatte ihr nur geraten, die Flinte nicht so schnell ins Korn zuwerfen, was sich offensichtlich ausgezahlt hatte.

* * *

Der Abend dämmerte bereits, als ich in Evans Küche Schicht für Schicht meine Lasagne zubereitete. Evan stand unter der Dusche, während ich im Wohnzimmer gedämpfte Musik hörte. Freya Ridings sang leise aus den Lautsprechern. Ich hörte das neue Album zur Zeit in Endlosschleife. In meine Augen ist Freya Ridings die talentierteste und charismatischste Sängerin unserer Zeit.

Ich hatte den großen Esstisch für uns gedeckt, ein paar Filme zur Auswahl in die Watchlist geladen, Kerzen erhellten den Raum und in Evans Gaskamin brannte ein Feuer. Bald würde der Winter kommen und ich fragte mich, ob die Jagd der Paparazzi weniger wurde, wenn es draußen kälter und die Nächte früher dunkel wurden. Ich sehnte mich nach Zurückgezogenheit, nach cozy Stunden vor dem Kamin. Ein Leben mit Evan. Und nicht das Leben, das wir in der Öffentlichkeit führten, geprägt von Versteckspielen und der ständigen Angst, erwischt zu werden. Ich war es leid. Vielleicht gab uns der Winter eine Verschnaufpause. Danach war ich gerne bereit, mich im Frühjahr dem Rummel zu stellen, den die öffentliche Bekanntgabe unserer Beziehung mit sich bringen würde. Der Medienhype würde sicher schnell abklingen. Wir waren weder die Royals noch berühmte Musiker oder Filmstars. Evan war nichts weiter als ein erfolgreicher Unternehmer. Die Storys, die sich daraus ersinnen ließen, erschienen mir wenig headlinetauglich, solange wir uns nicht in der Öffentlichkeit dane-

benbenahmen, und ich hatte nicht vor, ihnen eine Angriffs-
fläche zu bieten.

Evan kam pfeifend aus der Dusche. Der lange Schlaf am
Nachmittag und die Kopfschmerztablette hatten ihm gut-
getan. Er hatte wieder Farbe im Gesicht und schien bei
bester Laune zu sein. In seinem kuscheligen Sweater sah er
zum Anbeißen aus. War es möglich, einen Menschen jeden
Tag mehr zu lieben? Wann immer ich ihn sah, machte
mein Herz einen Sprung und mein Magen schrumpfte auf
die Größe einer Olive. Insgeheim hoffte ich, dass dieser
Zustand nie aufhörte. Ich wollte immer in Evan verliebt
sein, wie am ersten Tag. Und jeden Tag ein Stückchen
mehr und genau das war ich.

Die dampfende Lasagne stand bereits auf dem Tisch und
Kerzen schickten ihr romantisches Licht in den Raum. Zwischen den Häusern fielen die ersten Schneeflocken in die
Tiefe der über zehn Stockwerke, die uns vom Erdboden
trennten. Ich fühlte mich wie im Märchen. Dass wir den
ersten Schnee schon Mitte November bekamen, war
ungewöhnlich, zumal es in London so gut wie nie schneite.
Ich sah es als ein Zeichen, eine Art Omen oder einen
lieben Gruß von oben, der uns seinen Segen gab. Schnee-
fall, Regen und Nebel waren unsere Verbündeten im
Kampf gegen die Fotografen. Alles, was ihnen die Sicht vernebelte, gab uns Freiraum. Evans Wintergarten machte nur
Sinn, wenn man die Fenster nicht mit den Jalousien
abschotten musste. Und heute machte der Wintergarten
seinem Namen alle Ehre. Ich starrte wie verzaubert aus

dem Fenster und konnte mich nicht sattsehen, an den dichten Flocken, die wie kleine Feen vom Himmel fielen und sich mit ihrem weißen Röckchen im Kreis drehten. Evan sah mir belustigt zu, als ich wie ein Kind den ersten Schnee mit offenen Mund bestaunte, während Evan uns die dampfende Lasagne auf die Teller lud.

„Wir müssen unbedingt die Eislauffläche am Natural History Museum besuchen", sagte Evan, „wenn dir der Schnee so viel Freude macht."

„Das stelle ich mir zauberhaft vor. Tatsächlich war ich noch nie dort. Warst du als Kind oft Eislaufen?"

„Nein, meine Mom hatte kein Geld für so was. Wir waren einmal bei meinem Onkel in Reading, er hatte versprochen, mir das Schlittschuhfahren beizubringen. Es gibt dort viele Seen und Flüsse, aber sie waren alle nicht fest genug und es war verboten, sie zu betreten. Später hat dein Vater mich und Kyle mal mit zum Tower genommen. Dort durften wir auf der Eislaufbahn ein paar Runden drehen. Ich fürchte, ich bin nicht sonderlich talentiert, aber für dich würde ich das Risiko auf mich nehmen mir den Steiß zu brechen", grinste Evan amüsiert, während er sich setzte, und anfing zu essen.

„Ich kann es dir beibringen!"

„Oh, wow wow. Ich wette, DU bist eine wahre Eisprinzessin. Ich sehe dich förmlich vor mir, wie du mit deinem perfekten, festen, kleinen Hintern in einer knackigen Thermohose über das Eis fegst. Ich dagegen würde mich fühlen wie ein Elefant auf Rollschuhen."

„Ich bin gar nicht so gut. Ich schaffe ein paar Kurven, aber ich bin ewig nicht gefahren", räumte ich bescheiden ein.

„Du willst mir sagen, dass du trotz Ballettstunden, Profitanz und Eislauferfahrung nicht die unangefochtene Eislaufkönigin wärst? Ich glaube dir kein Wort. Die Menschen werden sich um dich scharen, um dich laufen zu sehen, und am Ende hat Sally einen neuen Spitznamen für dich. Irgendwas mit Jayne Torvill, vielleicht?", er grinste albern.

Ich hingegen blieb ernst und sah Evan durchdringend an. Die Gabel, die ich mir gerade in den Mund schieben wollte, schwebte noch in der Luft.

„Ich würde echt verdammt gerne mit dir da hingehen, Evan. Mir fällt die Decke auf den Kopf. Ich möchte raus. Lass uns einmummeln. Mit Mütze und Schal kennt uns kein Mensch und dann mischen wir uns unter das Volk, ja?", fragte ich aufgekratzt.

Evan legte seine Hand auf die meine und sah mir tief in die Augen.

„Versprochen, Sarah. Versprochen! Ich weiß wie schwer es dir fällt, hier mit mir in meinem Elfenbeinturm zu sitzen. Wir gehen zum Eislaufen. Und wir werden ein paar Tage wegfahren. Nur du und ich. Das verspreche ich dir."

Dann griffen wir beide zur Gabel und ließen uns die köstliche Lasagne schmecken. Evan verteilte den Salat auf die kleinen bereitgestellten Teller und schenkte uns Wasser nach. Nach dem gestrigen Abend war uns beiden nicht nach Rotwein, der ungeöffnet auf dem Tisch stand.

Ich merkte erst jetzt, wie viel Hunger ich hatte. Das Frühstück lag viele Stunden zurück und in meiner freien Zeit, während Evan geschlafen hatte, war ich fleißig gewesen und hatte seit Wochen mal wieder Yoga gemacht. Ich liebte die kleinen Einheiten, die ich online über eine App auf dem Fernseher abrufen konnte. Das war unkompliziert und gab mir den maximalen Freiraum. Jetzt jedoch verlangte mein Körper nach Kalorien, die ich ihm bereitwillig gab, während Evan mir von Kyles Fortschritten im Büro erzählte. Ich war froh, dass mein Zwillingsbruder offensichtlich endlich mal die Zähne zusammenbiss und sich wirklich ins Zeug legte. Vater würde stolz auf ihn sein, und das wünschte ich mir so sehr für ihn.

Wider besseren Wissens, hatten wir beide viel zu viel gegessen und lagen jetzt erschöpft auf dem Sofa. Ich lag auf Evans Brust und er hatte die Hände in die Taschen meiner Jeans gesteckt, wo er die Möglichkeit ergriff, mich hin und wieder zärtlich in den Po zu kneifen oder diesen zu kneten. Der Film flimmerte vor sich hin, ohne dass wir ihm besondere Beachtung schenkten. Wir hatten Zeit für uns und das war in den letzten Wochen wahrer Luxus geworden. In Evans Büro stapelten sich die Aufträge und ich hatte in meinem Job bei Brothers, sowie der Pausenbrot Aktion und der Lesestunde genug zu tun. Die Arbeit im Kinderhospiz hatte ich aufgegeben. Es hatte mich seelisch an den Rand meiner Leistungsfähigkeit gebracht. Kindern beim Sterben zuzusehen, war hart und ich musste mir eingestehen, dass ich dem nicht gewachsen war. Nach jedem Besuch hatte ich mir die Augen aus dem Kopf geweint und schließlich kapituliert. Umso mehr stürzte ich mich jetzt in meine anderen Projekte. Die Pausenbrot Aktion war so gut gelaufen, dass ich weitere Schulen angeschrieben und ein positives Feedback bekommen hatte. Ich würde in Kürze in drei anderen Schulen meinen Stand aufbauen. Zudem hatte ich meine Lesestunde bereits für das ganze Jahr fertig vorbereitet und die passenden Bücher für die Kinder ausgesucht. Ich freute mich auf die Aufgabe. Das Gefühl, etwas Sinnvolles mit meiner Zeit anzustellen, erfüllte mich mit großer Zufriedenheit. Und dann war da noch die Planung für mein neues Studium. Das Semester begann im Frühjahr und bis dahin, gab es noch eine Menge vorzubereiten.

Evan knurrte an meinem Ohr. Er hatte seine Nase in meiner Halsbeuge versenkt und zog eine Spur aus prickelnden Küssen von meinem Hals, bis über die Kieferlinie wo er schließlich an meinen Lippen landete. Wir küssten uns, so zart wie ein Schmetterling aber schnell wurden Evans Küsse drängender. Er zog mich fest in seine Arme und schob seine warmen Hände unter meinen Pulli. Noch immer fühlte ich mich wie im Traum. Jedes Mal, wenn wir miteinander schliefen, wollte ich mich am liebsten kneifen, um zu testen, ob ich auch wirklich wach war.

Ich hob die Arme und Evan schob mir den Pullover über den Kopf. Für einen Moment streichelte er liebevoll die kleinen Rosen auf den Trägern meines BHs, bevor er damit fortfuhr, mich weiter auszuziehen. Ich hatte unterdessen sein T-Shirt hochgeschoben und versuchte an die zarte Haut zu kommen, die mir inzwischen so vertraut war.

Ich liebte es, das feste Spiel seiner Muskeln unter meinen Fingern zu spüren, während sich sein athletischer Körper auf mir bewegte. Aber heute bremste mich etwas, ich fuhr mit angezogener Handbremse und merkte selbst, wie schwer es mir fiel, mich zu entspannen. Auch Evan entging nicht, dass etwas nicht stimmte. Er legte einen Finger unter mein Kinn und sah mir fest in die Augen.

„Was ist los, Sarah?"

Ich rappelte mich hoch und holte tief Luft.

„Ich kann das hier nicht. Nicht hier. Ich meine es sind überall Kameras! Wer sagt uns, dass sich die Jungs von der Security nicht einfach einklinken und uns beim... na ja uns zuschauen", gab ich zu bedenken.

Evans Blick ging zur Decke, wo diverse Kameras das Zimmer aus allen Blickwinkeln erfassen konnten. Er musterte sie eine Weile skeptisch.

„Das wäre ein Kündigungsgrund! Ich meine, die Jungs haben unser vollstes Vertrauen. Theoretisch könnten sie sich natürlich jederzeit aufschalten. Unbemerkt. Aber ich habe das nie in Betracht gezogen, ich meine, wir zahlen die Leute gut dafür, dass sie ihren Job machen und unsere Privatsphäre schützen."

„Für Emma und Cooper lege ich die Hand ins Feuer!", sagte ich eifrig, „Aber die anderen? Ich kenne diese Menschen gar nicht. Alistair, Maxwell, und wie sie alle heißen. Dazu die Aushilfen und die Techniker."

Evan sog die Lippen ein und biss darauf. Wieder wanderte sein Blick zur Decke.

„Vielleicht hast du recht, wir sollten das ändern. Die Kameras kommen weg. Ich werde das gleich am Montag veranlassen. Das ist lächerlich und sowieso übertrieben. Ich meine, dieses Haus ist Fort Knox", sagte Evan nachdenklich.

„Du musst das nicht machen, ich bin nur irgendwie... ich weiß nicht. Ich fühle mich wie auf dem Präsentierteller. Kannst du das verstehen?"

„Ich glaube ich weiß, was du meinst. Und ich habe auch schon eine Lösung!"

Er zog mich mit sich und warf mir meinen Pulli zu, den ich mir erstaunt über den Kopf zog, während Evan bereits in Richtung Tür unterwegs war, um seine Schuhe anzuziehen.

„Wohin gehen wir denn?", fragte ich perplex und verstand mal wieder garnichts.

„Zu dir! Keine Kameras, keine Bodyguards, nur du und ich!"

„Das klingt wie im Himmel!"

„Dann lass uns keine Zeit verlieren!"

Damit schob er mich bereits durch die Tür. Unsere Jacken zogen wir im Aufzug an. Wir verhielten uns, als seien wir vor etwas auf der Flucht. Und vielleicht waren wir das ja auch.

Ein Stück vom Himmel

Der feucht-kühle Nebel schlug mir wie ein feiner Sprüh-
nebel ins Gesicht. Ich liebte diese Jahreszeit und ich liebte
den Nebel. Während andere Menschen sich unaufhaltsam
über das Wetter in London beschwerten, erinnerte mich
die feuchte Luft, an das exclusive Thermalwasser Spray, das
ich mir bei Harrods gekauft hatte. Die Luft war einfach perfekt zum Laufen. Ich atmete die kühle, klare Luft so tief
ein, wie ich konnte. Kleine weiße Wölkchen kamen stoß-
weise aus meinem Mund, als ich das Tempo anzog und
jetzt schneller joggte. Evan, der hinter mir lief, zog ebenfalls
das Tempo an. Ich hörte das gleichmäßige Geräusch seiner
Laufschuhe auf dem lehmigen Schotterweg, der uns vorbei
an Westminster Abby, zum St. James Park brachte. Die
meisten Bäume im Park trugen noch ihr Herbstlaub, das an
sonnigen Tagen rot und golden leuchtete. Heute zauberte
der Nebel ein pastelliges Bild aus roséfarbenen Blättern,
karamellfarbenen Ästen und geeisten Baumstämme in die
Landschaft.

Es war einer der wenigen freien Momente, in denen uns
niemand erkannte oder Notiz von uns nahm. Ich hatte mir
die Kapuze meines rosafarbenen Hoodies ins Gesicht
gezogen und sah mit meinem einfachen Pferdeschwanz und
der schwarzen Trainingshose aus wie Millionen anderer
Jogger. Evan trug ebenfalls eine schwarze Hose, schwarze
Laufschuhe und einen schwarzen Hoodie. Wir hatten uns
in einem Lieferwagen aus dem Haus geschlichen und

waren mitten auf der Straße aus dem Heck des Wagens geklettert. Es hatte sich angefühlt, als wäre man Teil einer Gangsterbande und würde etwas Verbotenes tun. Gleichzeitig war es aufregend und sexy. Es war schön zu sehen, wie engagiert Evan immer wieder versuchte für uns kleine Inseln freier und unbeobachteter Zeiten zu schaffen, und wie sehr ihm daran gelegen war ein Stück Normalität in sein sonst so glamouröses und öffentliches Leben zu bringen.

Als wir den Eingang zum Park passiert hatten, zog Evan überraschend das Tempo an. Er joggte an mir vorbei und blieb dann an einer der Bänke stehen, um sich zu dehnen. Ich hatte keine Mühe, ihn einzuholen. Meine jahrelange Lauferfahrung half mir, das Tempo im richtigen Moment zu drosseln und meine Kräfte gut einzuteilen. Evan war Neuling im Laufsport und preschte oft wie ein junger Welpe voran, was ihn früh zum Aufgeben zwang. Ich zog grinsend und in gemäßigten Tempo an ihm vorbei und gab ihm die Chance wieder zu mir aufzuschließen, wie wir es immer machten. Die Bodyguards waren heute mal wieder unsichtbar. Evan hatte eine Menge neuer Leute eingestellt, die ich alle nicht kannte und die sich offensichtlich extrem unauffällig verhielten.

Die Schlange am Little Pie war kurz und überschaubar. Am Ende der Warteschlange stand ein Pärchen, das ich nur allzugut kannte und das sich völlig versunken küsste. Offensichtlich hatten die beiden die Welt um sich herum vergessen: Emma und Cooper.

Ich hielt Evan am Ärmel zurück, der den Blick nach unten auf seine Schuhe gerichtet hatte und noch nicht gesehen hatte, wer da vor uns an der kleinen Bäckerei in der Reihe stand. Er blieb verdutzt stehen und zog seine Kopfhörer am Kabel aus den Ohren.

„Was ist los?", fragte er völlig außer Atem.

„Die Romanze des Jahrhunderts", antwortete ich geheimnisvoll lächelnd. „Em und Cooper, das erfolgreiche Produkt meiner Kuppelei und das neue Traumpaar der Nation", sagte ich mit einem Kopfnicken in die Richtung des kleinen Cafés.

„Das hast du eingefädelt?", Evans Augen wurden groß und er zog die Augenbrauen in die Höhe.

„Ich war nicht unbeteiligt", gab ich schelmisch grinsend zu. Wir gingen langsam auf die beiden zu und stellten uns hinter sie an das Ende der Reihe. Es dauerte eine Weile, bis Em und Cooper sich von einander lösten. Emma entdeckte mich als erst und bekam große Augen.

„Sarah, Evan. Wie lange steht ihr schon hier?", fragte sie etwas erschrocken und ich musste mich zusammenreißen, um nicht laut loszulachen. Cooper sah ebenso bedröppelt drein und blickte Evan schuldbewusst an.

„Lange genug!", antwortete Evan mit einem breiten Grinsen. Dann fiel er Cooper einfach kumpelhaft um den Hals. „Ich freu mich für dich, alter Junge", sagte er ergriffen und klopfte Cooper fest auf den Rücken.

Ich hatte inzwischen Emma erreicht und ihr links und rechts ein Küsschen aufgedrückt.

„Herzlichen Glückwunsch, ihr beiden", sagte ich freudestrahlend, dann tauschten wir Plätze und ich stand Cooper etwas unbeholfen gegenüber. Schließlich drückte ich ihm etwas linkisch den Arm, während Evan sich zu Em heruntergebeugt hatte, um ihr einen Kuss auf die Wange zu drücken.

„Was macht ihr denn eigentlich hier?" Ich war tatsächlich überrascht, Emma hier zu sehen.

„Dein Geheimtipp!", sagte Emma lachend und tippte mir gegen die Schulter.

„Wenn wir gewusst hätten, dass ihr auch hierher...", Cooper wurden von Evan unterbrochen, „dann hättet ihr uns Bescheid gegeben, damit wir uns verabreden können, stimmts?", fragte Evan lächelnd. Cooper war unterdessen rot angelaufen. Offensichtlich war ihm die Situation mehr als unangenehm. Vom eigenen Chef beim Knutschen in der Öffentlichkeit erwischt zu werden war tatsächlich etwas peinlich. Allerdings nicht, wenn man Evan kannte. Ich wusste, wie sehr er sich für Emma und Cooper freute.

„Ich weiß nicht, was ihr geplant habt, aber warum kommt ihr nicht mit zu Sarah und wir trinken gemeinsam Kaffee?", schlug Evan jetzt begeistert vor.

„Oh, mein Gott, das wäre großartig", schrie Emma und fiel mir um den Hals. „Ich wollte schon immer mal dein Haus sehen", sagte sie aufgekratzt. Cooper stand daneben mit einem Gesicht, das eindeutig sagte: Das geht doch nicht!

Aber ich war da völlig anderer Meinung.

„Ich würde mich wahnsinnig freuen", sagte ich aufrichtig. Und das tat ich tatsächlich.

Wir waren einfach Sarah und Evan. Zwei Menschen, die verschwitzt vom Joggen kamen und beim Bäcker ein paar gute Freunde trafen, um sie zu einem spontanen Frühstück einzuladen. Ich liebte es „undercover" unterwegs zu sein. Mit meinem lachsfarbenen Hoodi, der fest ins Gesicht gezurrten Kapuze und mit Evans warmen Händen in den Kängurutaschen meines Pullis, der mich zärtlich von hinten umarmte.

Cooper blickte noch immer leicht verstört drein. Er scannte die Umgebung mit zusammengekniffenen Augen. „Ich mag es nicht, dass von den Neuen nichts zu sehen ist", sagte er beunruhigt.

„Cooper, du sollst dich mal entspannen. Du hast heute deinen freien Tag", sagte Evan und versuchte Cooper zurück in die Schlange zu schieben.

„Wenn ich sie nicht sehe, sind sie auch nicht auf ihrem Posten!", erwiderte Cooper streng und suchte weiter mit den Augen die Dächer der umliegenden Häuser ab.

In diesem Moment fiel ein Schuss und Evan ging zu Boden.

Die Geschichte der Evolution

Noch zappeliger als am ersten Tag, betrat ich die Hitch Primary School. Seit unserer letzten Lesestunde war exakt eine Woche vergangen und zudem steckte mir der Anschlag auf Evan noch in den Knochen. Zum Glück war es nur ein Streifschuss gewesen. Dank Coopers Aufmerksamkeit und Reaktionsgeschwindigkeit, war nicht mehr passiert. Cooper hatte Evan gerade noch rechtzeitig zu Boden gerissen und Schlimmeres verhindert. Jetzt mussten wir alle zu einem normalen Alltag zurückfinden, was mir nicht leicht fiel, da gerade alles im Umbruch war und das Wort Routine für mich nicht existierte.

Ich hatte ein wenig Angst, wie ich mit Ali umgehen sollte, und hatte trotz Kopfzerbrechen noch kein zufriedenstellendes Konzept entwickelt. Das Gespräch mit der Schulleiterin war zudem leider nicht besonders aufschlussreich gewesen. Offensichtlich erschienen Alis Eltern nie zu den Elternabenden. Auch zu persönlichen Terminen kamen sie nur zögerlich und hatten selten wirklich Interesse an den Gesprächen. Alis Vater war der Meinung, die Schule müsste den Jungen auf alles vorbereiten. Mehr gab es aus seiner Sicht nicht zu sagen. Die Bitte der Lehrer, zuhause weniger Türkisch zu sprechen und Ali so den Einstieg in die Schule zu erleichtern, wischte der Vater mit einer wütenden Geste vom Tisch. Seine Frau konnte kein Englisch und er und seine Brüder seien schließlich auch mit Türkisch groß geworden. Die ganze Familie lebte seit über

55 Jahren in der UK. Alis Großvater war damals als Gastarbeiter nach Großbritannien gekommen und hatte als Hafenarbeiter in Bristol angefangen. Das war 1965 gewesen. Alis Vater und seine Brüder waren in Bristol geboren. Sie alle lebten schon immer im Vereinigten Königreich. Aber sie besuchten nur Ihresgleichen. Lebten bei türkischen Tanten, besuchten nur türkische Geschäfte, besuchten regelmäßig die Moschee und führten ein Leben in einer Art Paragesellschaft ihrer türkischen Mitbürger. Die gelebte Disintegration brachte viele Probleme mit sich, die aber lieber in Kauf genommen wurden, als der Schritt in die fremde und anders tickende Welt.

Bis ich Ali und seine Familie kennengelernt hatte, dachte ich, so etwas gibt es gar nicht. Nicht heute, nicht hier und schon gar nicht in London. Aber ich sollte mich täuschen. Alis Verhalten war das Produkt jahrelanger Weigerung seiner Eltern, sich zu integrieren. Er war das Opfer, der Sturheit seiner Väter und keine half ihm. Er tat mir leid, und trotzdem konnte ich ihm nicht helfen. Ich konnte die Geschichte nicht neu schreiben. Nicht seine, und nicht die seiner Väter und Vorväter.

Als ich die Schule betrat, tat ich es mit Bauchschmerzen. Die Schulleiterin, Mrs. Winter hatte mich offensichtlich bereits erwartet und fing mich in der Aula ab.

„Sie haben einen Schüler weniger. Ali hat die Lerngruppe verlassen!", sagte sie mit zusammengezogenem Mund.

„Ausgerechnet Ali? Ich hatte gehofft, dass er nicht so schnell aufgibt!", sagte ich traurig.

„Nun, machen wir uns nichts vor. Der Junge ist versetzungsgefährdet und wird das nächste Jahr auf der Sonderschule verbringen. Wir haben alles versucht, aber manchmal sind uns einfach die Hände gebunden."

„Dann muss der Junge unter den Erziehungsfehlern seiner Eltern leiden? Kann man denn da gar nichts machen?"

„Sie haben ihn doch erlebt? Er lügt, nimmt nicht am Unterricht teil, ist mit den Gedanken ständig wo anders. Zudem macht er seine Hausaufgaben nicht. In der Pause prügelt er sich mit seinen Mitschülern oder demoliert irgendetwas. Glauben Sie mir, egal was Sie versuchen, wir werden den Jungen nicht durch die Klasse bringen. Die sprachlichen Defizite sind zu groß."

„Aber genau deshalb ist er ja so. Er hat gelernt, sich durchzumogeln. Das ist mir bereits aufgefallen. Im Moment schlägt er einfach verbal wie physisch um sich. Er kann dem Unterricht nicht folgen, weil er die Sprache nicht versteht. Ich hatte gehofft, ihn über die Bücher langsam in die Klasse zu integrieren", sagte ich ambitioniert.

„Ihr Engagement in allen Ehren, aber in diesem Fall, ist der Zug bereits abgefahren. Denken Sie nicht, wir hätten nicht schon im Kollegium alles versucht. Bisher blieben alle Versuche ohne Erfolg. Im Übrigen hat der Vater Ali abgemeldet, weil er nicht will, dass Sie den Jungen mit Ihren Büchern verblenden."

„Bitte? Was meint er damit?"

„Laut seinem Vater, hat Ali von Ihnen ein unmögliches Buch bekommen, in dem den Kindern weisgemacht wird, dass es Tiere gibt die ihre Gestalt ändern. Er hat es als

Gotteslästerung und Blendwerk bezeichnet und Ali verboten je wieder in Ihre Nähe zu kommen."

Ich war sprachlos.

„Er hat was?", fragte ich, als wäre ich schwer von Begriff.

„Ali den Umgang mit Ihnen verboten!"

„Wir lesen „Die kleine Raupe Nimmersatt" es geht um eine Raupe, die zum Schmetterling wird."

„Dann geht es um die Geschichte der Evolution?"

„Na ja in diesem Fall eher die Metamorphose!"

„Teufelszeug", sagte Mrs. Winter und schien amüsiert.

„Ich kann das nicht glauben!", erwiderte ich resigniert.

Mrs. Winter hob nur die Hände in die Luft und wandte sich zum Gehen.

„Wie gesagt, manchmal sind uns die Hände gebunden!"

Damit ließ sie mich stehen.

In der Klasse war es bereits mucksmäuschenstill, als ich den Raum betrat. Ich hatte den Hausmeister, Mr. Parkins gebeten mir ein paar Flaschen ungesüßten Saft und Mineralwasser für die Kinder das Klassenzimmer zu stellen. Jetzt standen die leckeren Säfte auf einem Tisch und wurden neugierig von fünf Paar Kinderaugen bestaunt. Ich hatte mir vorgenommen, die guten Erfolge aus der Pausenaktion auch in die Lesegruppe einfließen zu lassen, und wollte die Kinder in jeder Stunde mit einer neuen gesunden Leckerei überraschen.

Die Schüler saßen, wie beim letzten Mal im Kreis. Amelie saß rechts vom mir, wie in der Stunde davor. Daneben kam May, dann John, Sally und schließlich Jacob. Der Stuhl von

Ali war leer. Ich stand auf, schob den leeren Stuhl nach hinten.

„Ali kommt nicht mehr!", sagte ich emotionslos, ohne jemanden anzuschauen.

„Zum Glück!", sagte Jacob leise. Er war in der letzten Stunde von Ali geboxt worden. Ich konnte verstehen, dass er keine Lust auf den Jungen hatte, der ihn offensichtlich immer wieder schikanierte. Trotzdem schenkte ich dem Jungen einen Seitenblick, der ihm sagen sollte, dass es nicht nett war, schlecht über andere zu reden.

„Wie ist es Euch mit dem Buch gegangen? Eröffnete ich die Runde. Hat schon jemand zu Hause weitergelesen?", wollte ich wissen. Die schüchterne Amelie meldete sich als erste.

„Ich konnte nicht warten, wie es weitergeht", sagte sie und drehte mit dem Finger eine Falte in ihren Rock.

Ich musste grinsen.

„Und hast du alles verstanden? Oder sollen wir es nochmal lesen?", fragte ich lächelnd.

„Die Raupe ist sooooo süß", sagte May. „Ich möchte es nochmal lesen."

„Dann hast du das Buch auch schon fertig?", fragte ich begeistert.

„Das war doch Baby", meldete sich jetzt die schlaue Sally. Es war klar, dass sie den anderen überlegen war.

„Ich habe gewartet!", sagte jetzt Jacob. „Oder hatten wir Hausaufgabe auf?" Er blickte unsicher in die Runde und alle lachten.

„Nein, Hausaufgaben gibt es hier nicht. Ich freue mich, wenn ihr Spaß an den Büchern habt", erklärte ich freudig.

„Also, dann würde ich sagen, jeder liest einen Satz und wenn wir durch sind, gibt es die erste Belohnung für den oder diejenige, die am besten gelesen hat und anschließend machen wir eine große Saftpause. Wie klingt das?"

Die Kinder nickten zustimmend und schon ging es los. Ich las die Einleitung und übergab an Amelie, die flüssig und zügig den nächsten Satz sagte. Heute waren meine Klammern froschgrün. Ich überreichte ihr eine und schon stimmte May den nächsten Satz an. Sie kam nicht ins Straucheln. Und ich schenkte ihr eine Klammer. Ohne die Störung von Ali kamen wir erstaunlich schnell voran und schon war John dran, der das Wort Mondschein ohne Probleme las und eine weitere Klammer bekam. Sally ratterte ihren Satz herunter und selbst Jacob war heute deutlich besser als in der Stunde davor. Entweder weil ihm keine Schläge drohten oder weil er nicht von seinem Sitznachbarn abgelenkt wurde. Wie auch immer, es tat ihm gut alleine zu sitzen. Ich nahm mir vor, mit Mrs. Winter darüber zu sprechen, wie wir Jacob fördern konnten. Er war ein talentierter Junge, der sich aber offensichtlich zu schnell ablenken ließ.

Als das Buch schließlich zu Ende ging, blickte ich in traurige Kinderaugen. Es ging ihnen wie mir. Ich hasste es, die letzten Seiten eines Buches zu lesen und es dann weglegen zu müssen. Hatte man die Protagonisten, doch mehrere Tage oder sogar Wochen durch ihre Abenteuer begleitet, so musste man sie jetzt loslassen, wie einen guten Freund, den man so schnell nicht wieder sah. Ich machte mich daran, die Klammern zu zählen, und löste das Geheimnis, so schnell ich konnte auf, um die Kinder nicht länger auf die Folter zu spannen. May hatte das Rennen gemacht und gewann die Plüschraupe. Das Mädchen freute sich so sehr und herzte die kleine Raupe voller Glück, dass ich sicher war, eine würdevolle Gewinnerin für die erste Leserunde ausgewählt zu haben. Alle anderen bekamen Trostpreise. Für den zweiten Sieger, John, gab es ein Federmäppchen mit einem Rennwagen darauf, das ihm sehr gut gefiel. Sally bekam einen Spitzer, Jacob einen Bleistift und Amelie einen Radiergummi. Dann machten wir uns daran den Saft zu verkosten. Ich gab jedem Kind einen Becher und ließ einen Edding rumgehen. Die Kinder sollten Ihren Namen auf den Becher schreiben, damit sie später auch noch einmal etwas trinken konnten ohne die Becher zu vertauschen oder nach einmaligem Benutzen wegwerfen zu müssen. Ich hoffte, ihnen so den Gedanken der Nachhaltigkeit mit auf dem Weg zu geben, außerdem wollte ich sehen, wie gut sie ihren Namen schreiben konnten und wie geschickt sie mit dem dicken Filzer umgehen konnten. Die meisten schrieben einzelne Blockbuchstaben. Lediglich Sally schrieb in einer schönen schnörkeligen Handschrift. Wie ich es vermutet hatte, war sie deutlich weiter als die anderen. Vielleicht aber, hatte sie auch nur eine Klasse wiederholt? Ich nahm mir vor, mit Mrs. Winter darüber zu sprechen.

Zum Ausklang der Stunde hatte ich mir etwas ganz Besonderes überlegt. Die Kinder bekamen von mir einen weißen Fensterstift. Damit duften wir die Fenster des Klassenzimmers mit winterlichen Motiven bemalen. Ich hatte die Aktion im Vorfeld mit der Schulleiterin besprochen, die die Idee großartig fand. Lesen, schreiben und zeichnen bildete für mich eine Einheit. Die Motorik der Hände schulte nichts so gut, wie die eigene Vorstellungskraft und der Versuch das Bild aus dem Kopf auf ein weißes Blatt Papier zu bringen. Somit war das Zeichnen dem Schreiben extrem ähnlich. Die Kinder waren sofort von der Idee begeistert. So verbrachten wir die letzte Stunde mit malen und verzauberten die Fenster des Lesezimmers in ein bezauberndes Winter wonderland.

Ein glamouröses Fest

Weihnachten stand vor der Tür, und während Evan und ich uns auf ein ruhiges, zurückgezogenes Fest im Schlosshotel in Edinburgh freuten, schien ganz England in diesem Jahr auf Prunk und Gloria zu setzen. Die Schaufenster im Kaufhaus Harrods funkelten in rotem Pailletten, die in dieser Saison das Must-have des Abends waren.

Wir waren zum Geburtstag von Carlotta Devonport eingeladen, einer entzückenden alten Dame der Londoner High society, und Evan hatte beschlossen, das er genug von dem Versteckspiel hatte und mich als seine Begleitung angegeben.

Seit dem Anschlag auf Evan waren mehrere Wochen vergangen und inzwischen waren auch die Hintergründe der Tat bekannt. Ein Mann aus den eigenen Reihen hatte auf Evan geschossen, um ein höheres Gehalt zu fordern. Er dachte: Wenn Evan Angst um sein Leben hätte, würde er die Gehälter der Security Mannschaft noch weiter erhöhen. Dabei war die Crew schon jetzt besser bezahlt als die Mitarbeiter der Polizei. Es hatte sich herausgestellt, dass die neu eingestellten Mitarbeiter zu einer Bande gehörten, die bereits bei anderen Auftraggebern, Einbrüche und Überfälle fingiert hatten, um eine höhere Bezahlung für die Mitarbeiter der Security zu erwirken, indem sie mit der Angst ihrer Auftraggeber spielten.

Abgesehen von der Dreistigkeit dieses Vorgehens hatten wir keine Angst vor weiteren Anschlägen. Jeder in Evans Umfeld war plötzlich extrem achtsam und Evan hatte zudem tatsächlich einen Bonus an seine Kern-Crew ausgeschüttet.

Für Cooper war sein erfolgreiches Eingreifen wie eine Therapie. Er hatte seine kleine Schwester damals nicht retten können, da er nicht in der Nähe gewesen war. Aber jetzt hatte er Evan gerettet. Er hatte die Gefahr erkannt und den Scharfschützen auf dem Dach gesehen. ER war es, der Evan, im wahrste Sinne, aus der Schusslinie gebracht hatte und er hatte den Täter erkannt und zu seiner Überführung beigetragen. Das ganze Land feierte Cooper als Helden. Aber das Wichtigste war, dass die Wunden auf seiner Seele endlich heilen konnten. Er war in der Lage, das Leben eines Menschen zu schützen. Auch wenn sich herausgestellt hatte, dass der Schütze nur auf Evans Beine gezielt hatte und niemals die Absicht gehabt hatte, Evan zu töten. So war Cooper dennoch der gefeierte Held und das tat ihm unglaublich gut.

Auf dem Geburtstag von Carlotta Devonport traten wir zum ersten Mal öffentlich als Paar auf den roten Teppich. Ich war aufgeregt, wie zuletzt bei einer Ballettaufführung als Kind, als mir bewusst wurde, dass mir jeder in der ersten Reihe unter den Rock gucken konnte. Ähnlich ausgeliefert fühlte ich mich auch jetzt. Sie würden mich anstarren dessen war ich mir sicher.

Als Evan und ich uns jetzt gemeinsam dem Blitzlichtgewitter stellten, machte sich jedoch nach und nach ein erhabenes Gefühl in mir breit. Ich hatte mir den attraktivsten Junggesellen Londons geschnappt und noch dazu einen der reichsten Männer des Landes. Es fühlte sich verdammt gut an. Ich spürte das teure, schwere Armband an meinen Handgelenk, das Evan mir bei Cartier gekauft hatte. Große, goldene Kettenglieder schmiegten sich um meinen Arm, wie eine Reihe riesiger unförmiger Luftmaschen. Jedes zweite Kettenglied bestand zudem aus Dutzenden von kleine Brillanten, die bei jedem Blitzlicht der Fotografen, wie Millionen von Sternen funkelten. Evan hatte mir extra für den Anlass ein Kleid bei Alexander McQueen schneidern lassen. Ein Traum aus korallfarbener Spitze mit einem unverschämt tiefen Rücken und einem fast noch tieferen Ausschnitt vorne. Der Stoff war mit einem hautfarbnen Netz unterlegt und erweckte den Eindruck, dass sich der tiefe Ausschnitt, zwischen meinen Brüsten, fast bis zum Nabel zog. Evan und ich waren die Attraktion des Abends. Die Fotografen riefen Evans Namen, damit er sich zu ihnen umdrehte und immer wieder kam die Frage: „Herr Winterfield, wer ist die Dame an Ihrer Seite?", die Evan unbeantwortet ließ. Sie hatten mich nicht erkannt. Noch war ich eine Unbekannte. Kaum jemand erinnerte sich an die Rebellin der Miller Gala und ich war seit dem nicht mehr öffentlich in Erscheinung getreten. Wir kämpften uns durch das Blitzlichtgewitter nach vorne, wo ich Sally entdeckte. Wir blieben kurz stehen und posierten für ihrem Fotografen. Er bekam als einziger ein exklusives Lächeln. Dann beugte sich Evan ebenfalls zu Sally um sie mit einem Küsschen links und rechts auf die Wange zu begrüßen, so wie ich es bereits getan hatte.

„Morgen Nachmittag in meinem Appartement", flüsterte er ihr zu und Sally biss sich vor Vorfreude auf die Unterlippe. Das würde ihr Durchbruch werden. Das erste Exklusivinterview mit Evan und mir und die erste Bilderstrecke von Evans privaten Räumen. Wir hatten es Sally versprochen und morgen würden wir es wahr machen und ihrer Karriere einen ungeahnten Sprung bescheren. Während die Headline der meisten Zeitungen des Lands vermutlich „Evan Winterfield mit unbekannter Schönheit", lautete, konnte Sally die Bombe platzen lassen. Sie war die erste Journalistin mit Hintergrundinformationen zu unserer Beziehung und würde bereits am nächsten Tag mit einer bebilderten Homestory die Auflagen ihrer Zeitschrift in die Höhe treiben. Zehn Hochglanz Doppelseiten hatte man ihr bereits zugesichert und ich hatte Sally versprochen, dass sie ab sofort alle News aus erster Hand von mir erfuhr.

Carlotta Devonport stand in der Mitte ihrer Empfangshalle, wo sich die Gratulanten in einer langen Reihe aufgestellt hatten, um der Jubilarin persönlich ihre Glückwünsche zu überbringen. Sie trug eine flaschengrüne Robe, aus unzähligen glänzenden Pailletten die ihren massigen Körper bodenlang umhüllte. Der breite V-Ausschnitt des schulterfreien Kleides, lenkte den Blick auf den Ansatz ihres Busens. Mit ihren weißen, hoch aufgesteckten Haaren und der grünen Robe, stand Carlotta inmitten der meist rot gekleideten Damen, vor dem riesigen Weihnachtsbaum, wie ein seltsamer Grinch.

Evan beugte sich zu Carlotta, um sie auf die Wangen zu küssen. Dabei wünschte er ihr Glück und Gesundheit im neuen Lebensjahr. Als ich an der Reihe war, hob die alte Dame ihr Binokel an die Augen und musterte mich von oben bis unten. Dann ging sie ein paar Schritte um mich herum, was aufgrund der langen Schleppe meines Kleides gar nicht so einfach war.

„Eine wahre Schönheit", mein Junge, konstatierte Carlotta, und ich musste grinsen. „Nehmen Sie es einer alten Dame nicht übel, meine Liebe. Aber Evan ist wie ein Enkel für mich. Ihn unglücklich zu sehen, würde mein Herz brechen!", sagte sie leidenschaftlich und legte mir ihre Hand auf den Arm. Ich mochte sie ab dem ersten Augenblick und sprach ihr ebenfalls meine herzlichsten Glückwünsche aus, bevor wir den Weg für die nächsten Gratulanten frei machten.

Wir kämpften uns durch die Massen an Menschen, um zu unserem Tisch zu kommen. Die 14-köpfige Big Band spielte klassische Melodien von Glen Miller, dich mich nicht zum Tanzen inspirierten. Zudem schien Evan alle Gäste persönlich zu kennen. Wir kamen kaum voran. Ich wurde einer Reihe Personen vorgestellt, deren Namen ich im nächsten Moment schon wieder vergessen hatte.

Wie bereits auf der Miller Gala, gab es eine überwiegende Zahl an alten Herren, die mir einen Handkuss schenken und ihre Blicke in meinem Ausschnitt versenkten. Ich fühlte mich unwohl und bat Evan mich an unseren Tisch zu bringen.

„Ich muss nur schnell Edda Godwin begrüßen", entschuldigte sich Evan, nachdem er mir den Stuhl zurechtgerückt hatte und ein Glas Champagner vor die Nase gestellt hatte. Dann verschwand er in der Menschenmenge.

„Die atemberaubendste Frau des Abends und so alleine?" Ein paar unfassbar blaue Augen blickten in meine. Ich war zu baff, um etwas zu sagen. Der Unbekannte hatte eine unglaubliche Ausstrahlung, die mich auf Anhieb faszinierte. Nicht nur die leuchtenden blauen Augen, sondern der leicht italienische Akzent machten mich neugierig.

„Emilio Devonport, ich freue mich, Sie bei uns begrüßen zu dürfen. Carlotta ist meine Großmutter", stellte sich der Unbekannte vor und zog sich einen Stuhl heran.

„Sarah Weston", stellte ich mich steif und wenig originell vor.

„Jetzt beleidigen Sie meine Intelligenz Mrs. Weston. Natürlich weiß ich, wer Sie sind. Und das nicht nur, weil meine Großmutter von Ihnen in den höchsten Tönen schwärmt."

Er schenkt mir ein verschmitztes Lächeln, bevor er weitersprach: „Ich muss sagen, Carlotta hat recht. Sie sind die schönste Frau des Abends und Evan ist ein ziemlicher Dummkopf, wenn er Sie an einem Abend wie diesem alleine hier sitzen lässt."

Ich blickte mich unsicher im Raum um und wusste nicht, was ich darauf sagen sollte. In diesem Moment kam Evan zurück an unseren Tisch. Er wirkte wütend und ange-spannt.

„Emilio!", stellte er mit einem Unterton fest, der nichts Gutes verhieß. Man musste kein Hellseher sein, um zu wissen, dass Evan und Emilio keine Freunde waren.

„Evan, der Mann der Stunde!", spottete Emilio und sein Gesicht bekam einen fiesen Ausdruck.

„Das Essen wird gleich serviert, du suchst dir besser DEINEN Tisch!", sagte Evan unfreundlich und setzte sich neben mich. Tatsächlich stand Emilio auf und ging, nachdem er sich von mir mit einer angedeuteten Verbeugung verabschiedet hatte.

Weitere Gäste strömten an die Tische. Es wurde unruhig im Saal. Carlotta schwebte am Arm eines attraktiven Mittsiebzigers in den Saal und wurde mit Applaus begrüßt. Ein unbekannter Mann hielt eine Lobrede auf Carlotta und gab uns einen kurzen Abriss ihres Lebens. Carlotta war in Italien geboren, hatte jung geheiratet und war früh verwitwet. Ihr zweiter Mann war ein englischer Offizier. Der leider auch früh gestorben war. Trotzdem hatte Carlotta in beiden Ehen fünf Kinder zur Welt gebracht und das gesamte Erbe ihres zweiten Mannes inklusive des großen Jugendstil Hauses in Kensington geerbt. Sie war eine „Grand Dame" der Londoner Gesellschaft und hatte eine Stiftung zur Unterstützung einkommensschwacher Großfamilien gegründet.

Das Buffet bestand aus eher bodenständigen Gerichten der italienischen Küche, die allesamt zu Carlottas Leibspeisen gehörten und ihre Bescheidenheit unterstrichen. Es gab eine Auswahl an luftgetrocknetem Schinken, Melonenschiffchen und klassische italienische Vorspeisen wie Tomaten und Mozzarella. Ein weiteres Buffet bot Nudeln in allen Varianten und die berühmten Salbeischnitzel. Ich freute mich vor allem auf das Süßspeisen-Buffet mit Tiramisu und handgemachter Eiscreme. Insgesamt fand ich es erfrischend, dass Carlotta mit der Etikette brach, und das auf den Tisch brachte, was sie selbst am liebsten aß und nicht ein überteuertes Galamenü bereitstellte, bei dem sich die Tische bogen und am Ende die Hälfte weggeworfen werden musste, weil die exotischen Gerichte und feudalen Aufbauten keine Abnehmer fanden.

Evan und ich nahmen uns reichlich von den Nudeln, und gaben dem ausgezeichneten italienischen Rotwein den Vorzug gegenüber dem üblichen Champagner. Die Band spielte zum Dessert und ich konnte mich nicht entscheiden, ob ich lieber tanzen oder mir noch etwas von dem Tiramisu holen wollte.

Evan löste mein Dilemma, in dem er mich zum Tanzen aufforderte und zu bedenken gab, dass die Musiker sicher noch eine Runde Swing spielen würden, den wir beiden nicht mochten und wir dann immer noch das Dessertbuffet stürmen konnten.

Ich schmiegte mich in Evans Arme und wir drehten uns in einem perfekten Wiener Walzer im Kreis. Obwohl Evan nicht, wie mein Bruder Kyle und ich, schon als Kind Tanzstunden bekommen hatte, tanzte er wie ein Profi und ich fühlte mich absolut sicher in seinen Armen. Emilio stand am Rand der Tanzfläche und sah uns zu. Die Blicke, die er mir zuwarf, waren unverschämt und immer wieder deutete er an, dass er den nächsten Tanz mit mir tanzen wollte. Ich würdigte ihn keines Blickes und gab vor, ihn nicht zu sehen. Trotzdem blieb er am Rand stehen und ließ mich nicht aus den Augen. Wie ein Raubtier fixierte er mich. Es wurde langsam unangenehm. Evan entgingen Emilios aufdringliche Blicke ebenfalls nicht. Er drehte mich schneller und schneller im Kreis. Ich konnte förmlich sehen, wie wütend er wurde.

„Evan!", keuchte ich außer Atem, „mir wird schwindlig. Lass dich doch nicht von Emilio provozieren."

„Wie der dich anschaut, als wärst du sein Eigentum. Er sieht doch, dass du mit mir hier bist."

„Evan bitte. Ich gehe jetzt zu ihm und sage, dass er mich bitte in Ruhe lassen soll."

„Ha! Das hätte er gerne. Aufmerksamkeit. Du wirst einen Teufel tun und dem Kerl noch hinterherlaufen. Das ist es doch, was er will. Eine Reaktion einfordern."

„Und das was du machst ist keine Reaktion? Ihm deutlich zu zeigen, wie rasend eifersüchtig er dich macht?"

„Du hast recht. Möchtest du etwas trinken? Ich denke, wir sollten eine kleine Pause einlegen und uns auf der Terrasse etwas abkühlen."

„Jetzt ist mir nach Champagner!", erwiderte ich lachend.

Kurze Zeit später standen Evan und ich Arm in Arm auf der Veranda und blickten in den Nachthimmel. Aus den Lautsprechern der Champagner Bar, die extra auf der großen Außenterrasse aufgebaut worden war, drang leise Musik. Fahrstuhlmusik, wie Evan das nannte, was allgemein unter Lounge Musik oder Café de Paris bekannt war.

Es war tatsächlich sehr entspannend dem Andrang drinnen zu entfliehen und mit einem kühlen Glas Champagner in der Hand, in den großen, barocken Garten zu blicken.

„Gefällt er dir?"

„Wer?"

„Emilio. Über was habt ihr geredet?"

„Evan! Ich habe mit Emilio über gar nicht geredet. Er kam an den Tisch und stellte sich vor und dann kamst auch schon du!"

„Es macht mich verrückt, wie dieser Kerl dich angesehen hat. Seine Augen haben fast den Reißverschluss deines Kleides geöffnet. Zumindest hat er dich so gierig angeblickt, als wärst du nackt."

Evans Kiefer mahlten. Ich hatte ihn noch nie so angespannt gesehen. Unter uns lag der nächtliche, großzügige Garten. Es gab ein kleines Heckenlabyrinth und zahlreiche Putten aus Gips, die die geschotterten Wege säumten.

„Wollen wir ein paar Schritte gehen?", fragte Evan und stellte sein Glas auf einen der Stehtische ab.

„Das klingt ziemlich romantisch", sagte ich grinsend und reichte ihm meine Hand.

Wir liefen über den akkurat geschnittenen Rasen und überquerten die kleine Holzbrücke die einen künstlichen Graben überspannte. Hier gab es ein kleines sechseckiges Teehaus, das als Wintergarten fungierte und voll mit Zitronenbäumen stand. Evan öffnete leise die Tür und schob mich hinein.

„Wir können hier doch nicht einfach so einbrechen", protestierte ich.

„Die Tür war offen, oder?", sagte Evan grinsend und fing an mich zu küssen. Er schob mich weiter und drängte mich in den kleinen Raum, bis ich gegen den kleinen Teetisch stieß und nicht weiter ausweichen konnte.

„Evan! Wenn uns jemand sieht!", flüsterte ich heißer an seinen Lippen, während ich gierig seinen Kuss erwiderte.

Evan schien meine Einwände nicht zu teilen und drängte mich noch weiter zurück, bis ich schließlich nicht anders konnte und auf dem Tisch saß, während Evan anfing meinen Rock nach oben zu schieben.

„Hier ist es sicher staubig. Ich werde mir mein Kleid ruinieren!", flüsterte ich besorgt.

„Dann zieh es doch aus!", grinste Evan und knabberte weiter an meinem Ohrläppchen. „Allerdings hatte Carlotta heute Nachmittag, wie an jedem ihre Geburtstage, eine Teeparty mit ihren Freundinnen. Ich wette, der Raum wird seit Wochen geputzt und gewienert."

Inzwischen war es Evan gelungen mir das Kleid bis zu den Hüften hochzuschieben, er drängte sich zwischen meine Schenkel.

„Wir können doch nicht....", meine Stimme versagte, als Evan seine feste Erektion gegen meine pochende Mitte drängte. Verdammt.

Ich hörte in der Dunkelheit, wie er seinen Gürtel öffnete und wie er den Reißverschluss seiner Hose herunterzog. Dann das Rascheln von Stoff, der auf den Boden fiel. Ich war inzwischen so erregt, dass ich alle Einwände über Bord warf und als Evan mir schließlich das Höschen abstreifte und in mich eindrang, schob ich meine Hände gierig in sein Haar und zog ihn zu mir herab, um ihn stürmisch zu küssen.

„Dreh dich um!", flüsterte Evan erregt an meinem Ohr.

Evan schob mich leicht von sich, um mir Platz zu machen. Ich kletterte vom Tisch, der nicht besonders stabil gewesen war, und drehte Evan den Rücken zu. Er raffte den Rock meines langen Kleides zusammen und schob ihn nach oben, ich griff nach der Schleppe und schon drängte sich Evan kräftig von hinten gegen meinen Körper. Er drang leidenschaftlich und kraftvoll in mich ein, während ich mich ihm entgegendrängte. Es erregte mich, wie ungezügelt Evan tiefer und tiefer in mich stieß, als ich mich weiter nach vorne beugte und mich ihm gierig anbot. Wir fielen in einen schnelleren Rhythmus und bald schlugen die Wellen der Ektase über uns zusammen. Ich schrie keuchend seinen Namen, als ich kam und schließlich hörte ich auch Evans unterdrückten Schrei, und spürte, wie sich seine Finger kraftvoll in meine Hüften krallten.

Es war nicht leicht, wieder zurück zur Party zu gehen und so zu tun, als wäre nichts geschehen. Mein Kleid hatte, wie durch ein Wunder, keine Schaden davon getragen, obwohl ich mir sicher war, dass der Rock eingerissen war, konnte man keinen Riss sehen. Meine Frisur hatte allerdings etwas gelitten und mein Make-up benötigte dringend etwas Puder, ich war verschwitzt und hatte knallrote Wangen. Evans Frisur war ebenfalls etwas derangiert und sein Gesicht strahlte wie ein Scheinwerfer. Wir schlenderten Hand in Hand zurück durch den Garten und liefen auf die große Terrasse zu, auf der inzwischen einige Gäste an der Champagner Bar standen, um sich nach dem Tanzen abzukühlen. Ganz vorne an der Balustrade stand Emilio und schien den Garten nach uns abzusuchen.

„Es tut mir leid, wenn ich dich überrumpelt habe", sagte Evan und drückte fest meine Hand, während wir auf die große Außentreppe zusteuerten, „aber ich musste einfach wissen, dass du zu mir gehörst."

„Ah, dann hast du eben dein Revier markiert?", fragte ich augenzwinkernd.

„Kann sein!", gab Evan zerknirscht zu.

„Hast du mich deshalb von hinten genommen? Eine Unterwerfungsgeste?", fragte ich lachend.

„Deshalb, und weil mich dein Hinterteil in diesem Kleid einfach um den Verstand bringt, du kleine Möchtegern-Psychologin!" Evan zwickte mich übermütig in die Seite und ich schrie überrascht auf.

Jetzt hatten wir endgültig die neugierigen Blicke der Gäste auf der Terrasse auf uns gezogen. Wie immer, fiel ich auf. Nicht durch Glamour, sondern weil ich mal wider die Etikette durchbrochen hatte. Aber diesmal war ich nicht alleine, ich hatte Evan bei mir. Und das fühlte sich fabelhaft an.

Homestory

Ich hatte noch nie in meinem Leben ein Interview gegeben. Jetzt saß ich hier mit Evan, auf seiner Couch, und versuchte, wie Kate Middleton bei der Bekanntgabe ihre Verlobung zu gucken, was mir nicht gelang. Ich hatte mir ein royalblaues Prinzesskleid angezogen und trug das goldene Armband von Evan. An meinem Finger steckte ein eher unauffälliger Ring, den ich mir selbst vor einiger Zeit an einem Stand auf dem Flohmarkt gekauft hatte. Der schmale Goldreif mit dem kleinen funkelnden Stein, passte hervorragend zu meinem Outfit und dem exklusiven Armband. Ich hatte nichts dagegen, wenn der kleine Ring Raum für Spekulationen ließ.

Während Sallys Fotograf zum x-ten Mal das Licht checkte wuchs meine Aufregung.

Endlich stellte Sally ihr Diktiergerät auf den Tisch, und endlich stellte sie ganz professionell ihre erste Frage:

„Mr Winterfields, Sie haben sich gestern zum ersten Mal in Begleitung von Sarah Weston gezeigt und damit gleichzeitig Ihre Beziehung bekanntgegeben. Wie kommt es, dass Sie Sarah so lange vor uns versteckt gehalten haben?"

„Nun, natürlich wollte ich Sarah so lange wie möglich schützen. Ich führe ein Leben in der Öffentlichkeit. Es ist schwer für mich, vor die Tür zu gehen, ohne von Fotografen umringt zu sein. Ich wollte ihr noch etwas Ruhe gönnen, der Trubel kommt früh genug."

„Und warum war jetzt genau der passende Zeitpunkt?"

„Nun, ich kann Sarah ja nicht ihr ganzes Leben in meinem Elfenbeinturm gefangen halten", sagte Evan und lächelte mich an. Der Fotograf schoß ein weiteres von gefühlt 100 Bildern, die er bereits von uns gemacht hatte.

„Sarah Weston, wie lange kennen Sie und Mr Winterfield sich schon?", fragte Sally jetzt professionell.

„Oh, wir kennen uns schon, seit wir Kinder sind", sagte ich emotional und strahlte Evan an. „Evan war der Star der Cricket Mannschaft an unserer Schule und ich nötigte meinen Zwillingsbruder Kyle, der Cricket Mannschaft beizutreten, damit ich Evan kennenlernen konnte. Er hatte schon damals so blaue Augen und ich war verliebt über beide Ohren!", sagte ich aufgewühlt und strahlte Evan an.

„Nein, nein, das war ganz anders!", mischte sich Evan ein. „Kyle und ich waren zusammen in der Cricket Mannschaft, das stimmt. Aber ich bat Kyle, mich zu sich nach Hause einzuladen, weil ich seine Schwester kennenlernen wollte. Ich war derjenige, der verliebt war, seit ich Sarah das erste Mal auf der Tribüne gesehen hatte, wo sie ihrem Bruder zugejubelt hatte. Und ich habe mich nie getraut, es Sarah zu gestehen."

Ich sah Evan verblüfft an. „Das höre ich zum ersten Mal."

„Das wollte ich dir ja auch eigentlich nie verraten!", grinste Evan.

„Ihr seid ja purer Zucker!", lachte Sally. „Wenn ihr so weiter macht, muss ich bei nem Groschenroman anheuern." Sie hatte ihr Diktiergerät kurz ausgeschalten und grinste uns beide verschmitzt an. „Würde es Euch etwas ausmachen, wenn wir die Szenerie ändern? Vielleicht könntet ihr Euch etwas legerer kleiden und wir wechseln an den Tresen in der Küche? Unsere Leser würden Euch natürlich gerne in kleinen intimen Momenten sehen, wenn Evan dir zum Beispiel Kaffee kocht", schlug Sally vor.

Wir stimmten zu und gingen uns umziehen. Ich wechselte das Kleid gegen Jeans und meinen roten Mohairpullover mit dem tiefen Ausschnitt im Rücken. Evan zog die Krawatte und das Sakko aus und schlüpfte ebenfalls in eine Jeans. Dann nahmen wir locker am Tresen Platz und Evan machten für Sally und mich Kaffee. Der Fotograf experimentierte mit dem Licht. Weitere 100 Fotos wurden geschossen. Langsam verunsicherte mich der Typ, der wie ein Satellit um unsere Köpfe kreiste. Sally war inzwischen in Höchstform.

„Mr Winterfield, wir kennen Sie nur als Strahlemann auf dem roten Teppich, heute erlebe ich Sie zum ersten Mal in ihrem privaten Umfeld. Sind Sie ein Hausmann?"

Evan lachte überrascht auf: „Ich genieße es sehr, wenn ich die Zeit habe, zuhause zu sein. Bei einem 14-Stunden Tag ist es schwer sich auch noch um den Haushalt kümmern und selbst zu kochen. Meist muss ich auf den Roomservice zurückgreifen oder wir gehen in ein Restaurant. In letzter Zeit hat mich Sarah aber immer öfter mit einem köstlichen selbstgemachtem Menü überrascht. Sie ist eine hervorragende Köchin und ich genieße solche Momente ungemein. Mein Part beschränkt sich da eher auf das Frühstück den Kaffee."

Sally nickte zufrieden und sah sich im Raum um.

„Ich denke, ich hätte dann alles, aber wir würden gerne noch Fotos von der Wohnung machen. Evan, dürften wir dein Schlafzimmer und das Bad fotografieren?"

„So hatten wir das ja ausgemacht. Ich führe Euch rum."

Evan stand auf und wies Sally den Weg ins Schlafzimmer, während ich ihnen hinterher spurtete und meine Klamotten vom Bett klaubte. Die Betten waren noch nicht gemacht, ich versuchte, die Bettdecken zu glätten.

„Bitte nichts aufräumen Sarah. Das ist doch genau was unsere Leser wollen, etwas aus dem Leben gegriffen. Sonst kann ich gleich ein Hotelzimmer fotografieren."

Ich räumte meine Sachen in den Schrank und überlies Sally die Bettdecke mit dem verknitterten weißen Bezügen. Sally schaffte es, die Decke in genau der richtigen Art von „Schlampig" zu drapieren. Dann schoß der Fotograf ein Bild. Im Bad durfte ich ebenfalls nichts verändern. Lediglich mein offener Lippenstift wurde noch etwas werbewirksamer herausgedreht. Wieder wurde ein Bild gemacht. Als ich anbot, mir die Lippen nachzuziehen, quietschten beide vor Vergnügen. Ich legte zum Schein Rouge auf und schminkte mich, während der Fotograf vor Begeisterung nicht mehr zu halten war und Sally vor Freude in die Hände klatschte. „Die Bilder werden so mega. Die Leute werden austicken!", schrie Sally zufrieden.

Evan hatte inzwischen seinen Anzug zurück in den Kleiderschrank gebracht und präsentierte Sally ein perfekt aufgeräumtes Ankleidezimmer. Als sie etwas lustlos auf die hohen, weißen Schrankfronten blickte, öffnete er für sie eine der riesigen Schiebetüren und ließ sie einen Blick auf seine Anzüge werfen.

„Fifty Shades of Grey?", kommentierte Sally belustigt und zog grinsend eine Augenbraue in die Höhe.

Evan, der sich mit verschränkten Armen vor Sally aufgebaut hatte, schenkte mir einen schelmischen Blick. „Bisher musste ich noch keine Frau an mein Bett fesseln, damit sie bei mir bleibt!", konterte er frech und Sally prustete los.

„Das wird unsere Leser freuen!"

„Ein Wort davon in der Zeitung, und du bist tod, Sally", grinste Evan.

„Ich weiß!", kicherte Sal. „Aber den Satz bekomme ich nicht mehr aus meinem Schädel." Sie lachte inzwischen richtig. „Das wird mein persönliches Highlight!"

„Sal? Ich warne dich!" Evan hatte die Hände inzwischen in die Hüften gestemmt und ging breit grinsend auf Sally zu.

Der Fotograf und ich suchten das Weite, und ließen zu, dass Evan Sally durchkitzelte, bis sie japsend versprach keinen Ton davon im Interview zu erwähnen. So oder so. Der Artikel wurde Sallys großer Durchbruch und danach würde sie sich vor Aufträgen nicht mehr retten können.

Cornwall

Mit Evan im Auto zu sitzen und die Landschaft an den getönten Scheiben des SUV vorüberziehen zu sehen, war herrlich. Diese neue Art der Freiheit fühlte sich an wie ein Rausch. Zehn Tage ohne Bodyguards und mit unserem eigenen Auto. Was für andere Menschen ganz normaler Alltag war, fühlte sich an, wie das Paradies.

Wir hatten die Paparazzi in London mit einem geschickten Manöver in die falsche Richtung gelenkt. Sie fuhren jetzt hinter Emma und Alistair her, die in Evans Sportwagen nach Edinburgh düsten und von Cooper und Maxwell in einer schwarzen Limousine abgeschottet wurden. Es war beinahe zu einfach gewesen. Sie hatten den Köder geschluckt und wir konnten nur wenige Minuten später völlig unbehelligt nach Cornwall reisen. Ich fühlte mich frei und streckte übermütig die Arme aus dem fahrenden Auto in die kühle Frühlingsluft.

Evan lenkte den Wagen souverän, wie immer. Er war ein versierter Fahrer, der vorausschauend fuhr. Ich hätte noch Stunden mit ihm fahren wollen. Viel zu schnell erreichten wir den kleinen Ort Marazion gegenüber dem malerischen Felsen, St. Michael's Mount, wo Evan für uns ein Zimmer gebucht hatte.

Das Godolphin Arms war ein liebevoll geführtes Boutique Hotel mit traumhaften Mottozimmern. Evan hatte uns das „Sea View" gebucht und ich war vor Verzückung sprachlos. Wir hatten eine eigene Terrasse, die hinaus aufs

Meer blickte und somit direkt vor St. Michael's Mount lag. Man hatte das Gefühl, dass man nur die Hand ausstrecken musste, um die kleine Insel mit der berühmten Burganlage zu berühren. Die liebevolle Einrichtung des Zimmers, war so geschmackvoll und strahlte eine Ruhe aus, die sich sofort wie ein heilendes Pflaster auf die Anstrengungen der letzten Wochen legte. Erst als ich die Schuhe von den Füßen streifte, um die Matratze zu testen, wurde mir bewusst, wie ausgelaugt ich mich fühlte. Ich lag auf dem Bett und betrachte Evan, der die großen Flügeltüren der Terrasse öffnete und hinaus in die Strahlen der Nachmittagssonne trat. Ich sah, wie sein Brustkorb sich hob und senkte, als er mit weit geöffneten Armen die frische, kalte Luft tief in seine Lungen einsog.

Ein Vorgang, so normal und doch so unerreichbar für uns. Das Fenster zu öffnen, uns auf der Terrasse zu zeigen, war in Evans Apartment einfach nicht möglich. Wir saßen im goldenen Käfig und obwohl Luft durch die Gitterstäbe drang, glaubte ich an manchen Tagen zu ersticken.

Evan kam zurück in den Raum. Der Wind bauschte die Vorhänge und ungeachtet der Tatsache, dass die hereinströmende Luft noch zu kühl war, brauchten wir es nicht fertig, die Türen wieder zu schließen, und blickten sehnsüchtig nach draußen.

„Daran könnte ich mich gewöhnen", sagte ich schläfrig. Ich war müde von der Fahrt und Evan schien es nicht besser zu gehen. Er wirkte grau und abgespannt. Wir hatten diesen Urlaub so was von nötig.

„An was? An Cornwall oder an eiskalte, nach Fisch stinkende Luft?"

Er grinste aufmunternd.

„An uns. An einem geheimen Ort. Keine großen Galas, kein großes Haus. Nur du und ich. In einem Cottage an der Küste", sagte ich verträumt.

„Und du bist sicher, dass dir der Rummel und die Stadt nicht fehlen würden?"

„Kein bisschen. Ich möchte selbst für dich kochen, ich möchte arbeiten gehen, ohne mich ständig umsehen zu müssen, ich möchte einfach nur mit dir alleine sein, ohne das jeder Kuss auf einer Kamera mitgeschnitten werden kann und ohne dass jeder weiß WAS wir zum Frühstück essen und WANN wir es essen. Ich brauche weder den Luxus aus deinem Apartment, noch ständig neue Kleider. Ich brauche keine Galas und keine aufgedrehten Menschen die nichts außer Geld haben und denen es am Charakter mangelt."

„Wow!", entfuhr es Evan. „Ich könnte mir das traumhaft vorstellen. Na ja, für mich ist es kein Problem, im Homeoffice zu arbeiten, und ich müsste nur ab und zu mal nach London. Theoretisch könnten wir darüber nachdenken."

Ich hatte mich im Bett aufgesetzt.

„Theoretisch, müssen wir auch nicht so weit weg, wie nach Cornwall zumindest, so lange ich noch studiere."

Evan grinste. Dann nahm er meine Hand und küsste jeden einzelnen Finger.

„Du bist wirklich unglaublich. Mein Geld interessiert dich wirklich nicht. Hab ich recht? Es ist dir völlig egal."

„Natürlich nicht. Ich LIEBE dich Evan und nicht die schönen Dinge, die du mir kaufen kannst. Geld ist... ich weiß nicht. Eine Sicherheit. Aber ich brauche nicht viel. Du kennst mein Haus in London. Ich mag es spartanisch und Ökologie kommt vor Luxus. Ich würde lieber Schafe auf einer Farm in Schottland züchten, als noch einmal auf eine Miller Gala zu gehen! Ich würde alles Geld der Welt dafür geben, mit dir alleine zu sein. Es ist für mich Luxus, ein Fenster zu öffnen und auf eine Terrasse zu treten um dich dort im Mondschein zu küssen.", sagte ich ambitioniert.

Evans Augen wurden weich. Ich sah, wie sich ein kleiner See auf der Wasserlinie bildete, den er geschickt wegblinzelte, während er aufstand, um das Fenster zu schließen. Ich sah ihm zu, wie er gedankenverloren durch die bodentiefen Sprossenfenster hinaus aufs Meer blickte, als würde er mit etwas hadern.

Als er sich schließlich zu mir umdrehte, hatte sich der Ausdruck in seinem Gesicht verändert. Zögernd kam er zurück zum Bett und setzte sich neben mich, dann griff er meine Hand und knetete meine Finger.

„Es gibt da etwas, was ich mit dir besprechen möchte, Sarah", sagte Evan unsicher und fuhr dann fort: „Ich weiß, der Zeitpunkt ist ungünstig, aber wenn ich es jetzt nicht mache, dann platze ich vielleicht. Eigentlich weiß ich gar nicht, wann der richtige Zeitpunkt ist, vielleicht gibt es ihn gar nicht."

Er hielt eine Weile inne und blickte mir unsicher in die Augen. Die kleine Wasserlinie war bereits wieder angefüllt und ich wartete darauf, dass es eine Träne über den Rand schaffte, was nicht geschah. Evan griff in seine Jackentasche und holte eine kleine Schatulle hervor.

„Liebe Sarah, ich kann hiermit nicht mehr warten. Sicher hättest du einen Antrag mit roten Rosen, Champagner und einem Streichkonzert verdient und wenn du magst, dann holen wir das nach. Aber hier und jetzt halte ich es einfach nicht mehr aus. Dieses kleine Kästchen hat die ganze Autofahrt in meiner Jackentasche vibriert und ich sterbe auf der Stelle, wenn ich nicht weiß, ob du genauso fühlst wie ich. Ich mag nicht einen Tag, nicht eine Minute, nicht eine Sekunde ohne dich sein und ich kann nicht aufhören mich zu fragen, ob du meine Frau werden willst."

Mit diesen Worten streckte er mir den Ring in der Schatulle entgegen. Ich war sprachlos. In meinem Kopf war Leere, in meinem Bauch eine Horde Schmetterlinge. Mein Herz zerbarst in 100.000 Miniaturherzen und schlug so schnell, wie sie alle zusammen. Ich blickte zuerst auf Evan, dann auf den Ring und wieder auf Evan und konnte nicht sprechen.

Evan blickte mir noch immer fest in die Augen und wartete auf eine Antwort. Meine Stimme war brüchig, als ich schließlich sprach.

„Was? Ich meine... ich bin nicht sicher, ob ich dich richtig verstanden habe."

Ich musste mich verhört haben. Meine Phantasie spielte mir sicher einen Streich. Vielleicht war ich ja kurz vor Erschöpfung eingenickt?

Evan fasste erneut meine Hand, diesmal kniete er sogar vor mir nieder.

„Sarah Weston, willst du mich heiraten?", fragte er jetzt förmlich.

„Ich... ja, ich meine oh mein Gott. Ich... Evan!"

Irgendwie war ich verwirrt. Sein trauriger Blick die ungeweinten Tränen in seinen blauen Augen und die komischen Andeutungen hatten mich zu einem völlig falschen Schluss kommen lassen. Ich hatte erwartet, dass er sich von mir trennen wollte. Mir war schlecht und ich bekam Kopfschmerzen.

„Ja, Evan! Ja, ja, ja!", sagte ich erneut, als er sich noch immer nicht bewegte und mir prüfend in die Augen sah.

Endlich stand er auf, nahm mich in die Arme. Wir küssten uns zunächst zärtlich, dann wurde Evan zunehmend leidenschaftlich und presste mich so fest an sich, dass ich glaubte, keine Luft mehr zu bekommen.

„Ich hatte so Angst, dass du ‚nein' sagst!", keuchte Evan, während er mich noch immer im Schraubstock hielt. Ich machte mich von ihm los und blickte ihn überrascht an. Seine Zweifel waren völlig neu für mich. Ich kannte Evan nur als toughen Geschäftsmann, der über Millionenprojekte entschied und den so schnell nichts aus der Ruhe brachte. Jetzt rollten ihm Tränen der Erleichterung über Wangen und tropften von seiner Nase auf mein Top.

„Evan Winterfield, ich liebe dich so sehr, dass es manchmal sogar weh tut. Und ich will nichts mehr, als deine Frau werden. Ja, ja, jajaaaaaa!", schrie ich unter Tränen und fühlte mich noch immer wie im Rausch.

Evans Körper umschloss mich wieder. Seine Arme passten komplett einmal um mich herum. Sein Gesicht war jetzt so nah bei meinem, dass ich die kleinen Sprenkel in seiner Iris erkennen konnte. Der Duft seines Aftershaves hüllte mich ein und die Wärme seines Körpers umgab mich wie ein schützender Kokon. Noch nie in meinem Leben hatte ich mich so geborgen gefühlt.

Als ich erwachte, lag ich in Evans Armen. Wir hatten eine gute Stunde vor Erschöpfung geschlafen. Draußen wurde es bereits Nacht und wir sahen die letzten Reste der blauen Stunde und die funkelnden Lichter der Burg auf dem St. Michael's Mount vor unserem Fenster. Ich kuschelte mich in Evans Arme und konnte mein Glück kaum fassen.

„Werden wir wirklich heiraten?", fragte ich schlaftrunken.

„Ja, Prinzessin. Das werden wir", hauchte Evan in mein Haar. „Auch wenn das vermutlich der schrägste Heiratsantrag der Geschichte war!", fügte er beschämt hinzu. Ich musste grinsen. Tatsächlich hatte es sich etwas holprig angefühlt. Ich schälte mich aus seinen Armen, um ins Bad zu gehen.

„Wir haben einen Tisch um halb acht im Restaurant! Du hast eine halbe Stunde, wird das reichen?", rief Evan mir grinsend hinterher.

„Zweimal!", schrie ich zurück und machte mich auf unter die Dusche. Die Zeit war verdammt knapp.

Im Restaurant waren wir fast die einzigen Gäste. An drei Tischen saßen Leute, was bei der Größe des Raumes aber kaum auffiel. Evan und ich bekamen einen liebevoll gedeckten Tisch mit echten Kerzen und einem romantischen Gesteck aus fliederfarbenen und weißen Rosen. Kaum dass wir saßen, brachte man uns Champagner in langstieligen Gläsern. Leise Musik spielte im Hintergrund und meine Augen begannen zu funkeln. Das war unser Verlobungsessen. Ich hatte mich in der Kürze der Zeit so chic gemacht, wie ich es vermochte, unter Anbetracht der

Tatsache, dass ich für Cornwall nur dicke Pullover, Wanderschuhe, dicke Socken und wetterfeste Kleidung eingepackt hatte. Das einzig elegante Teil, dass ich dabei hatte, war ein Neckholdertop aus rauchblauer Spitze, das ich für einen eventuellen Besuch im Theater mitgenommen hatte, auch wenn es für das Amphitheater in Penzance deutlich zu luftig war.

Evan hatte sich ebenfalls schick gemacht. Er war mir unter die Dusche gefolgt, wo wir unter Aufbringung all unserer Disziplin tatsächlich nur geduscht hatten, um es rechtzeitig zum Abendessen zu schaffen. Hätte uns nicht beiden der Magen geknurrt, wäre die Schaumparty sicher anders verlaufen.

Jetzt saßen wir uns gegenüber und Evan hielt albern grinsend den Ring über meine Champagnerflöte, den er sich, nach dem ich ihn anprobiert hatte, noch einmal ausgeliehen hatte.

„Eigentlich hatte ich geplant, ihn heimlich in deinem Glas zu versenken", sagte Evan jetzt und warf den Ring tatsächlich hinein. Ich sah zu, wie der Einkaräter auf den Boden des Glases sank und das Getränk zum Sprudeln brachte. Das war der Moment, in dem ich zum ersten Mal wirklich realisierte, dass es ihm ernst war. Ich kämpfte mit den Tränen.

„Du hast das alles geplant, nicht wahr?", stellte ich ergriffen fest.

„Natürlich!"

Sein Lächeln war umwerfend und es gehörte mir. Mir ganz alleine. Ich wusste nicht wohin mit meinen Gefühlen.

Meine Hände fingen an zu zittern und ich konnte die aufkommenden Tränen erneut kaum zurückhalten.

„Ich glaube, ich hätte mir die Augen ausgeheult und das Restaurant unter Wasser gesetzt und dann hätten wir Hausverbot bekommen und könnten jetzt hier nicht sitzen und essen. Danke für die Generalprobe!", sagte ich und versuchte mich an einem Lächeln, weil ich sonst wirklich vor Glück geheult hätte wie ein Kind unter dem Weihnachtsbaum oder eher wie eine Durchgeknallte in der Klapsmühle.

Evan griff über den Tisch hinweg nach meiner Hand. „Es hat mich ziemlich viel Vorbereitung gekostet, alles für dich perfekt zu machen, und am Ende habe ich es doch vermasselt. Ich hoffe, du kannst mir verzeihen", sagte Evan zerknirscht.

„Es ist mehr als perfekt!", erwiderte ich ehrlich. „Wann hast du das alles gemacht? Ich meine die Blumen, der Ring, das Hotel. Wie lange planst du das schon?"

„Ich weiß nicht. Schon sehr lange. Eigentlich wollte ich dich ab dem ersten Tag heiraten, aber ich hatte Angst, dich zu bedrängen und dass du ‚nein' sagen würdest, wenn ich uns nicht erst ein bisschen Zeit gebe. Irgendwie schien mir der Zeitpunkt perfekt. Und ich glaube, dass es keinen besseren Ort geben kann, als hier am Meer."

„Das stimmt. Es ist so unfassbar romantisch, dass ich jeden Moment Angst habe zu heulen und nicht mehr aufhören zu können."

Ich fasste mir an die Nasenwurzel und wischte eine feuchte Spur aus meinem Augenwinkel.

„Darf ich jetzt mein Glas austrinken und endlich meinen Ring anstecken?", versuchte ich es belustigt um meine Tränen niederzukämpfen, bevor ich tatsächlich das Restaurant unter Wasser setzte.

„Wenn du mich noch immer willst?"

Das brach den Damm. Ich schluchzte und heulte, trank schließlich mein Glas auf Ex, um endlich den Ring an meinen Finger zu stecken. Die Gäste am Nachbartisch hatten offensichtlich mitbekommen, dass hier gerade ein Antrag gemacht wurde und applaudierten. Das Restaurant hatte sich gefüllt, ohne das ich es bemerkt hatte. Ich hatte nur Augen für Evan und jetzt blickte ich auf den Solitär an meinem Finger und konnte die Tränen nicht aufhalten, die mir die Wange hinab liefen. Ich würde Evan Winterfield heiraten. Ich würde tatsächlich Evan Winterfield heiraten!

* * *

Die Sonne brach gerade durch den Horizont und ich war bereits wach. Evan und ich hatten uns die ganze Nacht geliebt und jetzt fühlte ich mich wie high und nichts konnte mich mehr im Bett halten. Ich blickte aus dem Fenster und öffnete schließlich die Terrassentür, um mich unbemerkt nach draußen zu zwängen. Die kalte Luft, die mir entgegenschlug, schmeckte salzig und roch nach Algen und Meer. Ich hielt mein Gesicht in die Brandung, die gegen die kleine Mauer unterhalb unserer Terrasse anlief und eine sprühende Gischt verursachte, die mir der Wind ins Gesicht peitschte.

Ich hatte mich noch nie so lebendig gefühlt, wie in diesem Moment. Ich spürte mit dem Daumen meiner linken Hand nach dem Ring der sicher und fest auf meinem Finger saß. Kein Traum – Sarah, das ist kein Traum. Benebelt von dem Glücksgefühl ging ich zurück ins Zimmer und kuschelte mich zu dem schlafenden Evan unter die Decke. Das Leben war wundervoll. In wenigen Wochen würde ich Mrs. Evan Winterfield sein. Mit diesem Gedanken schlief ich wieder ein, bis der Wecker uns erneut aus den Träumen riss.

Es gab nichts Schöneres, als am frühen Morgen über das Meer zu laufen, abgesehen davon den Morgen bei geöffneter Terrassentür mit Evan im Bett zu verbringen. Die Ebbe hatte eingesetzt und den Steg zum St. Michaels Mount frei gegeben. Jetzt liefen Evan und ich mit der ersten Gruppe hinüber zu der kleinen Insel. Es war ungewöhnlich und ich lief unwillkürlich schneller, weil ich Angst hatte, das Wasser könnte vor Ablauf der vorhergesagten sechs Stunden zurückkommen. Was natürlich völlig unmöglich war. Trotzdem fühlte ich mich behaglicher, als wir dem rettenden Ufer näher kamen und das Kreischen der Möwen, die in den Felsspalten wohnten, unerträglich laut wurde. Es roch nach Seetang und Algen als wir die winzigen, in den Fels geschlagenen Stufen nach oben stiegen, um die Burganlage zu besichtigen. Evan hatte für uns die erste Führung gebucht und es war unglaublich aufregend, mich mit ihm so frei bewegen zu können. In Cornwall nahm niemand Notiz von uns. Niemand kannte Evan oder hatte je seinen Namen gehört. Die Einwohner von Marazion hatten andere Sorgen. Sie waren den Gezeiten unterworfen und mussten ihr Einkommen meist in der warmen Jahreshälfte mit den Touristen verdienen. Manche lebten vom Fischfang, manche von der Gastronomie. Es gab kaum Industrie und die wenige Arbeit, die da war, wurde aufgrund der Automatisierung immer weniger. Roboter verrichteten immer häufiger die Aufgaben und auch die zunehmende Digitalisierung machte vor der Küste von Cornwall keinen Halt. Firmen vergaben Aufträge international, es wurde outgesourct, wo es ging.

Wir stiegen die gefühlten einhundert Stufen des St. Michaels Mount hinauf. Ich hatte mir vorgenommen, die Stufen beim Aufstieg zu zählen, wurde aber dank meiner mangelnden Fitness immer wieder von Verschnaufpausen unterbrochen und von Evans belustigten Kommentaren abgelenkt. Als wir den obersten Punkt der Treppenanlage erreicht hatten, wusste ich, warum ich die Strapazen auf mich genommen hatte. Die Fernsicht war sensationell und belohnte uns für den Kraftaufwand jeder einzelnen Stufe. Rosa glitzerte das Meer in der aufgehenden Morgensonne. Mein Herz wollte vor Glück zerspringen, als sich die Sonnenstrahlen langsam über das Wasser kämpften und die weißen Kreidefelsen in gleisendes Licht tauchten. Die Landschaft war so schön wie ein Aquarell. Pastelliges Rosé tauchte ein in das pfirsichfarbene Orange der Wasserspiegelung. Wir blickten auf die umliegenden Felsen mit den typischen grün bewachsenen Plateaus und den schroffen weißen Felsabbrüchen, die steil ins Meer führten. Bis zu unserer weiteren Führung hatten wir noch über eine

Stunde Zeit. Der Veranstalter bot für die morgendliche Gruppe ein Frühstück auf der Insel an. Evan hatte uns einen der begehrten Plätze reserviert. So saßen wir jetzt, mit Blick auf das sensationelle Schauspiel der Natur, im Innenhof der Burganlage und tranken Kaffee. Ein unter den gegebenen Umständen feudales Frühstück mit Eiern und Speck wurde zu frisch gebackenen Brot gereicht. Wenn man bedachte, dass sie jedes einzelnen Ei umständlich auf die Insel bringen mussten, dann konnte man den angebotenen Service durchaus als dekadent bezeichnen. Es war, wie Evan es gesagt hatte. Wir hatten uns ebenfalls das Recht erarbeitet uns etwas zu gönnen und gerade hier in Cornwall war der Tourismus oft die einzige Einnahmequelle der Einwohner. Ich sträubte mich gegen mein aufkeimendes schlechtes Gewissen und griff beherzt zu. Die Brotzeit tat uns nach dem Fußmarsch besonders gut. Nie hätte ich gedacht, dass wir in dieser Jahreszeit im Freien frühstücken würden. Schon gar nicht mit Evan. In unserem goldenen Käfig in London waren uns derartige Freuden verwehrt, und einmal mehr begann ich die Situation in London zu hassen.

Die Besichtigung der Burganlage war lustig und besonders aufschlussreich gewesen. Ich hatte viel über alte Könige, Raubzüge, Schmuggler und das Dartmoor gehört. Aufgedreht und voller Eindrücke gingen wir zurück über den Steg, der das Festland mit der Insel verband. Hier und da bildeten sich bereits Pfützen im Meeresboden, die schlammig vor sich hin sickerten. Der mit Kopfsteinpflaster belegte Weg, war nach wie vor trocken und bot keine

Gefahr. Trotzdem war ich erneut angespannt, als wir zurück über den Steg gingen, und war froh als das Godolfins Arms näher und näher kam. Die letzten Meter musste ich mich zusammenreißen, um nicht zu rennen. Die Sonne stand bereits hoch am Himmel und das Wasser zeigte sich immer mehr in glitzernden Pfützen, die die Sonne golden reflektierten.

Kaum waren wir in unserm Zimmer, eilte ich auf unsere Terrasse, um dem Naturschauspiel zusehen. Ich hatte ewig nichts mehr auf Instagram gepostet. Doch heute hatte ich Lust, meinen Followern den Anstieg des Meeresspiegels zu zeigen. Zuerst hatte ich nur ein Bild pro Stunde geschossen. Jetzt knipste ich im Abstand von zehn Minuten. Ich experimentierte mit dem Blickwinkel und probierte verschiedene Filter. Diese atemberaubende Landschaft bot unzählige Möglichkeiten. Ich konnte mich nicht entscheiden, was ich schöner fand. Trotzdem fühlte es sich komisch an und ich wagte es nicht, ein Bild von unserem aktuellen Standort direkt ins Internet zu setzen - alles hatte sich verändert. Ich würde die Bilder erst nach meiner Abreise posten können. Zeitversetzt. Einen Moment rang ich mit mir, schob dann die Entscheidung auf.

Evan hatte die Idee, den Ort zu erkunden und ich war froh, dass er meine sorgenvollen Gedanken vertrieb. Ich freute mich darauf, Hand in Hand mit Evan durch die romantischen, engen, kleinen Gassen zu schlendern. An einem Ort, wo uns keiner kannte und wir einfach nur Evan und Sarah sein konnten. Ein Paar, dass soeben seine Verlobung gefeiert hatte und einen romantischen Urlaub zu zweit genoss.

Das Kings Arms war das einzige Pub in dem winzigen Ort Marazion. Wir waren den ganzen Tag auf den Beinen gewesen und jetzt brach die Dunkelheit über uns herein. Statt in unser gegenüberliegendes Hotel zu gehen, bestimmte Evan, dass wir heute den hiesigen Pub ausprobieren sollten. Es ging ihm wie mir. Wir wollten die neu gewonnene Freiheit so weit wie möglich auskosten.

Die Wärme des völlig überheizten, kleinen Raumes schlug uns wie eine Decke entgegen. Warm einlullend, tröstlich. Die vom Guinnessgeruch geschwängerte Luft bildete die typische Pubatmosphäre, die ich so sehr liebte. Essensgerüche waberten durch die Luft. Stimmengewirr vermischte sich mit leiser Musik, die aus altersschwachen, kratzigen Lautsprechern an unser Ohr drang. Ich liebte das Kings Arms ab der ersten Sekunde. Wir fielen direkt am ersten Tisch ein und Evan kämpfte sich zur Bar durch und holte uns jeweils ein Pint. Ich hatte nichts bestellt aber wie immer, wusste er genau, was ich wollte. Manchmal erschreckte es mich, wie gut er mich kannte. Er brachte die Karte mit an den Tisch und wir entschieden uns beide für die gebackenen Mushrooms mit Kräuterdip, die ich so sehr liebte. Zur Hauptspeise wählte ich ein melted Brie Baguette und Evan tat es mir gleich. Erst als wir eine Weile saßen, wurde mir bewusst, wie hungrig und durchgefroren ich tatsächlich war. Wir waren seit den frühen Morgenstunden auf den Beinen und hatten die ganze Zeit im Freien verbracht. Unser Freiheitsdrang war zu groß, als uns von Kälte und Hunger davon abhalten zu lassen, die kleinen Gassen entlang der Küste entlangzuspazieren. Es war herrlich gewesen. Im Nachbarort hatte Evan mir eine handgestrickte Mütze gekauft und ich hatte mich mit Literatur aus der Umgebung eingedeckt. Daphen du Maurier hatte hier gelebt und der größte Teil ihrer Bücher und Kriminalromane spielte hier. Allen voran die bekannte Verfilmung des Buches ‚Rebecca‘, einer meiner absoluten Lieblingsfilme, stammte aus der Feder der berühmten Autorin.

Als unsere gebackenen Champignons gebracht wurden, stürzten wir uns hungrig darauf. Ich weiß nicht, wann ich zuletzt etwas so sehr genossen hatte. Zum ersten Mal in meinem Leben machte ich mir keine Gedanken darüber, ob Frittiertes zu viele Kalorien hatte, ob ich meiner Figur ein Bier zumuten konnte, oder ob es sich auf der Waage niederschlagen wird, das ich weißes Mehl in Form eines riesigen Baguettes gegessen hatte. Während ich einen der riesigen Pilze genüsslich in der Remoulade wälzte, sagte Evan das einzig Richtige:

„Du hast mich überzeugt. Wir kaufen ein Haus!"

Der Pilz, den ich noch eben zum Mund führen wollte, fiel mir vor Überraschung von der Gabel. Ich starrte Evan mit offenem Mund an.

„Wir sollten London den Rücken kehren. Ich wünsche mir, dass wir jeden Tag so genießen, wie wir ihn heute genossen haben. Fern ab vom Rummel der Großstadt und fern ab von Paparazzis und Co. Lass uns gemeinsam neu durchstarten Sarah! Ich will dich an jedem Tag so glücklich sehen wie heute, als dir der Wind das Haar zerzaust hat und die Sonne sich in deinen leuchtenden Augen spiegelte."

Ich war noch immer unfähig, etwas zu sagen, stattdessen fiel ich Evan um den Hals und weinte lautlos in seinen Kragen.

Das war es, was ich mir erhofft hatte, ein neues Leben. Ein Leben mit Evan und mir, in dem Auftritte in der Öffentlichkeit und die Verpflichtungen der Londoner High Society keine Rolle spielten.

Back to School

Der Campus der London Universtity war voller Studenten, die in alle Himmelsrichtungen davonstoben. Ich hatte mich im Vorfeld über die einzelnen Gebäudeteile und die Vorlesungsräume informiert. Jetzt musste ich feststellen, dass der Grundriss auf dem Flyer kaum der Realität des Campus entsprach. Ich hatte komplett die Orientierung verloren und wusste nicht, in welche Richtung ich gehen musste, um zu meinem Kurs zu kommen. Verdammt. Besonders dumm war, dass ich inzwischen deutlich zu spät dran war, um in Ruhe nach meiner Klasse zu suchen. Ich würde an meinem ersten Tag zu spät kommen. Mist! Peinlicher, verdammter Mist.

Ein Mädchen in meinem Alter stürmte an mir vorbei. Mir fielen ihre langen, karamellbraunen Haare und der schwingende, kurze Schottenrock auf. Dazu trug sie feste Schnürschuhe mit gestrickten Overknees. Ein Outfit, das mir auch gefallen würde, für das ich aber eindeutig zu schüchtern war. Ich mochte Menschen mit Stil, die einen Scheiß auf die aktuelle Mode gaben und sich nicht verbiegen ließen. Sie war mir sofort sympathisch.

„Hey, ähm sorry! Kannst du mir helfen?"

Ich versuchte, mit ihr Schritt zu halten, während sie keine Anstalten machte stehen zu bleiben.

„Wenn du dich beeilst, gerne. Ich muss meinen Kurs erwischen und vorher noch einen Coffee-to-go ergattern, sonst überlebe ich den Tag nicht!", sagte sie, ohne mich anzusehen.

„Ich suche den Psychologie Kurs!"

Jetzt fing ich mir doch einen Seitenblick von ihr ein.

„Dann renn mir nach! Wir haben das gleiche Ziel", schrie sie in meine Richtung. Und fing tatsächlich an zu joggen. Ich folgte ihr und fand mich wenig später am Tresen der Cafeteria wieder. Wir bestellten beide einen Cappuccino im Mitnahmebecher und einen Donut mit weißer Schokolade.

„Abigail!", stellte sich das Mädchen mit dem Thermo-becher auf dem „Jahrgangsbeste" stand, bei mir vor, als die Barista ihren Kaffee abfüllte. Ich schämte mich ein wenig, dass ich nicht an einen Mehrwegbecher gedacht hatte und mir einen der verpönten Pappbecher geben lassen musste.

„Freut mich. Ich bin Sarah!", sagte ich herzlich.

„Du hast dich also auch für Educational and Social Research eingeschrieben?"

„Ja!"

„Cool. Wir werden sicher viel Spaß haben, allerdings nur, wenn wir jetzt echt zusehen, dass wir in unseren Kurs kommen. Prof. Dunham ist ein ziemlich harter Brocken, man sollte ihn nicht verärgern."

Damit stürmte sie los und schon wieder musste ich auf-passen, mit ihr Schritt zu halten. Wir fielen in einen gemäßigten Trab und schon kurze Zeit später durch die Tür des Klassenraumes, in dem Psychologie gegeben wurde. Parker O'Neill hielt uns die Tür auf und rief Abigail hinterher, dass sie mal wieder rattenscharf aussah.

„Halt die Klappe O'Neill!", schrie sie ihm entgegen. Und ich musste grinsen.

„Parker O'Neill ist einer der Jungs, die noch immer in der Pubertät festhängen", sagte sie laut zu mir, wodurch sich ein weiteres Vorstellen erübrigte. Er würde noch früh genug erfahren, wer ich war und ich hatte keine Eile damit.

Wie selbstverständlich bot mir Abigail einen Platz in ihrer Reihe an. Jetzt saßen wir nebeneinander und ich fühlte mich fast so, als hätte ich bereits am ersten Schultag eine neue Freundin gefunden. Was aufgrund des grauenvollen Morgens, der hinter mir lag, ein echtes Highlight war.

Prof. Dunham, der mit auf Anhieb sympathisch war, war ein Mann in einem einfachen Tweed Sakko. Es gelang ihm, mir die Grundzüge der Psychologie so anschaulich zu vermittelte, dass ich sicher war, diesmal das Studium zu packen. Mit einem Mann wie Dunham, schien mir plötzlich das Thema gar nicht mehr so trocken und ich verlor meine Angst vor dem anspruchsvollen Stoff. Als die Glocke zur Pause läutete, konnte ich gar nicht glauben, dass die Stunde schon um war. Am liebsten hätte ich Professor Dunham noch ewig zugehört. Die Vorlesung war ungemein spannend und aufschlussreich gewesen. Das Semester hatte gerade erst angefangen und es lagen noch viele Wochen und Monate vor uns. Ich begann mich richtig darauf zu freuen. Ich studierte! Etwas das ich bis vor ein paar Tagen selbst noch nicht glauben konnte. Aber ich war hier, und jetzt war es Realität geworden.

Während des Mittagessens schlenderten Abi und ich über den Campus. Wir hatten uns einen kleinen Salat und eine Kürbiscremesuppe in der Mensa gegönnt und jetzt führte mich Abigail stolz herum, um mir alles zu zeigen. Sie war unglaublich nett und ich fragte mich, warum sie lieber mit mir abhing, als mit ihren Freundinnen.

„Du kennst ne' Menge Leute", stellte ich fest, als wir zum gefühlt hundertsten Mal stehenblieben, um mit jemanden über das Wetter, das schlechte Essen der Mensa oder über die Garderobe von Mrs. Tremblay zu lästern. Ich hatte Mrs. Tremblay, die Ethik unterrichtete und offensichtlich nur Selbstgestricktes trug, noch nicht kennengelernt und kannte bereits über zehn Geschichten, die Mrs. Tremblay als schrullige, alte Dame darstellten. Ich war gespannt.

„Hm! Das liegt daran, dass ich den einen oder anderen Kurs wiederholen musste. Ich bin hier das schwarze Schaf. Man kennt mich, aber die meisten vermeiden es näher mit mir befreundet zu sein. Als könnten meine schlechten Noten auf sie abfärben!", sagte sie bissig. Ich schielte auf Ihren Kaffeebecher. Jetzt machte das „Jahrgangsbeste" Sinn und entlockte mir ein schelmisches Grinsen.

„Dann sitzen wir ja im selben Boot. Ich habe schon mal ein Semester Wirtschaft studiert. An der Business School aber ich habe es hingeschmissen! Und meine Eltern und die Familie vor den Kopf gestoßen."

„Willkommen in meiner Welt, Sister!", sagte Abi sarkastisch. „Lass uns den Campus aufmischen. Das sind ein Haufen Spießer, die nichts außer der Karriere im Kopf haben."

„Und warum studierst du? Ich meine, geht es uns nicht allen um die Karriere? Welchen Sinn hätte es sonst, die Mühe auf sich zu nehmen?", fragte ich ehrlich interessiert.

„Mein Ziel ist es, die Welt etwas besser zu machen. Mit Bildung kann man viel erreichen, vor allem in den ärmeren Ländern oder für Kinder aus ärmeren Ländern. Ich möchte Lehramt studieren und dann ins Ausland gehen. Und du? Was ist mir dir?"

„Ich bin noch unsicher. Lehrer, eher nicht. Ich denke, ich suche mir lieber einen Job im sozialen Bereich. Aber ehrlicherweise, weiß ich noch nicht, wo es mich hinführt. Ich hatte gehofft, in den Kursen, den richtigen Impuls zu bekommen."

„Das wirst du, da bin ich mir sicher!", sagte Abigail liebevoll.

Tatsächlich war es nicht leicht gewesen, sich zu entscheiden. Die Arbeit mit den Kindern machte mir Spaß, ich wollte sie anleiten, ihnen Mut machen, aber die Fächer in der Schule waren mir zu wenig praxisbezogen. Ich suchte nach etwas, das sie im Leben weiterbrachte. Etwas, das gesunde Ernährung, fairen Umgang miteinander, Umweltschutz, Nachhaltigkeit und ökologisches Einkaufsverhalten unter einen Hut brachte. Noch hatte ich keine Ahnung, mit welchem Beruf sich das vereinen ließ. Vielleicht musste ich mich auch auf eines der Themen beschränken. Vielleicht aber auch, zog es mich nach dem Studium in eine ganz andere Richtung. Ich hielt es mir offen, weil ich es konnte. Das war der Luxus, den das Arrangement mit meinem Vater mit sich brachte. Er hatte Wort gehalten und unterstützte mich in allen Belangen rund um das Studium. Zu gerne hätte er mich in eine der schicken Eliteuniversitäten gesteckt, aber ich hatte ihm deutlich gemacht, dass ich es ohne Vitamin B und ohne gekauften Abschluss schaffen möchte und er hatte meiner Bitte nachgegeben. Und jetzt saß ich da. Ein ganz normales Mädchen, in einer ganz normalen Uni und niemand wusste, dass ich die Verlobte von Evan Winterfield war. Noch nicht! Noch musste ich mich weder auf das Ansehen meines Vaters, noch auf Evans Millionen reduzieren lassen. Hier durfte ich einfach Sarah sein, und das tat verdammt gut.

Die Tage in der Uni vergingen wie im Flug. Ich war bereits die dritte Woche hier und hatte in Abigail eine wahre Freundin gefunden. Wir waren unzertrennlich, und immer öfter ertappte ich mich dabei, wie ich Abis Kleidungsstil kopierte. Ich mochte ihre herrlich unkomplizierte Art und ihren lässigen Stil, der so gar nicht zu meiner sonst so femininen Art passte.

Seit Abigail wusste, dass ich nicht erkannt werden wollte, hatte sie mir eine Auswahl an Klamotten geschenkt, die sie aussortiert hatte. Darunter auch eine extrem große Sonnenbrille, im Stil von Coco Chanel mit der ich aussah wie ein Insekt. Ich machte sie zu meinem Markenzeichen und trug seit Kurzem einen messy Bun, lange Schlabberpullis und kniehohe Stiefel zur Jeans. Ich fühlte mich, wie die Studentin, die ich nun mal war, und konnte mich nicht zurückerinnern, wie es gewesen war, täglich im Kostümchen für Mr. Brothers zu arbeiten und Belangloses wie das Führen seines Fahrtenbuchs oder das Sortieren seiner Quittungen zu erledigen. Es erschien mir oberflächlich und falsch.

Das Verhältnis zu meinem Dad hatte sich um 180° gedreht.

Zum ersten Schultag bekam ich von ihm ein nagelneues Notebook, das mir in den Vorlesungen hervorragende Dienste leistete. Dad kaufte mir alle Bücher. Egal, wie oft ich ihm sagte, dass ich alles in der Bibliothek ausleihen konnte. Dad fand, ich brauchte mein eigenes Buch, in das ich Klebefähnchen und Notizen heften konnte. Er hatte recht behalten. Mit einem eigenen Buch, in das man Reiter kleben und wichtige Stellen mit dem Textmarker einfärben konnte, lernte es sich leichter. Ich bekam finanziell jede nur erdenkliche Unterstützung. Einmal in der Woche trafen wir uns zum Kaffee und sprachen über alles was mich rund um das Studium bewegte. Und nicht nur das. Regelmäßig erkundigte sich Dad auch nach Evan und fragte mich, ob ich auch wirklich glücklich war. Es war großartig. Dass mein alter Herr mir eines Tages das Gefühl geben würde, dass ich es wirklich bis nach oben schaffen konnte, war neu und zugleich wunderschön für mich. Endlich fühlte ich mich angenommen. Endlich durfte ich, ich selbst sein.

Abgesehen davon, dass ich regelmäßig heimlich aus dem Haus schleichen musste, um nicht von den Fotografen entdeckt zu werden, führte ich ein ganz normales Studentenleben. Noch hatten Evan und ich unsere Verlobung nicht bekannt gegeben. Es war unser kleines Geheimnis. Wir hatten noch keinen Plan wann und wo wir es verkünden wollten. Wenn meine Mutter davon Wind bekam, hätten wir keine ruhige Minute mehr. Das alles musste warten. Evan hatte Sally ein exklusiv Interview versprochen. Und das würden wir halten. Verbunden mit einer Homestory würde das für Sally der Durchbruch ihre Karriere werden. Sie würde mit einem Fotografen eine Fotostrecke von Evans Apartment schießen. Die ersten Fotos überhaupt aus Evans Privatleben. Aber das wollten wir erst angreifen wenn wir ein neues Haus gefunden hatten, das unser Rückzugsort sein würde, und Evan sein Apartment zum Verkauf anbot. Bis dahin würde unsere Verlobung geheim bleiben und die Hochzeitsplanung ebenfalls. Es war nur schade, dass ich es Dad nicht sagen konnte. Ich freute mich schon heute darauf, ihn endlich ins Vertrauen zu ziehen.

Meine Mutter sah meinen neuen Treffen mit Dad nur skeptisch entgegen. Ich denke, sie war sogar eifersüchtig auf unsere neue Vertrautheit. Jahrelang hatte sie versucht, mich in ihr falsches Rollenbild zu zwingen, und war am Ende selbst gescheitert. Ihre eigene Ehe bestand nur noch auf dem Papier. Ich wusste von Dad, dass er sich mit Mom langweilte. Sie war optisch noch immer die Grand Dame des Hauses, aber die Inhalte ihrer leeren und einstudierten Sätze ermüdeten ihn. Sie hatte keine eigenen Interessen, abgesehen davon, sich in der Öffentlichkeit zu präsentieren. Dad hatte sich durch seine Arbeit in der Politik weiterentwickelt, aber sie war „das junge, dumme Huhn" geblieben, wie mein Vater sich ausdrückte, das nichts dazugelernt und dabei noch die Hälfte vergessen hatte. Nicht, dass sich meine Mutter nicht um die neuesten Nachrichten kümmerte. Sie las jeden Tag die Zeitung und war durchaus in der Lage, einem Gespräch über das aktuelle Weltgeschehen zu folgen. Allerdings fehlte es ihr an einer eigenen Meinung, die sie sich schon deshalb nicht bildete um niemanden auf die Zehen zu treten. Sie war so angepasst und allzeit bereit ihr Fähnchen nach dem Wind zu drehen, dass man ihrer bald überdrüssig wurde.

Meine Wiederaufnahme des Studiums hielt sie für Zeitverschwendung. Sie hatte noch immer Angst, ich könnte die Chance auf den Traumschwiegersohn verspielen, wenn ich mich zu wenig um Evan kümmerte. Dabei platzte Evan vor Stolz und genau wie mein Vater, legte er alles daran, mich zu unterstützen. Er hielt mir den Rücken frei, wo er nur konnte. Evan half mir einen Lernkreis zu organisieren und fragte mich ab dem ersten Tag für meine Klausuren ab. Ich war angekommen. Ich fühlte mich richtig, dort wo ich war.

Abigail

Abigail und ich, machten wie immer den Campus unsicher. Ich hatte mich endlich eingewöhnt und wusste, wann ich in welchem Hörsaal zu erscheinen hatte, und welcher Dozent welches Fach gab. Das war ein Fortschritt, nachdem ich wochenlang noch immer mit dem Plan in der Hand durch die Flure geirrt war, auf der Suche nach meinem Kurs.

Sally fehlte mir und unser Schulprojekt und auch die Kinder der Lesegruppe, die ich nach nur einem halben Jahr hatte aufgeben müssen. Immerhin hatten wir es auf acht Bücher gebracht und konnten schon bald von bebilderten Büchern zu richtigen Jugendbüchern wechseln. Obwohl die Kinder fast noch zu jung waren, hatten wir die Biene Maja gelesen. Nicht als Comic sonder als Buch, wie von dem einstigen geistigen Vater erdacht. Es folgte Dolly, die Enyd Blyton Reihe, die vor allem die Mädchen verschlungen. Auf vielfachen Wunsch der Kinder hatten wir zum Schluss noch mit Harry Potter angefangen. Ein Buch, dass ich erst nach Rücksprache mit den Eltern und der Schulleitung zugelassen hatte. Natürlich waren alle Eltern mit ihren Kindern bereits in den Kinofilmen gewesen. Gruseliger wurde es im Buch auch nicht.

Nach und nach wuchs in mir der Wunsch, mich tatsächlich im Lehramt zu bewerben. Die Pädagogik war zu meinem Lieblingsfach geworden, gleich nach der Psychologie, die in ihrer Thematik immer wieder Parallelen aufwies. Ich wusste lediglich noch nicht, ob ich mich schlussendlich auch trauen würde, eine Klasse oder gar Studenten zu unterrichten. Es war ein Unterschied, ob man Kindern der 3. und 4. Jahrgangsstufe Nachhilfe im Lesen gab, oder ob man es mit Erwachsenen zu tun hatte.

Ich konnte mich für beides begeistern. Die Kinder der 3. Klasse waren liebevoll und wissbegierig gewesen und als wir unseren Lesekreis schließlich aufgeben mussten, hatten wir alle Tränen vergossen. Heute konnte ich mir auch vorstellen, Erwachsene in Pädagogik oder Zweigen der Psychologie zu unterrichten. Es war mein Steckenpferd und mein Vater hoffte darauf, dass ich eine Professur einschlug.

Abigail hatte sich gerade im Campuscafé einen der papp-süßen, schwarzweiß geringelten Donuts geholt und biss herzhaft hinein. Ich sah ihr neidisch zu und traute mich, mal wieder nicht, ebenfalls eines der köstlichen kalorien-überladenen Gebäckstücke zu kaufen. Der Schlankheits-wahn meine Mutter schlummerte noch immer in mir. In Gedanken zählte ich den ganzen Tag Kalorien. Obwohl ich es hasste und bei Weitem nicht auf meine Figur achten musste, war es einen dieser Macken, die ich einfach nicht abstellen konnte. Ich war es als Sportlerin gewöhnt gewesen, mein Gewicht zu beobachten und das nicht nur einmal am Tag. Als Ballerina wog ich mich morgens und abends um genau festzuhalten, was ich am nächsten Tag essen durfte. Meine Mutter führte akribisch Buch über meine Fortschritte und alles außer einer Gewichtsabnahme wurde nicht toleriert. Ich fragte mich heute, wie ich mich je in so eine Rolle hatte zwängen lassen können. Aber ich war jung. Ein Kind, das von Anfang an auf Schönheit und sportlichen Ehrgeiz gedrillt wurde. Ein Drill, dem mein Bruder Kyle entgangen war. Man war sich sicher, dass eine gute Elite Schule den Jungen ganz alleine auf Kurs brachte. Ich hingegen genoss die strenge Diät und Erziehung meiner Mutter.

Als die Campusglocke das Ende der Pause einläutete, ging ich deshalb mit Heißhunger und wütend auf meine eigene Zurückhaltung in meinen Kurs. Abi hingegen hatte Buttercreme am Kinn und war die eindeutig glücklichere von uns beiden.

Epilog

Als der Möbelwagen den Weg entlang der großen Wiese einschlug, konnte ich bereits das sandgelbe Cottage mit den dunklen Sprossenfenstern erkennen. Das Haus lag in der Morgensonne, und schien förmlich zu leuchten. An diesem Morgen hatte es schon heftig geregnet und noch immer war der Himmel dunkelblau und hob sich unheilvoll gegen die hohen, dunkelgrünen Tannen ab, die dem Haus im Rücken standen. Das grellgelbe Sonnenlicht, das sich jetzt durch die Wolken schob, tauchte die Landschaft in ein seltsames, unwirkliches Licht. Evan und ich waren im Möbelwagen mitgefahren, um dem Fahrer den Weg zu zeigen. Im Auto hinter uns saßen meine Eltern, Kyle und Sally. Unser Umzugsteam. Emma und Cooper folgten im Van und Malcom hatte seinen Transporter voll mit meinen Küchenkartons. Ich war unfassbar aufgeregt. Evan und ich hatten tatsächlich ein Cottage gekauft. Nicht in Cornwall und nicht in London, sondern in der Nähe von Croydon, etwas mehr als eine halbe Autostunde von London entfernt. Das Cottage lag so abgeschieden, dass es unwahrscheinlich erschien, dass uns jemand hier aufspüren würde. Wir waren keine Promis und sicher würde uns niemand behelligen. In Evans Apartmenthaus, wo sich die Schönen und Reichen die Hand gaben, sah das ganz anders aus. Hier gab es für die Fotografen immer ein lohnendes Motiv. Wir waren nichts weiter als der Kollateralschaden. Das Zufallsbild, das man gerne mitnahm, auch wenn es Daniel Radcliffe war, den sie eigentlich erwischen wollten. Hier in unserem neu erworbenen Farmhouse kannte uns kein Mensch. Wir waren, wie viele andere Einwohner in Croydon, Pendler, die in der Abgeschiedenheit der Londoner Surrounding Ruhe suchte und Kraft für den stressigen Alltag in der Millionenmetropole sammelte.

Wir wollten keine Mitwisser, weshalb wir beschlossen hatten, den Umzug größtenteils alleine zu fahren. Mein Hausrat war im Umzugswagen. Evan hatte sein Apartment möbliert verkauft. Einfach so. Mir blieb noch immer der Mund offen, wenn ich daran dachte, wie mühelos er sich davon getrennt hatte. Es war ihm egal. Deutlich hätte er mir nicht zeigen können, wie sehr er mich liebt. Er hatte nicht einen Moment gezögert, nach dem ich ihm die Annonce mit meinem Traumhaus vor die Nase gehalten hatte. Es ging ihm wie mir. Er wollte raus. Raus aus dem Zwang, immer perfekt gestylt zu sein, raus aus der Überwachung eines voll vernetzten Hauses. Raus aus der Stadt voller Menschen und deren oberflächlichem Interesse an Konsum, Macht und Geld. Wer in London wohnte, tat es nicht, weil es ihm in der Stadt gefiel, sondern aus Prestigegründen. Die Mieten in der Stadt waren unbezahlbar, der Wohnraum knapp und nur den oberen Zehntausend war es möglich, sich ein Apartment in der Hauptstadt zu leisten. London war voll, verstopft, es gab weder Taxis, noch machte die Fahrt mit dem eigenen Auto Spaß. Es gab kaum Parkplätze und die meisten Verkehrswege waren im 24-Stunden-Stau. Wer es sich leisten konnte, wohnte außerhalb, in vornehmen Gegenden wie Kensington. Die meisten Londoner wohnten jedoch in den umliegenden Industriegebieten mit noch schlechterem Klima, alten, verwitterten Arbeiterhäusern und in heruntergekommenen Siedlungen. Unser Cottage in Croydon war so etwas wie ein Sechser im Lotto. Nahe zur Stadt und doch im Grünen. Ein Ort, nach dem wir lange gesucht und ihn schließlich gefunden hatten.

Der Möbelwagen hielt quer vor dem Haus. Evan kletterte als erster aus dem Führerhaus, dann half er mir galant beim Aussteigen. Schließlich wandte er sich stolz der neuen Haustür zu und sperrte auf. Ich konnte mein Glück nicht in Worte fassen. Es fühlte sich an, als wären wir endlich angekommen. Angekommen in unserem neuen Leben. Meine Mutter und mein Dad stiegen ebenfalls aus dem Auto aus und bewunderten unser neues Zuhause mit ehrlicher Neugier. Das Haus war deutlich kleiner, als der Palast, in dem meine Eltern wohnten. Wir hatten nur fünf Zimmer und einen Wintergarten. Das Grundstück konnte es jedoch locker mit einem Park aufnehmen. Evan hatte darauf bestanden, dass man von der Grundstücksgrenze nicht bis zum Haus, blicken konnte. Im Rücken des Hauses schloss sich ein Wald an, der dicht genug war, um uns von allen Blicken abzuschotten. Links und rechts flankierten eine hohe Hecke und großzügige Baumgruppen das Haus, während im Süden zum Hauseingang die gewundene Auffahrt sich in leichten Bögen den Hang hinaufschlängelte, was es unmöglich machte, das Haus von Tor in der Einfahrt aus zu sehen.

Meine Mom fasste sich als erste wieder und schlug jetzt gespielt die Hände vor den Mund.

„Wie entzückend", schrie sie aus und entlockte mir ein breites Grinsen. Während Dad bereits mit den Rosen, die in Rabatten rund ums Haus wuchsen, per du war. Dad liebte Rosen. Er züchtete selbst einige Sorten und versuchte sich an neuen Kreuzungen. Die am „White Cottage" wachsenden Rosen waren allesamt Klassiker aus der David Austin Züchtung, wie ich erfuhr. Er bot mir an, sie zu schneiden, sobald wir uns eingelebt hatten. Tatsächlich hatten wir erwogen, einen Gärtner einzustellen, der sich um die Rosen und das mehrere Hektar große Grundstück kümmern sollte. Mein Vater stellte jedoch fest, dass er niemanden erlauben würde, die Rosen anzufassen und stellte diese unter seinen persönlichen Schutz. Evan und ich grinsten nur blöd. Es war schön, ihn so engagiert zu sehen. Inzwischen waren auch Cooper, Em und Sally eingetroffen und fingen an neugierig das Haus zu inspizieren.

„Steht nicht rum und glotzt", foppte sie Emma. „Jeder nimmt sich einen Karton, umso schneller sind wir fertig."

Die nur 1,56m große Emma schnappte sich einen der großen Kartons und ließ die Männer daneben blass aussehen. Sie war eine Kampfmaschine, nur sah man ihr das nicht an. Sally fügte sich unter Ems Kommando und schon zogen die beiden los. Ich bewaffnete mich ebenfalls mit einem Karton, was meinen Vater in Zugzwang brachte, er zog mit und bemängelte auf dem Weg nach drinnen, dass Kyle sich mal wieder drückte, was nicht stimmte. Ich hatte Kyle persönlich mit einem Sonderauftrag zum Catering geschickt, Essen und Getränke für die Crew besorgen. Er würde sicher bald hier sein. Evan führte meine Mom herum, die es unter ihrer Würde fand, staubige Kartons auszuladen. Er ließ ihr für den Moment die Ausrede durchgehen, auch wenn die Kartons neu waren, und es auch Blumentöpfe, Küchenkräuter und andere leicht bewegliche Dinge zum Ausladen gab.

Die Möbelpacker schnappten sich die wenigen Möbel, die ich aus dem Londoner Reihenhaus mitgenommen hatte. Kyle würde mein Nachmieter sein und hatte dankbar alle nicht mehr benötigten Dinge übernommen. Natürlich ganz uneigennützig. Aber was sollte ich machen. Ich liebte Kyle und es machte mir Freude, ihn mit schönen Dingen zu beschenken. Schon immer hatte er mich um das kleine, zugegeben viel zu enge, Reihenhäuschen beneidet. Dass er einmal selbst in so einem Haus wohnen würde, war uns bis vor Kurzem noch absolut utopisch vorgekommen. Jetzt mit dem neuen Gehalt aus Evans Firma, hätte er sich sogar ein größeres Haus leisten können, aber er wollte nicht. Er liebte mein Haus und ich war froh, dass mir nicht das Herz brach und ich es nicht in unbekannte Hände geben musste. Irgendwie hingen zu viele Erinnerungen an meinem ersten Haus. Das erste eigenen Geld, das erste eigene Sofa. Die ersten eigenen Töpfe. Ich erinnerte mich an jeden Kauf, an jede Ausgabe und wie ich jeden Penny zweimal umgedreht hatte, bevor ich etwas wirklich kaufte. Magere Jahre lagen hinter mir. Jahre voller Verzicht und Jahre voller Kompromisse. Und dann kamen die Jahre, als sich mein Einsatz ausgezahlt hatte. Die Zeit bei Evan im Büro, mein Job bei Brothers und alles was danach folgte, entschädigte mich für die Mühen, die ich auf mich genommen hatte.

Heute machten wir den nächsten Schritt. Unser erstes eigenes Zuhause. Und der nächste folgte bereits: Die Planung für die Hochzeit war auch schon im vollen Gange. Natürlich war meine Mom vor Stolz geplatzt und überschwemmte mich täglich mit Ideen. Ich freute ich mich über ihre Unterstützung. Das Leben war schön – und ich war der glücklichste Mensch auf der Welt. Evans Millionen waren mir egal, wir hatten alles, was wir brauchten. Wir hatten uns.

Am Abend, als alle gegangen waren, saßen Evan und ich zum ersten Mal mit einem Glas Wein in der Hand auf unserer neuen Terrasse und schauten in die Sterne. Nie in meinem Leben war ich glücklicher. Die Möbelpacker hatte gute Arbeit geleistet und unser einfaches Cottage hatte sich in Handumdrehen in ein gemütliches Heim verwandelt. Die alte Küche der Vormieter hatten wir einfach abgelöst und Emma und Sally hatten sich instant daran gemacht unsere Teller, Pfannen und Töpfe in die großzügigen Schränke der weißen Landhausküche einzuräumen. Meine Mutter hatte sich angeboten, die Dekoration zu übernehmen, und schon bald hatten Bilder, Sofakissen und Decken ihren neuen Platz gefunden. Mein Vater hatte unterdessen den Handwerkern beim Anschließen der Waschmaschine geholfen und so hatte sich jeder die Aufgabe seiner Wahl gesucht. Kyle programmierte schließlich den Fernseher und wurde von allen ausgelacht, obwohl ich nicht der Meinung war, er hätte sich die leichteste Arbeit ausgesucht.

Als wir am späten Nachmittag das erste Mal gemeinsam an dem großen Tisch auf der Terrasse gesessen hatten und uns mit den Sandwiches und dem Catering von Evans

Mom stärkten, war mir bewusst geworden, wie sehr ich meine Familie liebte. Sie alle. Jeden für sich. Wir alle waren besonders. Wir alle waren wertvoll.

Morgen würde Evans Mom, Eva vorbeikommen und die Vorhänge ausmessen, die sie persönlich für uns nähen wollte. Sie fand, dass das Haus etwas Individuelles brauchte, etwas, das man nicht kaufen konnte. Und damit hatte sie recht. Eine liebevolle Familie und ein liebevolles Zuhause konnte man nicht kaufen und war mit keinem Geld der Welt zu bezahlen.

Mit diesem Gedanken, den Kopf auf Evans Brust und dem Blick in die Sterne sprach ich noch einmal die Worte: „Evan Winterfield, ich liebe dich – always forever!"

Playlist

I love you Always forever – Donna Lewis
Lost Without You – Freya Ridings
Castles – Freya Ridings
Only human – Jonas Brothers
You – Boytronic
How Bout You – Erwin Kintopp
Ride it – Regard
Never felt the Rain – Tones and I
Behind the Wheel – Depeche Mode

Danksagung

Wie immer stecken in einem Buch eine Menge Arbeitsschritte. „Evan - Always forever" wurde im Rahmen des NaNoWriMo geschrieben, dem National Novel Writing Month, einem internationalem Schreibwettbewerb, und ich bin unglaublich stolz, dass ich diesen bereits bei der ersten Teilnahme, erfolgreich mit einer Auszeichnung absolvieren konnte.

Mein besonderer Dank, gilt meinem Mann Stefan, der immer an mich glaubt, meiner Nichte Cleo, die mich am letzten Tag des NaNoWriMo durch die Nacht begleitet hat und mich durch ihre Motivation dazu angetrieben hat, die unglaubliche Leistung von 6500 Wörtern an nur einem Abend zu Papier zu bringen.

Mein Dank, gilt auch dir lieber Leser und liebe Leserin. Ihr seid es, die mir auf den Social Media Kanälen immer wieder die Treue halten und durch Eure Likes meine Bücher sichtbar macht. Ich freue mich auf Euer Feedback und hoffe, Euch auf meinem Instagram Kanal und auf Facebook zu treffen.

Herzlichst Eure

Katja Fiona Graf

Instagram: @fiona_schreibt